KB231521

나는 내 어머니의
여 이다
프로이트, 그 삶의 수수께끼

나는 내 어머니의 여인이다

프로이트, 그 삶의 수수께끼

비르기트 라한 지음 ★ 우테 말러 사진 ★ 천미수 옮김

풀빛

일러두기

1. 책 말미의 참고문헌은 원 저자가 이용한 것이다.
2. 본문 중 설명이 필요하다고 생각되는 부분에는 소괄호〔( )〕를 달아 옮긴이의 주를 넣었다.
3. 단행본·전집·정기간행물·신문명에는 겹꺾쇠(《 》)를, 논문·기고문·짧은 글의 제목과 미술·음악·연극
   등의 예술작품명에는 홑꺾쇠(〈 〉)를 사용했다.

처음으로 우리에게 무의식을 현실로 제시한 인간 정신의 탐구자. 인간의 자기 이해에 근본적인 변화를 가져온 인물. 프로이트에게는 그가 현대의 삶에 끼친 영향만큼이나 많은 수식어들이 따라다닌다. 위대한 사상이 모두의 애정 어린 관심을 받듯 그 사상가의 삶은 그 자체로 우리의 흥미를 끌기에 충분하다. 이 책에는 프로이트의 출생에서부터 죽음까지의 궤적이 그의 학문적 역사 및 그 내용, 시대상황과 더불어 아주 생생히 그려져 있다.

야망 많고 똑똑하며 매사에 열심이지만 다소 이기적인, 약간은 자아도취인 듯 보이기도 하는 그의 소년 시절 모습에서, 우리는 문학, 철학, 미술, 고고학 등에 관심이 많은 소위 '교양인' 프로이트의 미래를 여지없이 예감할 수 있다. 마르타와 연애를 하는 열정적인 모습에서는 그는 누구보다 낭만적인 사람이며, 자식들을 위해 생필품과 생활비를 아낌없이 조달하는 모습에서는 그야말로 책임감 강한 평범한 아버지가 연상된다. 정신분석학자를 과거의 흔적을 발굴하는 고고학자에 비유한 그는 여행도 즐겨했는데, 그때마다 고대의 조각상 같은 골동품들을 수집하는 일을 빠뜨리지 않았다. 그의 손에 들어온 고대 조각상들은 어쩌면 그가 사람들의 내면에서 이끌어낸 무의식의 세계, 그의 학문적 업적과도 같은 존재가 아니었을지. 무엇보다 여행 중 가까운 이들에게 매일 편지나 엽서로 여행의 감흥을 알리곤 했던 그의 철저함과 부지런함이야말로, 평생에 걸쳐 그토록 끈질기게 인간의 내면을 파헤치게 한 원동력이 되어주었을 터이다.

프로이트는 자신을 드러내는 것을 극도로 꺼려하면서도, 유아기 성욕이나 오이디푸스 콤플렉스처럼 그 누구도 건드리지 않은 터부를 자기 분석을 통해 인식하고 용감하게 이론으로 발전시킨 사람이었다. 이를 보면 프로이트가 학문을 통해 많은 부분 참된 자기를 드러내는 솔직성도 갖추고 있었음을 감지할 수 있다. 남의 비밀까지 허물없이 이야기해버리는 그의 정직함으로 인해 주변 사람이 곤경에 빠진 적도 있다는 일화는 오히려 읽는 이를 즐겁게 한다. 또 그가 생전에 풍부한 유머감각을 지녔었고, 심지어 그것을 위해 노력했다는 사실은 프로이트라는 위대한 사상가를 친근한 선생님처럼 느끼게 해주는 단면이다. 자신의 노선을 이탈한 동료들과 가차없이 절교해버리곤 했던 단호함과 냉정함이 아니었더라면 터부에 맞서는 그의 학문은 존재하지 않았을지도 모른다. 그러나 한편 프로이트는 유대인에게 적대적이었던 사회 분위기에서 결코 현실과 동떨어지지 않았고, 오히려 끊임없이 그것을 조율해가며 자신의 학문과 이에 동참한 동료들을 빛나는 반석 위에 올려놓았다.

작가는 이 책 속에서 일어나는 모든 일들을 마치 영화나 드라마를 보는 듯한 느낌으로 세심히 묘사하고 있다. 학문의 각 단계마다 잠깐씩 설명되는 그의 이론들, 많은 장면에서 등장하는 심리묘사에서 우리는 맞아! 하며 공감하고, 정말로? 하며 놀라움이나 의구심을 표하기도 한다. 곳곳에 등장하는 프로이트의 일화들은 우리가 잊고 지낸 많은 기억들을 떠올려보게 함으로써, 궁극적으로 인간의 삶이란 본질적으로 유사한 것들로 구성돼 있음을 발견하게 한다.

프로이트의 카우치 위에 누운 환자들의 이야기는 당시 20세기의 전환점을 맞이했던, 빈이라는 매우 중요한 문화적 공간의 이야기이자 곧 그 시대의 적나라한 모습이었다. 한 위대한 사상가의 흥미진진한 삶을 통해 우리는 일종의 유럽문화사를 읽을 수도 있는 셈이다. 반유대주의, 제1차 세계대전과 전후의 사회상, 절대주의 국가에서 민주주의 국가로 넘어가던 시기의 혼란, 국가사회주의자들의 씻을 수 없는 여러 만행들은 프로이트 개인의 체험과 당대 작가들의 글과 맞물려 우리 앞에 그대로 전달된다.

이 책을 읽고 나면, 우리는 일생에서 큰 전쟁을 두 번이나 겪고 암이라는 병마와 싸우면서도 죽음 직전까지 연구와 임상의로서의 역할을 충실히 수행했던 프로이트의 불굴의 의지에 고개 숙이지 않을 수 없을 것이다. 프로이트의 삶

을 따라가는 동시에 비록 단편적이긴 하지만 그의 학문적 성과를 접할 수도 있
으니, 전공자가 아닌 우리들 문외한에게 이 책은 그지없이 좋은 프로이트 입문
서가 될 수 있을 듯하다.

　이 전기의 또 다른 큰 재미는 내용과 관련된 훌륭한 사진들이다. 프로이트
와 관계한 여러 장소, 그가 살던 곳, 그가 사용하던 물건, 그의 삶을 떠올리게
하는 아름다운 이미지들을 감상하다 보면 사진만으로도 프로이트의 생을 수월
히 이해할 수 있을 것이다.

　이처럼 재미있는 책을 번역할 기회를 준 풀빛출판사와 좋은 책을 만들기
위해 애쓰신 편집부 여러분께 이 자리를 빌려 깊은 감사를 드린다.

2007년 8월

천미수

●차례

오이디푸스는 스핑크스의 수수께끼를 풀고, 프로이트는 오이디푸스의 수수께끼를 푼다.
쇤브룬 궁전, 빈.

남자는 어머니의·애인으로서 인생에 대한 정복감을 갖는다

오이디푸스 또는 빈에서의 어린 시절

사태는 절망적으로 흘러가고 있었다. 환자도 없었고 수입도 없었으며, 세상은 41세의 신경과 의사를 인정해주지 않았다. 프로이트는 빈 베르크가세 거리 19번지 2층 자신의 연구실 책상 앞에 "가난뱅이가 됐음에도 밝고 생기 있게" 앉아 있었다. 주변에는 나체의 공주들, 중국 현자들, 날개 달린 스핑크스, 비너스, 부처, 그리고 거룩한 파라오 등 그가 조금씩 모은 고대의 입상들이 세워져 있었다. 프로이트는 그의 가장 비밀스런 이야기 상대인 친구 빌헬름 플리스에게 자신이 "내면의" 작업, 즉 자기분석에 깊숙이 빠져 있다는 내용의 편지를 쓰는 중이었다. 자기분석은 프로이트를 붙들고 옛 시절의 기억 속 구석구석으로 그를 잡아끌었다. 그럴 때면 그의 기분은 "기차를 탔을 때 눈앞에 펼쳐지는 파노라마 같은 풍광처럼" 변화무쌍해졌다. 그는 자신의 꿈을 풀 수 없다는 압박감 때문에 방황하기도 했지만, 가끔 어떤 생각들은 불현듯 섬광같이 떠올라 과거의 숨겨진 그림자들을 밝혀주곤 했다. 이미 사라져버린 어느 장면들이 반짝거리며 나타나면 그것은 대단한 발견이 돼 정신분석 작업의 일부가 되기도 했다.

세 살 난 프로이트는 어머니 아말리아 프로이트와 함께 라이프치히에서 빈으로 향하는 길이었다. 침대칸을 이용해 여행 중이던 어느 밤, 아들은 검고 풍성한 머리칼을 늘어뜨린 아름답고 호리호리한 어머니의 알몸을 목격했다. 소년은 몹시 혼란스러웠다. 아니 어쩌면 너무나 황홀했을지도. 그는 40여 년이나 지난 후에야 비로소 이 사건을 라틴어로만 겨우 언급했다. "어머니에게로 향하는 나의 리비도(프로이트 정신분석학의 기초 개념으로서 사람이 내재적으로 갖고 있는 성욕, 또는 성적 충동—옮긴이)가 눈을 떴다고. 이어 그는 매우 중요한 말을 덧붙였다. "나는 어머니를 향한 사랑과 아버지에 대한 질투가 나에게도 있음을 발견했고, 이제 그것을 누구에게나 일어나는 지난 어린 시절의 사건쯤으로 생각한다."

프로이트가 자신의 이러한 발견을 친구에게 고한 1897년 10월 15일, 이날이 바로 오이디푸스 콤플렉스의 탄생일이다. 오이디푸스는 암울한 신탁을 받은 후 자신의 운명에서 벗어나고자 애썼지만 그로 인해 오히려 불행의 나락으로 떨어진다. 오이디푸스는 자신의 아버지를 아버지인 줄 모르고 살해했으며, 이후 그의 아내와 결혼했지만 그녀는 바로 자신의 어머니였다. 테베의 왕이 된 오이디푸스는 여러 해가 지나고 나서야 비로소 살인과 근친상간, 증오와 금지된 사랑이라 불리는 그 끔찍한 드라마의 중심에 자신이 있었음을 깨닫는다.

"누구나 한번은 태중에서 그리고 환상 속에서 바로 그 오이디푸스였다"라고 프로이트는 쓰고 있다. 그 자신 이때부터 과거, 그리고 유년기를 파헤치게 됐으며, 무의식을 끄집어내고 은폐된 것을 말함으로써 영혼의 수수께끼를 풀게 됐다. 언젠가 오이디푸스가 "아침에는 네 다리, 낮에는 두 다리, 저녁에는 세 다리로 걷는데 그중 네 다리로 걸을 때 가장 약한 것은 무엇인가?" 하고 물은 스핑크스의 수수께끼를 풀었던 것처럼 말이다. 오이디푸스의 대답은 '사람'이었다. 사람은 나이가 들어서는 지팡이를 짚고 젖먹이 때는 네 다리로 기어 다닌다는 것이 바로 그 이유였다.

1856년 5월 6일 지기스문트 솔로모라 불리는 아기가 모라비아 지방 슐레

지엔 국경 근처에 위치한 작은 도시 프라이베르크에서 태어났다. 체코어가 통용되는 곳이었지만 유대인들은 자기들끼리 독일어나 유대어를 사용하기도 했다. 바람에 휘어진 지붕들 사이로 종과 60미터 높이의 탑을 지닌 성 이시도르 교회, 장이 서는 광장, 나무가 빽빽이 들어찬 숲과 비옥한 들판이 자리해 있었고, 멀리 뒤쪽으로는 카르파티아 산맥이 어슴푸레 보였다.

아기가 태어나자마자 어느 늙은 농사꾼 아낙네가 슐로서가세 거리 117번지 대장간 2층에 나타나, 젊은 어머니에게 그 아이는 언젠가 위대하고 유명한 사람이 될 것이라는 예언을 했다. 아이의 부드럽고 밝은 복숭앗빛 난막卵膜이 행복한 미래를 보장한다는 것이었다. 이 예언은 검은 곱슬머리의 아기를 내 '작은 검둥이'라 칭한 21세의 어머니에게 몹시 달콤한 꿈으로 작용했다. 그녀는 20세 연상인 야코프 프로이트의 세 번째 부인 아말리아였다. 당시 별볼일없던 양모 상인 야코프 프로이트는 겨우 방 하나를 빌려 그녀와 함께 살고 있었다. 야코프에게는 이미 첫 번째 결혼으로 얻은 에마누엘과 필립이라는 두 아들이 있었으며 이 가족은 모두 근처에 모여 살았다. 프로이트의 가족관계는 상당히 독특했는데 결혼한 장남 에마누엘이 새어머니보다 나이가 많아, 그의 아들은 어린 삼촌 지기스문트 솔로모와 함께 성장했다. 얼마 지나지 않아 그 지기스문트 솔로모는 지그문트로만 불렸다. 어린 프로이트는 할아버지처럼 늙은 아버지보다는 이복형 필립이 눈부시게 아름다운 어머니와 훨씬 더 잘 어울린다고 생각했다.

그러던 어느 날 또 한 아이가 태어났다. 그의 여동생 안나였다. 지그문트는 곰곰 생각했다. 누가 이 아이를 만들었지? 어머니와 자도 되는 아버지일까? 혹시 이복형 필립인가? 시끄럽게 울어대는 젖먹이, 이 라이벌 녀석이 내 자리를 차지하는 건 아냐? 지그문트는 이미 남동생 율리우스를 "사악한 소망과 진정한 질투심으로" 맞이한 바 있었다. 태어난 지 몇 달 지나지 않아 율리우스가 사망했을 때 지그문트는 상당히 당황했고, 이 사실은 그에게 끝없는 자기 비난의 빌미가 됐다.

　지그문트에게는 못생겼지만 똑똑한 유모, 그의 표현을 빌리자면 "선사시대의 할머니"도 있었다. 지그문트는 이 유모를 좋아해서 그녀를 위해 여러 번 부모님의 지갑에서 돈을 훔치기도 했다. 경건한 가톨릭 신자인 유모는 할례를 받은 이 유대인 아이를 안고 일요일마다 교회에 갔다. 그녀는 조숙하고 사랑스런 이 아이에게 요셉과 그의 형제 이야기, 욥과 모세 이야기, 《구약성경 *Old Testament*》에 나오는 살인 이야기를 들려주고 악마와 천사, 성자에 대해 설명해주고는 했다. 프로이트 가족은 정통 유대교도가 아니었던 터라 유월절(고대 이스라엘 민족의 이집트 탈출을 기념하는 축제─옮긴이)과 퓨림절(매년 3월 1일에 행하는 유대인의 연례 축제─옮긴이)을 가족 축제로만 즐겼다. 지그문트는 미사에서 돌아오면 어김없이 가톨릭교도들에게 들은 이야기를 떠벌렸으며, 활활 타오르는 불꽃을 처음 보고는 이것이 바로 악한 영혼들이 불에 타죽는 지옥이구나 생각하기도 했다.

　프로이트는 이 모든 이야기들을 자기분석을 통해 조금씩 밝히기 시작했다. 그는 잊혀진 유년기를 자신의 꿈속으로 밀어 넣어 그 기억의 조각들이 일상의 사건들과 섞이면 그것을 공들여 새롭게 해석해냈다. 프로이트는 위대한 몽상가이자 용감한 해석자였다. 그는 늙은 유모야말로 자신의 "성적性的인 문제의 스승"임을 확신했다. 언젠가 프로이트는 "나는 미숙하고 아무것도 할 수 없는 존재였어. 신경증적인 성 불능은 항상 그렇게 생겨나지. 학창 시절에 생긴 불능에 대한 불안이 이런 식으로 성 불능을 유발하는 원인이 되기도 한다네"라고 플리스에게 말한 바 있다.

　1859년 프로이트 가족은 세상과 단절돼 있던 소도시 프라이베르크로부터 이주를 했다. 새로운 기계들이 등장하면서 손으로 직물을 짜내는 직조공들이 도처에서 밀려났다. 수년 전부터 프라하에서 몰아친 격렬한 민족주의의 바람은 경제적으로 어려운 시대에 늘 그랬듯 유대인들의 크고 작은 방직공장을 희생양으로 삼았다. 야코프 프로이트 역시 양모 사업을 접고 아내와 두 아이를 데리고 라이프치히로 갔다가 다시 빈으로 옮겨 왔다. 그러나 아말리아의 임신 때문에 빈에서의 생활 역시 크게 나아지지 못했다. 로자 미치라 불린 마리아, 돌피로 불린 아돌피네, 파울리로 불린 파울라가 차례로 태어났다. 이 가족은 전통적인 유대인 구역인 레오폴트슈타트의 작은 집에서 복닥거리며 살 수밖에 없었다. 여섯 아이들에 이어 1866년 늦둥이마저 태어나자 그 보잘것없는 집은 더욱 좁아졌다. 이 늦둥이의 이름을 무어라 지을지 가족회의가 열렸다. 아버지 야코프는 민주적 가장이었으므로 누구에게나 발언권이 있었다. 알렉산더! 10살 난 지그문트가 알렉산더 대왕의 이름을 외쳤다. 펄럭이는 사자 문양의 깃발을 앞세운 마케도니아의 영웅. 나의 영웅과 똑같은 이름으로! 오이디푸스 콤플렉스를 지닌 영웅 알렉산더 대왕은 자신의 어머니를 사랑한 나머지 아버지를 살해할 생각을 품고 있었다. 지그문트는 이 젊은 사령관이 힘차게 말을 달려 열띤 공격을 펼친 끝에 승리를 거뒀던 많은 전투들을 열거해나갔다. 카이로네이아 전투, 그라니코스 전투, 이소스 전투……. 음, 그래 좋아. 그러자꾸나. 이렇게 해서 막내 동생의 이름은 알렉산더가 됐다.

　동생들이 줄줄이 태어났음에도 지그문트는 최고로 사랑받는 자신의 입지를 고수했다. 여전히 그는 어머니의 금쪽같은 아들이자 논란의 여지없는 일인자였다. 사실 바로 얼마 전까지 지그문트는 한밤중에 부모의 침실로 살금살금 기어들어가는 행동을 저지르곤 했었다. 단순한 호기심에서였을까? 아님 자기 부모를 관찰하려 한 것인지? 그 두 사람의 동침을? 지그문트는 방으로 들어가 편안한 마음으로 그 한복판에 오줌을 갈겼다. 대체 왜? 구획 표시를 하려고? 별로 좋아하지 않던 아버지의 지위를 인정하고 싶지 않아서? 그 순간 평상시 그토록 자애롭고 평온하던 야코프 프로이트가 총알같이 침대에서 뛰쳐나왔다. 아버지는 화난 표정으로 자신의 아들과 아들이 싸놓은 오줌 앞에 서서 넌 도대체 뭐가 되려 하느냐며 대뜸 고함을 쳤다. 아무 짝에도 쓸모없는 놈 같으니! 프로이트는 《꿈의 해석 *Die Traumdeutung*》을 통해 "얼마나 끔찍하게 내 명예를 모욕했는지!"라며 이 일화를 밝히고 있다. 이 에피소드는 아주 오래도록 그를 따라다녔다. 아무 짝에도 쓸모없는 놈이라고? 때문인지 프로이트는 이 고통스러운 사건에 대한 꿈을 꿀 때면 언제나 자신이 학교에서 성공을 거두는 꿈도 함께 꿨다. 그는 이 사건을 계기로 병적으로, 마치 신들린 사람처럼 공부에 몰두하게 된다.

프로이트는 학급에서 선두를 달리며 9살의 나이에 김나지움으로 조기 진학했다. 교사들이 더 이상 자신의 이름을 부르거나 시험하지 않는다는 사실이 소년의 마음에 들었다. 프로이트는 실로 모르는 것이 없었고, 위대함과 영웅성에 대한 그의 동경은 나날이 커져만 갔다.

1867년 오스트리아의 자유주의자들은 유대인에게 완전한 시민권을 보장했고 소년 프로이트는 자연스레 어린 자유주의자의 길로 접어들게 됐다. 이 무렵 야코프 프로이트가 아들에게 이야기 하나를 들려준다. 그는 자신이 젊은 시절 반反유대주의로 인해 얼마나 많은 고통을 당했는지, 그와 반대로 오늘날 이 빈에서는 유대인들이 얼마나 잘 지내고 있는 것인가를 생생하게 이야기했다. "내가 젊었을 때의 일이다." 아버지의 말은 이렇게 시작됐다. "어느 토요일엔가 나는 멋지게 옷을 차려입고 새로 산 털모자까지 쓰고선 네가 태어난 고향 시내에서 산책을 하고 있었단다. 그때 맞은편의 기독교인 한 명이 나를 향해 똑바로 걸어오더니, 내 모자를 진흙탕 속에 빠뜨리고는 소리를 지르지 뭐냐. '유대인 자식, 당장 인도人道에서 내려가지 못해!' 라고 말이야." 아들이 물었다. "그래서 아버지는 어떻게 했는데요?" 뜻밖에도 그는 차도로 내려가 진흙탕에서 모자를 건져 올렸노라고 대답했다. "뭐라구요?" 지그문트는 믿을 수 없었다. 아버지는 "건장하고 강한 남자"인데! 건장하고 강한 남자라면 그 건달 같은 기독교인을 피하지 말았어야지! 유대인도 아닌 인간 앞에서 진흙탕으로 옮겨 갔단 말야? 이 얼마나 쓰라린 실망인지. 사실 아버지는 그저 재미있게 말하려고, 혹은 우스갯소리로 그런 이야기를 늘어놓았던 건지도 모르겠다. 어찌됐든 프로이트는 자신의 아버지에게서 그런 위트뿐 아니라 이야기를 맛깔스럽게 하는 재능까지 물려받았다. 하지만 아버지는 선량하고 관대할 뿐 영웅이 아니었다.

결국 소년은 자신이 알던 고대의 위인들 중 새로운 영웅을 찾기 시작했고, 이후 프로이트는 대담한 셈족 출신인 카르타고의 한니발과 자신을 동일시하기에 이른다. 그의 아버지부터가 자신의 아버지와는 완전히 달랐다. 한니발의 아버지는 9살 난 아들로 하여금 카르타고를 멸망시키려 하는 로마인들을 증오하게 만들어, 그들과 싸울 것을 집안의 제단 앞에서 맹세하게 했다. 25세의 영웅 한니발은 제2차 포에니 전쟁에 출정한다. 그는 군대에 전투코끼리까지 이끌고 알프스를 넘는다. 한니발은 네 차례의 전투에서 승리를 거두고 마침내 로마의 성문 앞에 선다. "한니발이 문 앞에 있다!" 기독교인들의 공포에 찬 외침이 곳곳에서 들려왔다. 그러나 연이은 승전 소식이 그치고 한니발은 로마에 입성하지 못한 채 여러 해 동안 '포위'만 거듭한다. 다시 로마인들에게 도시를 넘겨준 이 오만한 정복자는 결국 독배를 들었다. 프로이트는 《꿈의 해석》에서 "한니발과 로마는 소년에게 유대인 특유의 끈질긴 강인함과 가톨릭교회가 지닌 조직력의 대립을 상징했다"라고 쓰고 있다.

이 카르타고 장군에 대한 프로이트의 열광은 수년간 지속됐다. 그것은 숭배라는 긴 사슬의 결산이었다. 프로이트는 어린 시절, 여러 장군들의 이름을 종이에 적어, 주석으로 만들어진 장난감 병정들의 등에 붙여놓곤 했었다. 당시에는 나폴레옹을 따르며 승리를 갈망하던 유대인 장군 마세나가 제일 공인받는 숭배자였다.

지그문트는 여전히 가족에게 가장 사랑받는 존재로서의 지위를 고수했다. 그는 여섯 명의 모든 형제자매 위에 군림했으며 부모는 자신들이 어린 천재를 기르고 있다고 확신했다. 어느 늙은 아낙네도 그것을 예언한 바 있지 않은가. 그리고 11년 혹은 12년 후 2차 예언이 등장한다. 어느 날 프로이트 가족은 빈의 유명한 유원지인 프라터 공원으로 소풍을 갔다. 그들이 바이킹과 유령 열차, 대관람차를 탄 뒤 음식점에 앉아 있던 저녁 무렵이었다. 누군가 이 테이블 저 테이블을 기웃거리며 동전 몇 푼만 주면 즉흥시를 지어보겠다고 떠드는 중이었다. 지그문트는 프라터 공원의 그 시인을 가족들의 테이블로 데려오라는 심부름을 맡게 됐다. 시인은 가족들 앞으로 왔지만 그들에게는 운을 뗄 틈조차 주지 않고 심부름한 소년만을 뚫어지게 바라보며 입을 열었다. 이 아이는 언젠가 장관이 되겠군! 정말이지 근사한 전망이었다. 바로 얼마 전에는 프로이트의 아버지가 빈의 새 장관들 사진을 집으로 가져온 일까지 있었는데! 물론 그들 중에

《꿈의 해석》 중에서, 1900년

는 유대인도 있었다. 정치적 자유가 주어진 덕에 프로이트의 부모는 개혁적이고 교양 있는, 사회활동에 적극적인 전도양양한 신사들 앞에 종종 밝은 촛불을 놓아주곤 했었다. 그런데 이제 우리 아들도 그 대열에 낄 수 있다니! 미래의 장관이라고? 훗날 프로이트는 "열심히 노력하는 유대인 소년이라면 누구나 책가방 속에 장관들이 쓰는 서류철을 넣고 다녔다"고 회고했다. 프로이트는 정치에 특별히 관심이 있지는 않았지만 프라터 공원에서 예언을 들은 이후로 뭔지 모를 야심이 생겼다. 이는 결국 그로 하여금 사회주의 정당에 가입, 공직자의 길을 가기 위해 법학을 공부하게 한 계기가 됐다.

이후로 부모의 자부심은 꽃을 피웠다. 특히 아말리아 프로이트는 아들을 신줏단지 모시듯 했다. "남자는 어머니의 두말할 필요 없는 금지옥엽, 즉 그녀의 애인과 같은 존재가 된 적이 있으면 인생에 대한 예의 그 정복감과 성공에 대한 확신을 갖는다"고 프로이트는 썼다.

그 후 몇 년 동안 아버지가 다시 기반을 잡아 어느 정도 생활이 풍족해졌고, 프로이트의 아홉 가족은 방이 여섯 개 딸린 집으로 이사할 수 있게 됐다. 지

프라터 공원에서 어린 프로이트가 크게 성공할 것이라는 예언이 있었다.
프라터 공원의 대관람차, 빈.

프로이트는 젊은 시절부터 이후의 삶엔 도대체 무엇이 있을까 하는 물음에 몰두한다.
프라터 공원, 빈.

그문트는 공부와 독서와 휴식의 필요성을 이유로 유일하게 독방을 썼다. 그의 "작은 방"은 금세 호머, 레싱과 리히텐베르크, 세르반테스, 라블레, 몰리에르, 괴테, 그리고 실러의 책으로 가득 찼다. 지그문트는 이 방에서 공부를 하고 밥을 먹고 잠도 잤다. 1870년 독불전쟁이 발발하자 지그문트는 전투 지역의 지도를 걸어놓고 색색의 깃발로 전선을 표시하며 누이동생들에게 전투와 전략에 대한 강연을 했다. 또한 그는 자신의 방에서 가장 좋아하는 작가인 루트비히 뵈르네의 작품을 읽기도 했다. 뵈르네는 자유를 위해 투쟁한 이상주의자로 당시의 보수반동 세력과 그들의 어리석음을 비판하는 글을 쓰고는 다음과 같이 말했다. "백만의 사람들 중 생각하는 사람이 천 명뿐이듯, 그 천 명의 생각하는 사람들 중 스스로 생각하는 사람은 단 한 명뿐이다." 프로이트는 셰익스피어의 원전과 영어로 된 시를 읽고 낭송했으며, 그 사이 형편이 나아져 맨체스터로 이주한 이복형들에게도 영어로 편지를 썼다. 김나지움 초년생이던 프로이트에게 영국은 머릿속에 그리는 이상향이 됐다.

　지그문트는 누이들에게는 점점 더 교만한 어린 독재자 노릇을 했다. 지그문트는 안나의 피아노 소리를 참을 수가 없었다. 저렇게 피아노를 치고 있는데 뭐든 간에 집중이 되겠는가? 사실 피아노는 프로이트의 방에서 멀리 떨어져 있었다. 하지만 그것과 상관없이 뚱땅거리는 음악 소리는 방해가 될 뿐이었다. 지그문트는 어머니에게로 가 피아노를 치워달라고 했다. 그렇지 않으면 자신이 집을 나가겠다는 말도 덧붙였다. 그러자 피아노는 사라졌다. 영원히. 15세의 여동생은 이제 무엇을 하며 지낼지. 그녀는 아마도 뒤마와 발자크의 연애소설을 읽으며 시간을 보냈을 것이다. 물론 그 잘난 검열관 오빠가 자신의 여동생을 사사건건 감시하는 바람에 그에 따른 큰 문제는 생기지 않았다. 프로이트는 반면

학교 친구들에게는 그리 엄격하지 않았다. 그는 두 명의 친구가 싸구려 매춘 주점에 간 것이 탄로 났을 때 증인으로서 진술을 하기도 했다. 무엇을 말하란 거야? 걔네들의 도덕적 타락에 대해? 허술한 증언으로 인해 프로이트의 품행 성적은 바로 떨어졌다.

어느덧 프로이트는 자연스러운 우아함을 지닌 어엿한 청년이 됐다. 그는 빳빳한 깃을 세운 양복에 나비넥타이를 매고 조끼를 갖춰 입은, 시곗줄까지 늘어뜨린 멋쟁이였다. 대담하게 콧수염을 기른 청년 프로이트의 시선은 영원을 향한 듯 약간 오만스러워 보였다. 17세에 프로이트는 '레오폴트슈테터 슈페를 김나지움'의 졸업시험에서 숨마 쿰 라우데, 즉 최우수 성적을 받고 그해 최고의 학생이 된다. 1873년 6월 9일의 이 졸업 필기시험에서 프로이트는 독일어, 수학, 라틴어 시험을 치렀다. 훗날 오이디푸스 콤플렉스를 발견한 이 수험생은 소포클레스(Sophocles, BC 496~406. 고대 그리스의 비극 시인—옮긴이)의 《오이디푸스 왕 Oidipous Tyrannos》에 나오는 시구 33개를 그리스어로 능숙히 번역했다.

어쩌면 내가 아버지를 죽인 자가 되지는
않았을 텐데. 그리고 나를 낳은 분으로부터
남편이라고 불리지도 않았을 텐데.
지금 나는 고통스럽다. 신성치 못한 아들,
내 스스로가 불쌍한 나를 낳은
가문의 아들. 원초적 악이 존재한다면
그것은 오이디푸스를 반겼으리라.

이 시구는 횔덜린의 번역으로, 프로이트에게 있어 이 희랍어 시구는 아무런 문제도 되지 않았다. 그는 시험보기 이미 오래 전 자신의 작은 방에서 이 작품을 읽은 적이 있다. 프로이트는 시구 하나하나를 잘 알고 있었다. 당시에 이미 프로이트의 문체는 출중하고 독창적이었다. 프로이트는 20세가 채 안 된 청년의 자만심을 잔뜩 뿜어대며 친구 에밀 플루스에게 이야기를 떠벌렸다. 처음으로 자신의 문체를 칭찬한 지도교사의 말인즉슨 "헤르더(Johann Gottfried von Herder, 1744~1803. 독일의 철학자이자 문학가. 직관주의적·신비주의적 신앙을 앞세우는 입장에서 칸트의 계몽주의적 이성주의 철학에 반대했다—옮긴이)가 그토록 아름답게 이름붙인 바로 그 백치 같은 문체를, 게다가 정확하고 특색 있는 그런 문체"를 자신이 지녔다고 했다는 것이다. 프로이트도 같은 생각이었다. 그는 친구에게 자신과 편지를 주고받는 것은 독일어 문필가와 편지를 교환하는 일이나 마찬가지임을 은근히 내세웠고, 그 편지들을 잘 묶어서 보관하라는 충고까지 했다. 프로이트는 자신의 문체를 갈고 닦아 더욱 세련되게 가공했고, 그리하여 오늘날 프로이트의 문체에는 학자들에게는 흔치 않은 경쾌함과 긴장, 매력과 위트가 보인다. 훗날 오슬로의 노벨상위원회는 프로이트에게 문학상을 수여하는 것이 더 타당하지 않은가 숙고할 정도였다.

"나의 성적표는 꽤 화려해. 한 과목은 최우수, 일곱 과목은 우수, 지리학은 양호거든." 프로이트는 구두시험을 본 다음 날 의기양양하게 절친한 친구 에두아르트 질버슈타인에게 편지를 썼다. 이 친구 질버슈타인과는 또 얼마나 재미있는 일들이 많았던가. 프로이트는 《돈키호테 *Don Quixote*》를, 비극적 인물인 그 호기심 많은 기사의 이야기를 처음부터 끝까지 그와 함께 읽으며, 세르반테스의 철학적 대화, 즉 세비야의 어느 병원 문 앞에 진을 친 두 마리 개 베르간사와 시피온의 대화를 즐겨 재현했다. 질버슈타인은 베르간사가 되고 프로이트는 시피온이 됐다. 프로이트는 자신의 편지에 "너의 고통 시피온"이라고 서명했으며, 두 사람은 '아카데미아 카스텔라나'라는 비밀 모임을 만들어 함께 스페인어를 공부하고 문학의 대가들에 대한 이해를 넓혀갔다.

프로이트의 고등학교 졸업 필기시험이 치러지기 꼭 한 달 전인 1873년 5월 9일 빈에서는 파국적인 주식 폭락 사태가 일어났다. 8개 은행과 7개 기업체, 2개 보험사와 철도사 하나가 파산 선고를 했으며, 40개 은행이 정리되고 수많은 가계가 내리막길로 치달았다. 파산자들은 총을 쏘거나 음독으로, 혹은 목을 매달아 자살했고, 졸업시험 후 몇 주 지나지 않아서는 콜레라까지 발생해 3천 명 이상이 사망했다. 사람들은 무언가 자신을 제외한 희생양을 찾기 원했다. 때문에 충실한 황제의 나라에서 실수하다시피 정부에 입각한 자유주의자들의 세력이 와해되고 말았다. 관용적인 정치가들이 사라지자 전국에는 다시 반유대주의가 확산됐다. 대체 빈에서 무슨 영광을 보려 하는지, 폴란드, 보헤미아, 갈리시아, 그리고 모라비아 지역의 많은 유대인들이 수도 빈으로 몰려들었다. 이국적인 면모에 이상한 말을 쓰는 동구 유대인들은 긴 외투에 모자를 쓴 우스운 옷차림이었고, 수염에 곱슬곱슬한 귀밑머리까지 가지고 있었다. 누구도 그들을 좋아하지도 원하지도 않았다.

프로이트 역시 그들을 무시하는 마음이 없지 않았다. 졸업시험을 보기 1년 전, 16세의 프로이트는 옛 고향 프라이베르크로 기차여행을 갔다 돌아오는 길에 유대인 가족과 같은 객실을 쓰게 됐다. 그 가족은 그에게는 "다른 어느 가족보다도 참기 어려웠고" 가장으로 보이는 남자는 "그야말로 전형적인 유대인 모습을 하고 있었다." 그 아들은 "타고난 사기꾼이자 간교한 거짓말쟁이로 원칙도 세계관도 없어 보였는데, 소중한 친지들 덕분에 자신이 인재라는 믿음을 지니고 있는 듯했다."

그랬다. 프로이트는 이 "쓰레기들"이 지긋지긋하다고 자신의 유대인 친구 에밀 플루스에게 편지를 썼다. 그의 또 다른 이야기. 프로이트는 보헤미아의 어느 여자요리사가 지금껏 자신이 본 얼굴 중 가장 완벽하게 불도그를 빼닮았다고 말했다. 그리고 그 쓰레기들 모두가 동구의 어느 지역 출신인지를 듣고서는 그곳이야말로 "그런 인간들을 위한 거름더미"라고 주장했다. 프로이트는 대체 왜 이런 행동을 보였을까? 청년 시절의 교만 혹은 지식인의 오만이었을까? 하지만 그 자신 역시 모라비아 출신이며 그의 어머니는 동구식 억양의 알아듣기 어려운 발음으로 이야기하지 않았던가.

나는 무신론을 믿는 의학도다
대학 시절

1873년 프로이트가 법학이 아닌 의학을 공부하기 위해 대학에 등록했을 때 반유대주의는 귀화한 유대인들에게까지 적용됐다. 그리고 프로이트는 이제 몇몇 거친 기독교인들을 향해 "쓰레기"라는 말을 내뱉을 줄 알게 됐다. 언젠가 기차 여행길에 오른 그가 공기가 너무 답답해 창문을 연 적이 있었는데, 그때 누군가 커다란 소리로 "거지 같은 유대인놈!" 하고 외쳤다. 주변의 다른 사람들 역시 뭔가 본때를 보여줄 듯 위협적인 모습이었다. 화가 난 프로이트는 자신도 뭔가 보여주겠다는 듯 그 무례한 인간들에게 가까이 오라고 이야기했다. 곧바로 프로이트가 내뱉은 "쓰레기"라는 한마디에 그들은 모두 기가 죽어버렸다.

이것은 어쩌면 프로이트가 아버지의 모피 모자 사건을 기억하고 있었기 때문에 가능한 장면이었는지도 모른다. 하지만 사실은 프로이트 자신도 엄청나게 놀랐다. 그는 〈나의 이력서^{Selbstdarstellung}〉를 통해 다음과 같은 내용을 밝히고 있다. "무엇보다도 나는 내가 유대인이라는 이유로, 스스로를 열등하게 바라보라는, 민족적 소속감이 없음을 자각하라는 요구를 받았다." 프로이트는 민족공동체 같은 것은 무시했다. 그러나 그는 바로 이 대학에 다니고 있었다. 그 지적인 사람들 틈에 껴서 말이다. "나는 왜 내가 나의 출신에 대해서, 혹은 사람들이 인종을 말하기 시작하면 부끄러움에 휩싸여야 했는지 이해할 수 없었다." 누구보다 프로이트를 멀리하고 경멸한 것은 다름 아닌 대학생들이었다.

반유대주의가 강했던 빈에서 프로이트는 반항아가 된다.
알브레히트 2세 대공 기마상, 빈.

이곳에서 대학생 프로이트는 격려받고 적대시되고 무시당한다.
빈 대학, 빈.

강의실이나 실험실 도처에서 유대인이 공격을 당하는가 하면 결투 클럽 회원들
은 아예 유대인에게는 싸울 능력이 없다고 단정했다. 어느 회칙에는 "핏줄 속
에 유대인의 피가 흐르고 있는 사람은 누구든 태어날 때부터 불명예다"라고 나
와 있을 정도였다.

이렇듯 프로이트는 성숙해지면서 원하지 않던 반골의 입장에 서게 됐고,
용감하고 독립적이고 타협할 줄 모르는 성격을 갖게 됐다. 심지어 그는 "빼곡
히 들어찬 대다수"를 즐겨 피하기도 했다. 이 말은 헨릭 입센(Henrik Ibsen,
1828~1906. 노르웨이의 시인 겸 희곡작가—옮긴이)의 작품 《민중의 적 *En folkefiende*》에서
인용된 것으로, 젊은 의학도는 자신을 이 작품의 주인공인 온천 의사 슈토크먼
과 동일시했다. 슈토크먼은 한창 성업 중인 휴양온천 아래의 땅이 오염돼 많은
세균이 물속에 떠다니고, 그 바람에 사람들이 티푸스에 걸린다는 사실을 발견
했다. 그는 온천을 폐쇄해야 한다고 주장했다. 그러자 시장과 시의원들이 들고
일어났다. 온천 영업으로 상당한 돈이 흘러 들어오므로 무슨 일이 있어도 그를
막아야만 했다. 그러나 슈토크먼에게는 자신의 명예가 달린 일이었다. 그는 곧
온천뿐 아니라 시민사회 전체가 오염됐음을 인식했고, "한없이 멍청한" 관료

들, "그 빼곡히 들어찬 저주받을 자유주의 성향의 대다수", 말하자면 부패 "덩어리"들을 공격하기 시작했다. 하지만 사람들은 집회를 열어 "그는 민중의 적이다!"라고 함성을 질러댔다. 슈토크먼은 정직하고 용감하게, 그리고 타협하지 않은 채 그곳에 서서 이렇게 말했다. "이 세상에서 가장 강한 사람은 완전히 홀로 서 있는 사람이다."

슈토크먼의 이런 생각은 그동안 마치 자신이 "온갖 반항심과 온갖 고통을" 조상에게서 물려받은 듯한 느낌, "조상이 그들의 신전을 보호하고 있는 듯한" 느낌을 갖게 된 프로이트의 생각과 같았다. 물론 대학에는 프로이트를 지지해주는 연합세력도 있었다. 그 세력이자 본보기가 된 사람들은 바로 그를 가르치는 교수들이었다. 해부학을 대표하는 카를 크라우스, 심리학의 권위자인 에른스트 브뤼케, 내과 과장인 헤르만 노트나겔, 칭송받는 외과 의사 테오도르 빌로트 등이 그랬다. 이들은 모두 독일 출신이었지만 편협한 반유대주의자들을 무시하고 재능 있는 제자를 독려했다.

프로이트의 스승들, 그중에서도 특히 브뤼케와 크라우스는 프로이트와 마찬가지로 다윈의 추종자였다. 다윈은 1859년 혁명적 저서인 《종의 기원*On the Origin of Species by Means of Natural Selection*》에서 새로운 이론을 내세웠다. 이 책이 출판되자마자 성경에 근거해 천지창조를 믿는 기독교 신자들이 격렬하게 항의했다. 아담과 이브가 낙원의 동식물과 더불어 한정된 자원을 얻기 위해 싸움을 벌이고, 경쟁에서 이긴 자만이 살아남으며, 약한 자는 강한 자에게 도태당하고, 실제 존재하는 그 어느 것도 영원하지 않다는 다윈의 생각을 기독교인들은 참을 수가 없었다. 그들은 소위 다윈의 원죄를 언급하며, 그 원죄란 다윈이 인간을 동물과 동급에 놓았다는 사실, 그가 감히 하느님이라는 존재를 자연에 아무런 영향도 미치지 않는 하나의 선량한 인간으로 봤다는 사실, 존재하는 모든 것은 세상의 힘으로부터 스스로 생성됐다고 주장한 사실 등에서 비롯된다고 했다.

스스로를 "무신론을 믿는 의학도"라 일컬은 프로이트는 다윈의 이론에 깊은 영향을 받았다. "그 이론이 세계를 이해하는 데 있어 특별한 후원자가 돼줬기 때문이었다." 그는 학자, 즉 자신이 가장 좋아한 작가 뵈르네가 말한 대로 "스스로 생각하는 자"가 되고자 했다. 그리고 그렇게 진실을 찾아나섬으로써 프로이트 역시 다윈처럼 환상을 허물어뜨리는 길 위에 서게 됐다. 그가 법학에서 의학으로 방향을 틀게 된 첫 번째 이유가 바로 다윈이었다. 그 다음 낭만적인 이유는 괴테의 짧은 글 〈자연 Die Natur〉에 있었다. 이 글에서 괴테는 자연은 화려하고 훌륭한 어머니로서 자신이 사랑하는 아이들에게만 비밀을 알려준다고 기술했다. 하지만 그는 특권 없이, 영혼과 천재성 없이는 "자연에게서 어떤 해명도 끌어내지 못하며 자연이 자의적으로 선물을 주지 않는 이상 어쩔 수 없다"고 덧붙였다. 자연은 유희를 하고, 생각하고, 만들어 세우고, 파괴한다. "모든 것이 새롭지만 그 모든 것이 늘 오래된 것이다."

1876년 크라우스 교수는 20세의 프로이트에게 180굴덴(유로화 도입 이전의 네덜란드 및 그 영향권 내 국가의 화폐 단위−옮긴이)의 장학금을 주어 트리에스트에 새로 설립된 해양생물학 실험소로 보냈다. 그곳에서 뱀장어를 해부해보고 그것들이 자웅동체인지 2개의 성을 가지고 있는지 검증해오라는 것이었다. 프로이트는 4백 마리의 장어를 해부하고 그것을 확대경으로 관찰했다. 몇몇 샘플에서 혹시나 장어의 고환일 수도 있을 조그만 조각을 찾아내긴 했지만 결국 별다른 성과는 나오지 않았다. 교수는 칭찬했지만 젊은 연구자는 실망했고, 자신이 괴테의 《파우스트 Faust》 속 메피스토가 쾌재를 부르는 장면에 놓인 듯한 느낌을 받았

프로이트는 트리에스트의 해양생물학 실험소에서 4백 마리의 뱀장어를 해부하고 확대경으로 고환을 찾는다.
어느 수족관, 트리에스트.

다. "너희들은 헛되이 여러 학문을 섭렵하지만/ 누구나 자신이 배울 수 있는 것만을 배우지." 트리에스트에서 프로이트에게 뱀장어보다 더 유혹적인 것은 여신처럼 생긴 이탈리아의 여성들이었다. 그들은 빈의 어느 여자들보다도 유혹적이었지만 프로이트는 수줍고 용기가 없었다. 그는 주눅이 들어 체념한 듯 친구 질버슈타인에게 다음과 같이 편지를 썼다. "인간을 해부하는 것은 허용되지 않기 때문에 도대체가 그들과는 아무것도 같이 할 게 없다네."

프로이트는 이탈리아에서 돌아온 후 브뤼케 교수의 실험실에서 비로소 안정감과 만족감을 찾았다. 브뤼케는 위압적인 사람으로 똑똑하고 냉정하고 빈틈이 없었으며, 엄격한 시험관인 동시에 날카로운 관찰자였다. 또한 자신의 시선을 그냥 넘길 수 없게 만드는 권위자이기도 했다. 브뤼케는 프로이트를 신경계의 비밀 속으로 이끌었고 이 조수는 스승에 대해 경탄해마지않는 동시에 그를 대단히 존경하게 됐다. 브뤼케의 실험실은 예전 어느 무기 공장 1층 자리로, 결코 좋은 환경이 아니었다. 어둠침침한데다 곰팡이 냄새가 났고 전기도 가스도 없었다. 물은 우물에서 길어와야 했고 요리는 알코올버너로 해결해야 했으며 실험용 동물들은 헛간 속에서 왔다갔다했다.

프로이트는 종종 시간을 지키지 못했다. 시간에 잘 맞게 실험실에 도착한 날도 있었지만 어떤 때는 많이 늦기도 했다. 어느 날 브뤼케 교수가 실험실에 아주 늦게 도착한 그를 맞았다. 아니 아니, 교수의 호통이 프로이트를 숨어버리고 싶을 정도로 부끄럽게 만든 것이 아니었다. "지독하게 푸른 두 눈은 압도적이었다. 그가 나를 쳐다봤고 그 시선 앞에 나라는 존재는 사라졌다"고 프로이트는 《꿈의 해석》에서 쓰고 있다. 그는 교수가 그런 눈으로 자신을 쳐다보는 꿈을 꿨고 그 자신도 비슷한 눈으로 상대방을 살피는 꿈을 꿨다. 프로이트는 브뤼케 교수 밑에서 인간 신경계의 비밀을 풀기 위해 생각하고 연구하고 실험하면서 6년을 보냈고, 한참 후 자신이 교수의 애제자가 됐다는 사실을 자각했다.

브뤼케의 주변에서 프로이트는 정신분석에 대한 영감을 준 인물을 만나게 되는데 그가 바로 빈의 유명한 의사이자 심리학자인 요제프 브로이어(Josef Breuer, 1842~1925. 오스트리아의 의사 겸 생리학자. 프로이트와 더불어 정신분석 영역에서 선도적 역할을 했으며 두 사람의 공동 저작인 《히스테리 연구Studien über Hysterie》를 집필했다―옮긴이)였다. 그는 프로이트보다 14살 연상으로 경제적 여유가 있고 선량하며, 관대하고 교양 있는 성공한 사람이었다. 프로이트는 그에게 마음을 빼앗겼다. "그 사람은 빛과 온기를 주변에 퍼뜨린다"고 프로이트는 쓰고 있다. 그리고 브로이어와 대화를 나눌 때면 마치 자신이 "햇볕 속에 앉아 있는 듯한" 느낌이라고 했다.

브로이어는 프로이트를 자신의 집에 초대해 토론과 조언을 즐겼다. 그는 또한 프로이트에게 금전적으로도 도움을 줬다. 프로이트는 이런 상류시민계급 사회에서 그 어느 때보다도 편안한 느낌을 받았고, 자신의 조언자와 그의 아름다운 부인 마틸데를 지켜보며 가장 행복한 결혼생활이 무엇인지도 알게 됐다.

프로이트가 박사학위를 받고 난 후 브로이어는 빈이 아닌 다른 지역이라도, 자신이 방문하는 곳이면 어디든 프로이트를 데리고 다녔다. 두 사람이 바덴에 있는 여관에 묵었을 때, 브로이어는 숙박부에 프로이트를 자신의 동생으로 기입했다. 덕분에 생활이 쪼들리는 프로이트는 웨이터에게 따로 팁을 줄 필요가 없었다.

또 한번은 두 사람이 시내에서 산책을 하고 있을 때였다. 어느 여성 환자의 남편이 브로이어를 발견하고는 그에게로 다가왔다. 프로이트는 그들의 대화를 방해하지 않기 위해 뒤로 물러섰다. 대화가 끝난 후 브로이어는 그 사람의 부인이 사교 모임만 가면 늘 무턱대고 큰 소리로 나서는 습관 때문에 자신에게서 신경증 치료를 받고 있다고 설명했다. "그런데 말일세." 브로이어는 덧붙여 "실제 내용은 늘 알코브의 비밀이라네"라는 말을 했다. 프로이트는 그게 무슨 뜻인지 잔뜩 궁금했다. 늘 "친절하게 가르쳐주는" 브로이어는 그 알코브라는 단어가 "부부의 잠자리"를 의미한다고 일러줬다.

입맞춤할 상대가 없으면 흡연을 피할 수 없다
약혼

1882년 4월의 어느 날, 프로이트의 누이들은 방문객을 맞고 있었다. 늘 그렇듯 젊은 의사는 잠깐 방 안을 들여다보고 가족과 손님에게 인사를 했다. 그런데 이번만큼은 평소처럼 자신의 작은 방으로 금세 들어가지 못하고 그 자리에 굳어 버렸다. 기다란 식탁에는 매력적이고 상냥하며 창백한 소녀 하나가 앉아 있었다. 크고 둥근 눈에 중간 가르마를 곧게 탄 그녀는 그곳에 앉아 매혹적인 분위기로 이런저런 이야기를 건네며 사과를 깎고 있었다. 이브의 사과인가! 프로이트는 완전히 정신이 나가서는 숙녀들 옆에 앉아 괜한 것을 물어보며 그녀들의 대화에 귀를 기울였다. 그 아름다운 숙녀의 이름은 마르타, 마르타 베르나이스라고 했다. 21세인 그녀는 함부르크 출신으로 빈에서 살고 있으며, 정통 유대인으로 최고의 교육을 받았고, 집에서는 예의와 질서, 정확성과 같은 프로이센적인 윤리에 충실한 가정교육을 받은 터였다. 그렇다면 독서 취향은? 그녀는 찰스 디킨스의 《데이비드 코퍼필드 *David Copperfield*》를 읽는 중이었다. 찰스 디킨스는 그녀가 가장 좋아하는 작가 중 하나였다. 마르타는 말하고 웃는 가운데 양파처럼 자신의 매력을 드러냈고 프로이트는 벼락을 맞은 듯한 느낌을 받았다. 그야말로 벼락이었다. 이제 프로이트는 마르타 외엔 그 누구도 원하지 않았다. 그녀는 괴테의 《빌헬름 마이스터 *Wilhelm Meister*》에 등장하는 정말 아름다운 요정 멜루지네 같아 보여. 아니 아니, 이 예쁜 마르타는 물의 요정이 아니라 사람인걸. 사랑스러운 나의 천사. 프로이트는 마르타에게 매일같이 자신의 명함을 넣어 꽃을 보냈다. 그는 명함에 자신이 아는 모든 언어, 즉 라틴어, 스페인어, 영어, 독일어로 격언이나 소망, 희망 등을 적어넣었고, 앵두 같은 입술로 옥구슬 굴러가듯 이야기하는 자신의 동화 속 요정을 "작은 공주님"이라 불렀다.

마르타는 프로이트에게 자신의 사진을 선물했고, 그는 이 선물을 그가 가진 수호신 사진들과 함께 둬야 하는 건 아닐까 고민했다. 책상 위에 걸린 알렉산더 대왕, 소포클레스, 한니발, 크롬웰의 사진 사이에 마르타의 사진을 걸까? 아니지, 하고 프로이트는 그녀에게 편지를 썼다. "내가 존경해마지않는 그 남자들의 굳은 얼굴을 보여줘도 되는지 모르겠군요. 아무래도 사랑스러운 소녀의 모습은 그냥 감춰둬야만 하겠어요." 마르타의 사진은 책상서랍 속으로 들어갔다. 하지만 프로이트는 자신이 하루 24시간 동안 얼마나 자주 그 사진을 들여다보는지 감히 말할 엄두조차 나지 않는다고 고백했다. 그는 마르타에게 데이트를 청하며 함께 산책을 하자고 했다. 두 사람이 팔짱을 끼고 천천히 칼렌 산을 내려가던 중의 일이었다. 프로이트는 자신의 사랑스러운 프로이센 소녀를 위해 떡갈나뭇잎 한 다발을 선물했다. 그러나 유감스럽게도 그녀는 그것을 별로 좋아하지 않았다. 이후 그녀의 기사는 떡갈나무만 봐도 소름이 끼쳤다. 프로이트는 그녀에게 찰스 디킨스의 작품을 선물했으며, 마르타는 프로이트를 위해 케이크를 굽고 그의 방을 장식할 꽃가지를 준비했다. 그러던 어느 날, 두 사람이 함께 프라터 공원에 놀러 갔다. 그곳에는 마르타의 엄한 어머니 에멜리네가 와 있었다. 두 사람은 그들의 사랑에 대해, 장래에 대해 제대로 이야기를 꺼내본 적이 없었다. 사람들은 계속해서 그 두 사람을 지켜보기로 했다. 저녁식사 때면 이들은 테이블보 아래로 두 손을 맞잡고 자신들의 감정을 몰래 표현했다. "내

소중한 마르타, 당신이 나의 삶을 얼마나 바꿔놓았는지." 프로이트는 그녀에게 편지를 썼다. 그렇다. 그는 그녀와 결혼하고 싶었고 그녀에게 이 사실을 고했다. 마찬가지로 사랑에 빠져 있는 마르타 역시 그를 위한 선물을 준비했노라 속삭였다.

그것은 마르타의 돌아가신 아버지가 자신이 끼던 반지와 똑같은 모양으로 딸을 위해 만들어준 반지였다. 금으로 테를 두른 진주반지. 1882년 6월 17일 그녀는 이 반지를 프로이트에게 선물한다. 이로써 두 사람은 그 매혹적인 마르타가 사과를 깎던 날로부터 두 달 후, 마르타의 어머니가 이 소식을 들으면 난리를 칠 터인 까닭에, 그들만의 비밀스런 약혼을 하기에 이른다.

한편 프로이트는 다른 남자들 역시 자신의 마르타에게 반해 있다는 사실에 놀라움을 금치 못했다. 한 사람은 화가였고, 다른 한 사람은 그녀의 사촌인 작곡가 막스 마이어였다. 프로이트는 질투에 사로잡혀 그녀더러 막스, 즉 자신의 라이벌에게 반말로 이야기하지 말 것이며, 그냥 막스가 아닌 "마이어 씨"라 부르라고 명할 정도였다. 사촌을 그렇게 부르라니! 마르타는 그런 건 문제도 아니라며 그저 웃어넘길 수밖에 없었다. 프로이트는 예술가들이 학자에 비해 불공평한 이점을 지니고 있다고 주장했다. 물론 그는 자신의 질투가 병적임을 알고 있었다. 또한 자신에게 "독재적인 경향"이 있음도 잘 알고 있었다. "나는 사랑에 있어 독점욕이 너무 강하다"고 그는 말했다. 하지만 가장 위험한 적은 다른 곳에 있음을 프로이트는 알고 있었을지. 그 적은 바로 그녀의 어머니 에멜리네 베르나이스였다. 그녀는 딸의 장래를 위해, 아직 자리도 못 잡은 풋내기 의사가 아닌 다른 남자를 염두에 두고 있었다. 프로이트의 집안은 동구 출신에 가난하기까지 했다. 베르나이스의 집안도 가진 것은 많지 않았지만 최소한 가

문만은 좋았다. 마르타의 할아버지는 함부르크의 고위성직자였고, 숙부는 셰익스피어와 괴테의 연구자로서 뮌헨에서 활동하며 루트비히 2세에게 강의를 하기도 했다. 둘째 딸 민나의 약혼자는 산스크리트 연구자였다. 에멜리네는 마르타에게 걸맞은 남자를 찾아보려던 참이었는데 딸이 먼저 선수를 쳐버린 것이었다. 종교에 엄격한 이 유대인 여성은 유대인 무신론자를 택했지만 결국 그 누구도 그녀가 지그문트 프로이트를 선택한 것에 대해 이러쿵저러쿵하지 않게 됐다. 그리고 프로이트는 "마르타가 살아 있는 한은 그녀가 나의 유일한 존재로 남을 것이라는 확신" 속에 일생을 살았다.

은밀하게 M과 S라는 이니셜이 박힌 편지가 오갔다. 사정을 잘 아는 친구들의 주소로 보내진 이 편지들의 첫머리에는 "내 귀한, 뜨겁게 사랑하는 소녀"라는 애칭이 적혀 있었다. 연인은 남몰래 프라터 공원 혹은 다른 공원에서 한 시간 정도 만나기도 했고, 약혼녀가 함부르크에 있는 숙부 댁에서 휴가를 보낼 때면 남자가 은밀히 그곳을 쫓아가기도 했다. 그들은 남몰래 미래와 행복, 그리고 축복에 대해 상상의 나래를 펼쳤다. 남자는 약혼녀의 발치에 앉아서 더 이상 깜짝 놀라거나 불안해하지 않아도 되고, 낮과 밤도 변하지 않는, 낯선 이가 불쑥 들어오는 일도 없거니와 이별도 걱정도 자신들을 떼놓지 못할 그런 때가 반드시 오리라는 것을 이야기했다. 그러나 이미 이별은 결정돼 있었다. 마르타의 어머니가 함부르크로 가족 모두의 이사를 결정한 것이다. 더 이상 무슨 말이 필요하겠는가. 그녀의 어머니는 그들끼리 약혼한 사실을 잘 알고 있었지만 결혼은 생각조차 안 했다. 그 젊은이는 대학교수 자격도 얻어야 하고 돈도 벌어야 하잖아. 그러기까진 시간이 오래 걸리겠지. 그런데 내 딸더러 그 오랜 약혼 기간을 한 도시에서만 보내라고? 안 돼. 그녀는 단호했다. "여자란 마음이 약해지

엄한 장모는 마르타에 대한 프로이트의 사랑을 혹독하게 시험한다.
카피톨리노 미술관의 에로스와 프시케상, 로마.

고 남자란 시험에 떨어지기 마련이란다.”

　빈을 떠난다고? 무엇 때문에? 프로이트는 당황했다. 그는 마르타의 네 살 아래 동생 민나에게 이사하는 것은 오기에 지나지 않는다며, 에멜리네 베르나이스가 “마치 노인네처럼 우리 모두에 반대하는 입장을 취하고 있다”는 편지를 썼다. 그리고 이사를 해서 마르타와 자신을 오랫동안 떨어뜨려 놓는다 해도 마르타의 마음은 변치 않을 것이라고 했다. 에멜리네의 생각은 기품도 없으며 정력적인 노인의 무분별함을 보여줄 뿐이라는 것이었다. 프로이트와 마르타는 이미 너무나 반듯한 생활을 하고 있었다. 그들은 입맞춤하고 포옹했지만 그 이상은 아니었다. 약혼녀는 순결하게 보호되고 있었다. 마르타 21세, 프로이트 26세의 나이였다. 하지만 그들은 4년 동안의 이별보다 훨씬 더한 것들이 자신들을 기다리고 있음은 알지 못했다. 끝없는 이별의 시간, 고통스러운 금욕, 억압된 성생활이 바로 그것이었다. 훗날 프로이트는 성적性的 장애로 인한 정신 장애 이론을 정립할 때 이때의 경험을 토대로 했다. 그는 자신이 무엇을 써야 할지 이미 알고 있었다. 또 프로이트는 자신이 왜 그렇게 담배를 많이 피는지에 대해서도 잘 알고 있었다. 담배는 대용품이었다. “입맞춤할 대상이 없을 때는 어쩔 수 없이 담배가 그리워진다.” 이렇게 해서 두 연인은 서로에게 진실하기로, 그리고 가능하면 매일같이 편지하기로 맹세를 하고 아쉬운 이별을 한다. 프로이트는 돈이 조금이라도 생기면 곧바로 반츠벡에 있는 마르타에게 그 돈을 보냈다. 모자에 달 깃털 장식을 구입하거나 포도주 몇 병으로 즐거운 시간을 보내라는 뜻이었다.

한편 프로이트는 빈 종합병원에서 근무하게 됐다. 그는 외과, 내과, 정신과, 피부과, 안과 등 여러 전공을 섭렵했다. 그는 두뇌해부학 실험실에서 연구를 하며 인턴에서 천천히 승진해 강사 자리까지 올라갔다. 그는 야심차게, 그리고 목표 지향적으로 앞을 향해 나아갔으며 종종 자신의 길을 방해하는 동료들에게는 마음 가득 분노를 품었다. 그럴 때면 거친 환상이 그의 머리를 떠돌았다. 살인 충동도 예외가 아니었다. "이 세상 어디든지 서열과 승진이 있는 곳에서는 억제할 필요가 있는 욕망이 생겨날 수 있다"는 그의 생각은 《꿈의 해석》에도 잘 나와 있다.

밤이 되면 이 진정한 낭만주의자는 자신의 작은 방에서 사랑하는 마르타에게 편지를 썼다. 자신은 언젠가 그녀와 함께 두 개 혹은 세 개의 방이 딸린 집에서 살고 싶은데, 사람은 사랑만 하며 사는 것이 아니라 "밥을 지을 수 있는 불이 꺼지지 않는 아궁이"도 필요하고, 책상과 의자, 침대, 거울 그리고 "상상의 나래를 펼칠" 팔걸이의자 등의 가구, "주부가 깨끗한 바닥을 유지할 수 있게" 도와주는 양탄자와 옷, "장식 꽃이 달린 모자", "갑자기 배가 고프거나 손님이 들이닥쳤을 때를 대비한" 식품 저장실도 필요하기 때문이라는 것이 그 이유였다. 뿐만 아니라 책, 고급 와인글라스, 재봉틀, 시계, 램프 등등도 갖춰야 한다며 프로이트는 한없이 미래에 대한 꿈을 펼쳤다. 그는 "오 나의 귀한 마르타"를 외치며 완벽한 살림살이, 말하자면 "커다란 열쇠꾸러미"가 찰랑거리는

프로이트는 약혼녀와 더불어 테이블과 의자, 침대와 거울을 갖는 작은 행복을 꿈꾼다.
코르소 거리, 로마.

"조그만 행복의 세계" 속에 탐닉했다. 그런가 하면 지금 당신의 모습이 궁금하니 자신에게 편지를 해달라고 부탁하기도 했다. 그녀가 살이 좀 쪘는지, 빈을 떠날 때보다 피부는 좋아졌는지 등. 그는 약혼녀에게 맑은 공기를 쐬러 나갈 것과 달리기를 당부했다. 또 가끔씩 적포도주를 마실 것과 빈혈에 그렇게 좋다는 "블라우췌 철분제"도 복용할 것을 일렀다. 규칙적으로 식사해서 살도 찌워야 한다는 말 역시 잊지 않았다. "그렇게 하는지 아닌지 내가 민나에게 물어볼 참이오." 말을 듣지 않으면 책을 팔아 함부르크-반츠벡으로 가는 차표를 마련해, 풀숲에 숨어 그녀를 기다리겠노라고 프로이트는 말했다. "그러기를 원하나요, 내 사랑?"

나는 몸속에 코카인을 품은 강하고 거친 남자다
마약 실험

어느 날 프로이트는 한 군의관에 대한 글을 접하게 된다. 그 군의관이 가을 기동훈련 때 군인들에게 코카인을 먹여, 전투 시 힘을 강하게 하고 모두를 호전적으로 바꿔놓았다는 내용의 글이었다. 꽤나 재미있는 현상이라는 생각을 한 프로이트는 다름슈타트에 있는 메르크 사社에 이 마약 1그램을 주문하고는, 그 가격에 깜짝 놀랐다. 약값은 그가 생각하던 33크로이처가 아니라 3굴덴 33크로이처였다. 프로이트는 외상으로 그것을 구입해 우선 자신에게 조금 실험해보기로 했다. 이럴 수가! 20분의 1그램에도 바로 흥분이 됐다. 더 신기한 것은 그의 울적함이 금세 사라졌다는 사실이었다. 혹시 이 약이 정신적인 능력에 어떤 부작용을 안기는 것은 아닐까? 아니, 다행히 조금의 영향도 없는 것 같았다. 그야말로 "마법의 약"이었다. 위가 심하게 아플 때도 코카인 복용은 도움이 됐다. 통증이 사라지는 것이다. "환자들을 돌본 이래로 비로소 지금에야 내 자신을 의사로 느낀다오." 프로이트는 행복해하며 자신의 약혼녀에게 편지를 썼다.

프로이트는 코카인이 그 자극에 있어 술보다 훨씬 덜 위험하다고 생각했다. 코카인은 생기를 돌게 하고 신경을 안정시키며, 나쁜 기분을 없애주고 울적함을 사라지게 하며, 능력을 증대시킨다. 무엇보다 그것은 중독성이 없다. 프로이트는 굳게 믿었다. 그는 이 기적의 약을 친구들에게 적극적으로 권했고, 동료들에게는 환자에게 쓰라고 주었으며 누이들과도 함께 나눴다. 후에 프로이트의 친구이자 전기작가였던 어니스트 존스는 다음과 같은 말을 남겼다. "한마디로, 오늘 우리가 아는 관점에서 보자면 그는 공공의 적이 되는 최상의 길 위에 서 있었던 것이다."

프로이트는 반츠벡의 마르타에게도 그녀를 강하게 만들어줄 이 약을 한번 복용해보라며 2분의 1그램의 코카인이 든 조그만 병을 보냈다. "아 귀여운 공주님, 내가 가면 당신 얼굴이 새빨개지도록 입맞춤하고 뚱뚱해질 때까지 음식을 먹일 거예요. 만약 당신이 말을 듣지 않는다면 누가 더 강한지 보여주고 말겠소. 입이 짧은 조그맣고 다정한 소녀인지, 아니면 코카인을 몸속에 품은 강하고 거친 남자인지."

이제 프로이트는 본격적으로 코카인에 대한 문헌을 모으기 시작했다. 좀 더 연구를 한 뒤 의학잡지에 논문을 써 이 마약을 극찬하려던 참이었다. 학자가 전문적인 주제를 가지고 그토록 문학적인 글을 쓴 일은 드물었다. 프로이트는 땅으로 추락해 기적의 식물을 가난한 사람들에게 나눠준 태양신의 아들에 대한 전설과, 코카나무 잎을 씹는 인디언 이야기, 종교집회 이야기를 한 후 거기에 자신의 체험을 덧붙였다. "사람들은 자제력이 커지고 삶의 활력과 노동력이 증대함을 느낄 수 있을 것이다." 프로이트는 이것으로 유명세를 타 결혼할 수 있게 되기를 바랐다. 그렇다. 그야말로 그럴 수 있기를 소망했다. 그는 유명해지는 것을 반어적으로 "돈 사냥, 지위와 명성 사냥"이라 일컬었다. 그가 유명해지지 않은 것, 아직 유명해지지 못한 것은 그 자신이 농담 반, 진담 반으로 말하듯 마르타의 잘못이기도 했다. 바다의 요정 사이렌 같은 아름다운 연인 마르타가 프로이트를 자꾸만 유혹했으므로. 하지만 두 사람은 일 년 동안 만나지 못하고 서로 그리워만 했다. 마침내 프로이트는 일을 줄이고 휴가를 내 함부르크에 있는 그녀에게 가기로 했다. 그는 친한 동료 둘에게 어쩌면 코카인이 마취효과도 가지고 있을는지 모른다고 설명하며, 흥분되고 예민한 상태에서 북쪽으로 가는 기차에 올랐다.

프로이트의 논문은 센세이션을 일으켰다. 이 논문은 심지어 외국에서도 출판돼 그 가치를 인정받았다. 그러나 명성은 프로이트의 두 동료 중 한 사람의 몫이 됐다. 그 동료가 코카인이 특히 안과 수술에서 마취에 최고로 적합하다는 사실을 발견했기 때문이다. 국부 마취. 이것이야말로 진정한 발견이었다. 결국 프로이트의 월계관은 시들었다. 비판적인 의사들은 프로이트가 알코올과 모르핀 이후 "인류 제3의 재앙"인 코카인을 마구 치켜세우고, 또 무해한 것으로 만들었다며 그에 대한 비난을 서슴지 않았다. 무엇보다 프로이트에게는 친구인 에른스트 폰 플라이쉴-마르크소프와의 일이 심각했다. 이 심리학자는 수년 전부터 심각한 신경통에 시달리며 계속해서 모르핀을 복용해오고 있었다. 그는 마약을 멀리하려 했지만 잘 되지 않았다. 프로이트는 코카인을 통해 그를 마약 중독에서 해방시킬 수 있다고 철석같이 믿었지만 곧 그 생각을 쓰라리게 후회해야 했다. 플라이쉴-마르크소프는 얼마 지나지 않아 돌이킬 수 없을 만큼 코카인에 중독돼버렸고, 시름시름 앓다 끝내는 죽음을 맞았다. 프로이트의 죄책감은 꿈에서까지 계속됐다. 그는 약혼녀에게 이런 편지를 썼다. "나는 그의 죽음으로 인해 눈앞에서 갑자기 성스러운 신전이 붕괴된, 늙은 그리스인 같은 심정이라오."

내 몸속에 있는 박사의 아이가 지금 나오고 있어요
안나 O.의 이야기

1883년 7월 13일, 끔찍하게 더운 여름날이었다. 프로이트는 기진맥진해 더 이상 일하고 싶지 않았고 기분전환이 필요했다. 그는 오랜 친구 요제프 브로이어를 찾았다. 브로이어는 두통으로 몸이 좋지 않아 살리실산을 복용하려던 참이었다. 브로이어는 약효를 기다리는 동안, 손님에게 더위에 지쳤을 테니 욕조에서 목욕을 하라고 권했다. 프로이트는 이 "물에 젖는 손님 접대"에 흔쾌히 응했다. 그 당시 사치를 상징하던 욕조를 집 안에 둔 자가 몇이나 있었겠는가? 프로이트는 "회춘한 듯" 다시 원기 충천해 브로이어에게로 돌아왔다. 두 사람은 "셔츠 바람으로" 저녁 식사를 하며 "진심 어린 애정을 갖고" 자신들의 여자 이야기에 빠져들었다. 브로이어는 37세의 마틸데에 관해, 프로이트는 22세의 약혼녀인 마르타에 관해 이야기했다. 이들은 각자가 가장 사랑하는 사람에게 똑같은 애칭을 붙여줬다는 사실을 확인하고는 몹시 감동했다. 그 애칭은 셰익스피어의 작품에 등장하는 리어 왕의 막내딸 이름으로, 아버지를 배반하지 못하고 신의를 지키다 미쳐버리는 '코델리아'였다.

그런 다음 브로이어는 특별한 신경증 환자인 베르타 파펜하임 이야기를 꺼냈다. 그녀는 "사춘기의 신경과민도 없이" 늘 건강했고, 또한 "규칙적으로 월경을 했으며" 대단히 지적이고 의욕이 강했다. 그녀의 시적인 재능은 항상 "아주 날카롭고 비판적인 오성을 통해" 조절됐다. 말하자면 그녀는 막 20세를 넘긴, 강인하고 활동적이며 고집스럽고 생기 있는 젊은 여성이었다. 그런데 브로이어에 의하면 그녀의 "성적인 요소만은 놀라울 정도로 성장하지 않았"단다. 베르타 파펜하임은 청교도적인 분위기의 가정에서 성장했고, 자신의 아버지를 우상숭배하듯 사랑한 것을 제외하면 그 누구도 사랑한 적이 없었다. 그녀는 스스로 자신의 극장이라 이름붙인 백일몽을 꾸며 그녀만의 세계로 빠져들었다. 이것이 바로 아버지가 병이 나기 전까지의 베르타 파펜하임이었다. 그녀의 아버지는 정확히 3년 전인 1880년 7월 발병했는데 그때 믿을 수 없는 일이 일어났다며, 브로이어는 더운 여름밤 프로이트에게 자신의 진단 기록에 암호명 안나 O.로 기입된 베르타 파펜하임의 이야기를 본격적으로 들려줬다. 브로이어의 안나 O.는 정신분석에 있어 역사적인 최초의 사례로 언급되며, 미래의 정신과 의사인 프로이트에게 중요한 단초로 작용했다.

그날 밤 2시, 지그문트 프로이트는 집으로 돌아와 저녁에 있었던 일에 대해 재빨리 마르타에게 편지를 썼다. "당신의 친구 베르타 파펜하임이 다시 화제에 올랐다오." 그러나 브로이어와의 대화 내용은 너무나 "사적"인 것이었으므로 그는 결혼하고 난 후에야 마르타에게 그 내용을 이야기할 수 있었다.

베르타 파펜하임의 아버지는 점차 병이 깊어졌는데 그것은 아버지를 우상처럼 사랑하는 딸에게 히스테리를 촉발시키는 계기가 됐다. 아내가 아닌 딸 베르타는 아버지만을 위해 존재한다고 할 정도로 아버지를 헌신적으로 돌보았다. 그녀는 아버지의 병세가 좋아지지 않으면 고통스러워했고, 자신 역시 그에게 나타나는 심리적·육체적 증세를 함께 느꼈다. 그녀는 아무것도 먹고 싶지 않았고 음식 앞에서 구토를 했으며, 심한 기침으로 인해 더 이상 아버지를 돌볼 수 없게 됐다. 그러다 아버지가 죽자 베르타 파펜하임은 완전히 쓰러져버렸다.

정신병리학과 신경증 연구는 프로이트가 택한 새로운 방향이었다.
뤽상부르 공원, 파리.

머리가 아프고 시각 장애가 일어났으며, 불안에 휩싸이는 것은 물론 벽이 넘어지며 자신을 덮친다는 환각을 일으켰고, 누군가 자기 방에 들어오면 욕을 하며 주변에 베개를 던졌다. 베르타는 자신이 미쳐버릴까봐 두려웠고 여기저기에 시체와 해골, 검은 뱀들이 널려 있는 것이 보였다. 그녀의 머리카락이 곧 뱀, 바로 베르타-메두사였다. 해가 진 후 잠깐 깨어 있는 순간이면 베르타는 자기 머릿속의 "깊은 암흑"에 대해 불평을 했다. 자신이 사람을 더 이상 알아보지 못하는 것에 탄식했으며, "두 개의 자신", 즉 진정한 자신과 사악하고 나쁜 것만을 요구하는 또 하나의 자신에 대해 어찌할 바를 몰라 했다. 그녀는 말도 제대로 하지 못하는 지경에 이르렀다. 갑자기 문법이 머릿속에서 깡그리 사라져버렸다. 몽땅 잊어버렸다. 관사? 그게 뭐지? 그녀는 말도 전보 치듯 짧게 했으며, 알고 있던 마지막 단어들까지 잊어버리고 난 뒤에는 아예 말문을 닫아버렸다. 그러더니 이번엔 갑자기 영국여자가 돼 영어로만 말하기 시작했다. 어머니가 딸을 위해 고용한 간병인은 그녀의 말을 한 마디도 이해하지 못했다.

브로이어는 매일 저녁 환자를 찾아갔다. 아주 매력적인 안나 O.는 자신에게 질문하고 자신의 말을 잘 들어주는 이 의사를 좋아했다. 그녀는 즐겨, 그리고 당연하다는 듯 영어로 이야기했고, 그녀가 영어로 말하고 있음을 실제로 브로이어가 확인시켜주기까지는 상당한 시간이 걸렸다. 그녀는 흥미로운 이야기를 들려줬지만 대부분이 슬펐다. 이야기를 한 뒤에는 그녀의 상태가 좋아졌다. 그녀는 이 만남을 자신의 "토킹 큐어talking cure", 즉 대화치료라 이름붙였다. 아주 기분이 좋을 때 그녀는 "침니 스위핑chimney sweeping", 즉 굴뚝 청소를 하듯 자유롭게 이야기를 늘어놓았다. 그로써 이 명석한 환자는 훗날 정신분석이라 칭하게 될 어떤 것들을 정확히 보여줬다.

어느 날 브로이어는 거의 처음 시작하는 단계로 되돌아가 있었다. 안나 O.는 찌는 듯한 더위에도 불구하고 물을 전혀 마시지 않았다. 목이 타들어가는 듯한 갈증을 느끼면서도 단 한 모금의 물도 넘기지 않았다. 브로이어는 그녀에게 최면을 걸었고, 최면에 걸린 안나 O.는 자신을 돌봐주는 영국인 여자가 유리컵에 물을 담아 개에게 마시게 한다는 이야기를 했다. 유리컵에 담아서? 어쩌면 그녀 자신도 그 컵으로 물을 마시지 않았겠는가! 거기에 바로 원인이 있었다. 속마음을 털어놓고 나니 신기하게도 그녀의 공포증이 사라져버렸다. 이런 희망적인 일이! 브로이어는 최면에 놀라울 정도로 잘 적응하는 자신의 환자에게 이제 자주 이 요법을 사용하기 시작했다. 그녀는 최면상태에서 자신의 모든 불안에 대해 반응을 보였고 브로이어는 대답을 얻어냈다. 이렇게 해서 안나 O.는 "굴뚝 청소를 하듯" 스스로 자신의 병을 머리와 영혼으로부터 쓸어냈다.

치료 효과는 어땠을까? 1년 반 동안의 치료 이후 그녀는 실제로 건강해졌을까? 브로이어는 훗날 프로이트와 함께 출판한 《히스테리 연구》에서 안나 O.의 경우, 흥미 있는 사례들을 다 밝히지 못했노라고 썼다. 나중에 유명한 여권론자가 된 베르타 파펜하임에 대한 아주 특별한 이야기가 하나 더 있었다. 브로이어는 그 더운 7월의 밤, 친구 프로이트에게 아마도 그 이야기를 했던 것 같으며, 프로이트는 결혼 후 아내 마르타에게 이 내용을 털어놓았다.

그녀의 모든 증세가 더 심해지는 듯했던 어느 날 저녁 브로이어 박사는 베르타에게서 대단히 급박한 호출을 받았다. 베르타는 고통으로 인해 몸이 뒤틀리고 있었으며 하복부에 아주 심한 경련 증세를 보였다. 브로이어가 안나 O.에게 도대체 무슨 일이냐고 물으니 그녀가 숨을 헐떡이며 "내 몸속에 있는 브로이어 박사의 아이가 지금 나오고 있어요"라 말했다. 브로이어는 이 히스테리 같은 임신에 대해 엄청나게 당황할 수밖에 없었다. 어쨌든 프로이트는 다음과 같이 쓰고 있다. "당연히 그는 놀라서 도망쳐버렸고 환자를 한 동료에게 넘겨버렸다." 그렇다. 브로이어는 달아났다. 그런데 사실 거기에는 이유가 있었다. 브로이어의 아내 마틸데는 평소 안나 O.를 질투했다. 남편이 안나와 그녀의 병의 진행상태에만 정신이 팔려 집에만 오면 그 이야기를 늘어놓았기 때문이다. 결국 브로이어는 사랑하는 아내와 함께 베네치아로 여행을 가기로 결정했었다. 그러자 이번에는 안나 O.가 질투심에 휩싸여 출산이라는 히스테리 같은 발작을 일으킨 것이다. 미묘한 것은 실제로 브로이어가 베네치아에서 딸을 얻게 됐다는 사실이다. 아마도 이것이 브로이어가 《히스테리 연구》에서 밝히지 못한 재미있는 사건이었던 것으로 보인다.

프로이트는 어땠을까? 그는 아마도 브로이어가 안나 O.의 사건으로 인해 어떤 열쇠를 손에 쥐고 있다가 바로 떨어뜨리게 됐음을 예감했을 것이다. 그 당시 젊은 의사 프로이트는 자신의 스승에게서 파우스트 같은 모습을 발견하지 못해도, 스승이 너무 자주 말을 바꿔도 늘 그에게 경탄을 보내곤 했었다. 브로이어는 후에 "이론이나 임상에서 성에 관심을 가진 것은 내 취향이 아니었다"

라고 고백했다. 하지만 프로이트에게는 그것이 취향의 문제가 아닌 인식, 그 자체의 문제였다. 물론 그런 생각을 갖기까지는 여러 해가 걸렸다. 안나 O.의 흥미진진한 사례를 본 후 프로이트는 새로운 방향을 향해 걸어가게 되는데, 그것이 바로 정신병리학과 신경증의 연구였다. 이 신생 학문의 중심은 파리에 있었으므로 그는 곧바로 히스테리 분야의 혁명적 인물이자 장차 프로이트의 파우스트가 된, 그 유명한 장 마르탱 샤르코의 강의를 듣기 위해 장학금 신청을 한다.

나는 오스트리아인도 독일인도 아니다
나는 유대인이다
파리 유학

프로이트는 귀여운 마르타, 사랑스러운 "보물", 자신의 "연인", "소중한 약혼녀"를 위해 무엇을 할 수 있었을까? 또한 마르타는 그에게서 무엇을 원했을까? 칼리프 왕(정치와 종교의 권력을 아울러 갖는 이슬람 교단의 지배자를 이르는 말—옮긴이)의 입에서 뽑아낸 이빨? 빅토리아 여왕(19세기 영국의 전성기를 이룬 군주—옮긴이)의 왕관에서 추출한 보석? 그녀는 말만 하면 됐다. 그녀의 약혼자가 곧바로 무장을 해 동방의 나라로 향할 참이었으니까.

프로이트는 함부르크-반츠벡으로 이동해 약혼녀 곁에서 몇 주를 머물고는, 마침내 마르타의 어머니에게 두 사람이 서로 사랑하고 있으며 결혼도 할 것임을 확신시켰다. 그렇지만 도대체 언제쯤이나? 사람이란 가난 속에도 살 수 있고 저녁식사로 메마른 빵을 먹을 수도 있는 것 아닌가? 반지나 선물, 웨딩드레스, "감탄하며 탄성을 내지르는 일을 포기"할 수는 없는 것일까? 프로이트는 사랑하는 이에게 물었다. 그들은 인생의 황금기를 허비하고 있었다. 마르타는 프로이트에게 자신의 어머니는 과거 무려 9년 동안이나 약혼상태였었다는 사실을 털어놓았다. 9년이라고? 그런 건 상상할 수도 없어! 그들은 계획을 세우고 예산을 짰다. 마침 레아 아주머니도 지참금을 해주기로 약속했다. 두 약혼자는 알스터 강 주변을 산책하고 극장에 들렀다가 다시금 이별을 맞았다. 중앙역

젊은 의사는 자신이 동경하던 축복의 도시 파리에서 외로움을 느낀다.
몽마르트르 거리, 파리.

에서 눈물로 이별을 한 프로이트는 브뤼셀로 이동해 파리로 향하는 야간열차에
올랐다.

아, 그제야 프로이트는 자신에게 "동경"과 "축복"의 도시이기만 했던 파리
에서의 끝없는 외로움과 쓸쓸함을 실감했다. 수염을 기르고 실크해트를 쓰고
장갑을 착용한 상태만 아니었다면, 1885년 10월 13일 파리에 도착하자마자 길
한복판에서 울음을 터뜨렸을 거라고 프로이트는 자조적으로 밝힌 바 있다. 그
리고 프랑스인들이란! 그들은 "예의 바르지만 적대적이었다." 1870년에서 71
년 사이에 일어난 전쟁이 잊혀지지 않고 있었던 것이다. 무엇보다도 철천지원
수인 독일인들이 세당(프랑스 동부 도시―옮긴이) 지역에서 대승한 일에 대해서는 더
더욱 그랬다. 프로이트가 구사하는 불어는 독일식 억양이었고 이곳 사람들은
그것을 달가워하지 않았다. "사람들이 편치는 않소. 나는 그들 모두가 수많은
악령에 사로잡혀 있다는 생각이 들어요. 그들이 '선생' 하고 부르는 대신 '놈들
을 교수형에 처하라' 고 외치는 소리가 들리는 것 같아." 프로이트는 마르타에
게 솔직한 심정을 고했다. 그는 이후로 정치적 논쟁에 빠질 때면 자신은 오스트
리아인도 독일인도 아닌 유대인이라고 말했다. 그러면 그들은 프랑스인들이 다
시 한 번 독일에 끔찍한 복수를 할 것이라고 답했다.

프로이트는 서서히 도시를 정복해가기 시작했다. 그는 1프랑 50상팀을 지
니고 극장 맨 꼭대기의 가장 싼 좌석, "정말로 보잘것없는 비둘기집 같은 자리"
에 앉아 공연을 관람했다. 어디에도 아름다운 야회복을 입은 숙녀는 없었다. 여
자들은 대체로 "품위 있고 예쁘장한 얼굴은 아니었다." 그러나 몰리에르의 작
품만큼은 정말 재미있었다. 여류 문인들을 '웃기는 새침데기들' 로 풍자하거나
교회를 향해 '위선자' 라고 공격하는 것 등이 참으로 대단했다. 프로이트는 이

모든 것을 불어수업으로 활용할 수 있게 됐다. "공연을 볼 때가 아니면 대화를 나눌 사람이 없다오." 물론 그가 프랑스인들이 들어줄 만한 억양 정도로는 말하지 못했어도 "최소한 정확한 발음은 구사했음"은 분명하다.

파리는 나날이 아름다워졌다. 콩코드 광장, 튈르리 궁, 마차가 달리는 샹젤리제 거리, 센 강, 배들, 공원들. 공원에서는 아이들이 어릿광대를 구경하고 어머니들은 햇살 속에서 아기에게 젖을 먹였다. 노트르담 사원의 탑까지는 계단이 3백 개나 됐는데 프로이트는 그리움에 사무쳐 그것을 일일이 세며 올라갔다. 그 어두운 계단 하나하나 위에서 자신의 마르타에게 입맞춤을 하고 싶었다. "그랬다면 당신은 완전히 숨이 막혀 키스를 뿌리치고 위로 올라갔을 거야." 또한 루브르 박물관의 고대 유물관을 여러 시간 돌아본 프로이트는 그 많은 황제의 흉상 조각들에 강하게 이끌리는 자신을 느꼈다. "팔이 없는 밀로의 비너스를 볼 때는 이 나라 특유의 인사치레나 하는 정도였지만" 처음 본 아시리아 왕의 입상, "흡사 애완견 안듯 사자를 팔에 감고 있는 거대한 이 나무 입상"은 정말 대단했다. 도처에는 날개 달린 사람처럼 생긴 동물 조각과 스핑크스가 있었다. "정말 꿈에서나 볼 수 있을 세계"였다. 그러나 파리에서의 생활은 돈이 많이 들었다. 그는 마르타에게 다음과 같은 내용의 편지를 썼다. "생각해봐. 욕실용품 세 가지, 즉 파우더 조금, 타르 조금, 그리고 구강세척수를 사는 데 3프랑 50상팀이나 들다니!" 부츠에 끈을 달고 영국제 구두창을 붙이는 데는 22프랑이 들었고, 드 라 페 호텔 숙박료는 한 달에 무려 55프랑이었다. 당연히 편지지도 비쌌다. 프로이트는 편지지 한 장에 가능한 많은 내용을 담기 위해 최고로 가늘게 나오는 펜을 구입했다. 한 갑에 5상팀이나 하는 성냥 역시 아껴 써야 했다. 심지어는 새 일자리에서 두를 작업용 앞치마를 장만하는 데만도 3프랑이 들었

프랑스인들은 마치 수천의 악마에 사로잡힌 사람들처럼 프로이트에게는 기분이 나빴다.
노트르담 사원의 탑 위, 파리.

프로이트는 약혼녀에게 도시 어디에서도 아름다운 여성복을 보지 못했다고 편지에 전했다.
튈르리, 파리.

다. 그는 대학강사였음에도 계산서에는 "의학도 M. 프로이트"라고 서명했다.

그리고는 마침내 위대한 순간이 다가왔다. 프로이트가 살페트리에르 정신병원의 원장, 그 유명한 장 마르탱 샤르코를 처음으로 만난 것이다. 작은 강의실에서 의사들, 조수들, 그리고 몇몇 환자들이 이 거장을 기다리고 있었다. 샤르코는 정각 10시에 실크해트를 쓰고 강의실에 들어섰다. 58세의 그는 큰 키에 말끔하게 면도를 하고, 길게 자란 머리카락을 귀 뒤로 넘기고 있었다. 입술은 두툼하고, 묘하게도 부드러운 눈매를 가지고 있었지만 그것은 한쪽뿐이고 "다른 한쪽은 무표정하게 안쪽으로 쏠린 사팔눈"이었다고 프로이트는 회고했다. 한마디로 그 사람은 전체적으로 "사제"처럼 훌륭해 보였다. 샤르코는 자리에 앉아 환자를 살펴더니 설명을 하고 진단을 내렸으며, 모두의 질문에 솔직하고 활기차게 대답했다. 프로이트는 그에게 완전히 매료당했다. 빈에는 이런 교수가 없었다. 거기에는 겉으로만 고상한 척하는 교수들뿐이었다.

이제 오스트리아 출신의 신참 프로이트가 소개됐다. 샤르코는 "뵙게 돼 기쁩니다"라고 말하며 회진 때 프로이트에게 연구실과 강의실, 병실을 보여줬다. 그는 프로이트의 말을 경청하고 질문을 던졌으며, 프로이트가 생각하기에 형편

없이 서툰 불어를 정중히 바로잡아줬다. 그리고 이 젊은 동료가 빨리 어린아이의 뇌를 몇 개 얻을 수 있도록 배려해보겠다는 말을 함께 전했다. 프로이트는 6주 동안 샤르코의 병리 연구소에서 그것들을 해부하고, 계속 현미경을 들여다보며 뇌수마비나 언어 장애를 분석했다. 하지만 프로이트는 자꾸만 실험실에서 강의실 쪽으로, 정신질환과 히스테리, 마비, 신경증에 대해 이야기하는 그의 천재적인 스승에게로 발걸음이 향했다. 샤르코는 많은 돌팔이 의사들처럼, 프로이트에게는 낯설지 않은 최면요법을 그저 연극 같은 허튼 소동으로만 여기지 않았다. 그는 그것을 하나의 치료법으로 간주했다. 샤르코는 최면으로 히스테리 증세를 완화시킬 수도, 동시에 최면을 걸어 히스테리 증세를 만들어낼 수도 있었다. 고통에 시달린 환자가 치료를 받은 후 마치 해방된 듯한 모습을 보였을 때 프로이트는 대단히 깊은 인상을 받았다. 프로이트는 매우 행복해하며, 아니 거의 황홀해하며 마르타에게 편지를 썼다. "강의를 열심히 듣고 나니 마치 노트르담 사원에 있다 나온 듯해." 그는 더 이상 자신의 바보 같은 일을 계속할 기분이 아니었다. 이렇게 해서 이미 프로이트의 머릿속에서는 신경과 전문의에서 정신병리학자로의 도약이 이루어졌다. 그는 "이론이란 참 좋고 멋진 것이다. 그러나 그것은 실제의 존재에 방해가 될 뿐이다"는 샤르코의 좌우명을 자신의 좌우명으로 삼았다.

1886년 1월, 프로이트는 위대한 스승으로부터 어느 만찬회에 초대를 받았다. 샤르코는 유명한 의사였을 뿐 아니라 부유한 사교계의 왕자였다. 경제적 궁핍으로 인해 어디서든 늘 얼마간의 돈을 빌려야 했던 가난한 프로이트는, 샤르코의 "마법의 성"에 초대되는 영광을 얻기 위해 자신에게 남은 14프랑의 돈을 모조리 써버렸다. 연미복에 받쳐입을 새 셔츠와 흰색 장갑이 필요했기 때문이

프로이트는 연미복 차림에 코카인 한 상자를 들고 상류사회의 저녁 모임에 참석했다.
몽파르나스 거리, 파리.

다. 이미 몇 주 전부터 수북이 자란 수염은 미련 없이 잘라 정돈했다. 프로이트는 약혼녀에게 "나는 나무랄 데 없이 차려입은 터라 전체적으로 아주 멋있다고 생각했어"라고 편지에 썼다. 그는 예민하고 흥분된 상태였으므로 말문이 막히지 않도록 약간의 코카인을 복용했다. 프로이트는 저녁 내내 즐겁게 여기저기를 기웃거렸다. 서투른 불어이긴 했지만 파리의 저명인사들, 즉 법의학자, 수학자, 천문학자, 화가들과 콜레라 전문가, 그리고 위대한 생물학자인 파스퇴르의 조교, 작가 알퐁스 도데의 아들과 거리낌 없이 이야기를 나눴다. 그러다 프로이트는 존경스런 샤르코가, 치료를 받으러 온 어느 동양인 부부의 희한한 이야기를 한 동료에게 들려주는 것을 넋이 나간 듯 경청했다. 부인은 남편의 성 불능으로 인해 심한 고통을 받고 있었다. 샤르코는 "중요한 것은 언제나 생식의 문제입니다. 어디까지나, 늘, 언제나"라고 말하며 두 손을 성기 앞에 대고는 몇 번을 기분 좋게 껑충껑충 뛰었다. 프로이트는 몹시 혼란스러웠다. "그래, 그렇게 잘 알고 있는데도 대체 왜 그것에 대해 한 번도 제대로 말하지 않는 거지?" 커피를 마신 후 차가운 맥주까지 한 잔 들이키며 프로이트는 "굴뚝에서 연기가 나듯" 줄담배를 피워댔다. 그때 샤르코의 딸이 나타났다. 백만장자의 상속녀인 잔느 양은 아버지를 쏙 빼닮아 보였다. "생각해봐. 내가 사랑에 빠져 있지 않았더라면, 게다가 그야말로 모험가였다면……." 프로이트는 마르타에게 철없는 내용의 편지를 썼다. 그렇지만 지금 당신과 사랑에 빠져 있는 편이 훨씬 좋다고 그는 한 마디 덧붙였다.

파리에서의 생활이 끝나가고 있었다. 프로이트는 히스테리와 정신질환에 대한 샤르코의 강의를 독일어로 번역했다. 그는 빈 종합병원에 사직을 통고하고 개인병원을 열기로 했다. 이제는 결혼도 하고 돈도 벌어야 했기 때문이다.

하지만 빈에서 프로이트는 연구자로서의 미래를 위한 기회를 갖지 못했다. 유대인은 그런 기회를 얻는 것이 어려웠다. 때문에 1886년 4월 25일 《노이엔 프라이엔 프레세 *Neuen Freien Presse*》 신문에는 다음과 같은 광고가 실렸다. "빈 대학 신경병리학 강사 지그문트 프로이트 박사가 6개월간의 파리 유학을 마치고 돌아와 라트하우스가세 거리 7번지에서 진료를 합니다." 그는 이 광고에 20굴덴의 비용을 지불했다.

우리는 지금 금욕하며 살고 있다

남편 프로이트

프로이트는 다시 한 번 요제프 브로이어를 방문해 파리와 샤르코, 그럭저럭 굴러가는 새 진료실 이야기를 하고, 그가 환자를 보내주는 것에 감사를 표했다. 그리고는 자신의 오랜 난제, 영원한 약혼녀 이야기를 하기에 이르렀다. 프로이트는 올해에는 기필코 약혼을 끝내고 마르타와 결혼하려 한다고 했다. 하지만 무신론자인 그가, 종교의식의 적인 그가 어떻게 하면 그 모든 쓸데없는 짓거리들, 즉 유대인의 결혼의식을 피할 수 있을 것인가? 그것은 전적으로 그의 마음에 달려 있었다. 사실 프로이트에게는 종교의식에 대한 저항감도 있었지만 한편으로는 그것을 엄격하게 지켜야 하는 게 아닐까 하는 마음이 있었다. 차라리 프로테스탄트교로 개종하는 건 어떨까요? 브로이어는 이에 관해 간결하게 그리고 현실적인 어조로 답해줬다. "너무 복잡하군." 프로이트는 미신, 숫자, 상징 등에서도 별로 자유롭지 못했다. 그는 이미 여러 해 전부터 자신이 50세에 죽을 것을 염려하고 있었다. 혹은 61세나 62세에. 물론 프로이트 자신도 정확하게 꼭 그런 일이 생길 것이라 생각하지는 않았다. 그러나 늘 그런 생각이 잠재돼 있었다. 세기가 바뀌기 직전 프로이트에게 전화가 생긴 일이 있었고, 그 번호 속에도 62란 숫자가 있었다. 죽음의 공포를 떠올리게 하는 불행의 예감이 다시 그에게 되살아났다.

프로이트는 결혼식을 피하지는 않았다. 오스트리아에서는 교회에서의 결혼식 없이 호적상으로만 결혼하는 것을 인정하지 않았으므로 싫든 좋든 간에 형식에 따라야만 했다. 그래서 그는 밤새도록 마르타의 삼촌 엘리아스가 반복해서 읽어준 히브리어 기도문을 익혀야만 했다.

1886년 9월 14일 드디어 그날이 왔다. 프록코트에 실크해트를 쓴 30세의 프로이트는 하이넥 드레스에 장미 한 송이를 든 25세의 마르타를 반츠벡 유대인 교회로 인도해 들어갔다. 그는 침착하게 그녀와 함께 세계와 결혼의 천정天頂을 상징하는 차양 아래로 들어섰다. 유리컵을 밟아 깨뜨리는 행사는 예루살렘 사원의 붕괴를 상기시켰다. 비록 내면에서는 엄청난 분노가 일었지만 프로이트는 그런 절차 하나도 빠뜨리지 않았다. 예식이 끝난 후에는 마르타의 친정집에서 피로연을 치렀다. 채소수프, 파스타, 생선샐러드, 감자를 곁들인 쇠고기 안심, 완두콩, 아스파라거스, 거위구이, 절인 과일이 차려져 있었다.

축복받은 커플은 피로연을 마치고 드디어 신혼여행을 떠났다. 그들은 뤼베크의 트라베뮌데 해안에서 허니문을 즐겼다. 신혼부부는 첫날밤 신부의 어머니인 에멜리네 베르나이스에게 기쁨의 편지를 보냈다. 이 편지는 "지그문트와 마르타의 30년은 지속됐으면 하는 전쟁의 첫날에 드립니다"라는 말로 끝나 있었다. 그 전쟁은 53년간 지속됐다. 그러나 사실상 전쟁은 없었다. 물론 독실한 프로이트 부인에게도 뼈아픈 실망은 있었다. 그녀가 빈의 새 보금자리에서의 첫 금요일에 안식일 촛불을 밝히려 하자 그녀의 남편이 "안 돼" 하며 가로막았던 것이다. 자신의 집 지붕 아래에선 더 이상 그런 의식은 안 된다고 했다. 프로이트는 그 부분에서만큼은 절대적인 독재자였다. 유대교 규정에 맞춘 청정한 식사도, 촛불도, 기도도, 심지어 유대인 교회에 가는 것조차 허용되지 않았다. 모든 것이 미신이고 난센스이며 사기라는 것. 당연히 그들은 안식일에도 일을 할 수 있었고, 또 당연히 자신들이 먹고 싶은 것을 먹었다. 물론 돈이 있는 한에서. 신혼 시절에는 항상 경제적으로 쪼들렸고 살림을 더 잘하는 마르타에게 경제권이 있었다. 그녀는 유능하고 신뢰할 만하고 실질적인, 어김없이 정확한 아내였으며, 상냥하면서도 침착했다.

그러나 처음에 마르타는 적자들만을 관리해야 했다. 브로이어와 몇몇 교수들이 프로이트의 진료실에 환자들을 보내줬음에도 불구하고 그의 상황은 늘 어려웠다. 그는 빈이라는 도시에서 패배로 시작할 수밖에 없는 전쟁을 치르고 있었다. 환자들 중에는 재미있는 사람도 있었고 몇몇은 돈을 치르기도 했지만 상당수가 프로이트를 지루하게 했다. 왕진 시 마차 비용조차 감당할 수 없을 때도 있었다. 돈이 바닥나면 프로이트는 이복형이 선물한 금시계를 저당 잡히곤 했다.

그러나 진료대기실이 환자들로 가득 차는 때도 있었다. 프로이트는 한 달에 4백 굴덴에 달하는 돈을 벌기도 했다. 그것은 프로이트가 쓰는 요법, 즉 그가 가진 의사로서의 능력을 의심하는 사람의 입장에서는 너무 과한 돈이었다.

특히 빈의 유명한 궁정배우 후고 티미히를 치료하다 실패한 사실은 그에게는
아주 끔찍한 일이었다. 그 배우는 정중하게 편지로 감사 인사를 전했지만 두 번
다시 오지 않았다. 프로이트는 어딘가로 숨고 싶었고 치료비를 돌려보냈다. 그
는 결국 대학에서의 강의를 택했다. 그는 파리의 샤르코로부터 배운 것들에 대
해 강의를 했다. 그런데 강의에 참석한 많은 교수들이 프로이트가 남자들도 히
스테리를 부릴 수 있다는 명제를 내놓았을 때 의구심을 가졌다. 남자가 어떻게
히스테리를 부리지? 히스테리는 그리스어에서 유래한 말로서, "자궁"으로 번
역된다는 사실을 프로이트도 분명 알고 있을 텐데. 대체 뭐가 어떻다는 거지?
히스테리는 남자와는 상관이 있을 수가 없다구.

　　프로이트는 아이를 많이 낳았다. 첫 아기는 결혼 1년 후 세상에 나왔다. 이
복 받은 아버지는 장모에게 "아이가 너무 못생겼지만" 몸무게가 3천4백 그램이
라는 사실이 "아주 마음에 든다"고 편지를 썼다. 며칠이 지나자 아기는 "훨씬
예쁘게, 그야말로 제대로 예쁘게" 보였는데 거기에는 프로이트 나름의 이유가
있었다. 그의 친구들 중 몇 사람이 어린 마틸데가 "유난히도 아버지를 닮았다"
고 말해줬기 때문이었다. 그랬다. 그의 첫 딸 이름은 요제프 브로이어의 부인
이름을 딴 '마틸데'였다. 9년간, 차례로 세상에 나온 여섯 아이의 이름을 지은
사람은 모두 프로이트였다. 그의 장남은 샤르코의 이름을 딴 장 마르틴, 차남의
이름은 자신의 청소년 시절 우상이었던 올리버 크롬웰의 올리버에서 따왔다.
올리버는《꿈의 해석》에서 "아버지의 억제돼 있던 위인에 대한 중독이 머릿속
에서부터 아이에게로 어떻게 전이되는지 쉽게 알아차릴 수 있었다"라고 밝힌
바 있다.

　　마틸데가 태어난 지 4주 후 프로이트는 빌헬름 플리스를 알게 됐다. 플리

스는 베를린 출신의 이비인후과 의사로 이후 17년간에 걸쳐 프로이트와 교류를 한다. 두 사람은 코와 노이로제, 꿈, 불안, 성애와 편집증, 우울증과 위통, 편두통, 히스테리, 그리고 아주 개인적인 은밀한 문제들에 대해서 의견을 주고받았다. 프로이트는 플리스를 "사랑하는 친구"라 불렀고 때로는 "친애하는 마법사, 나의 귀한 이" 그리고 "너무나 사랑하는 빌헬름"이라 하기도 했다.

연구를 위해 빈에 머무르던 플리스를 프로이트의 강의에 보낸 사람은 브로이어였다. 베를린의 성공적인 개업의인 그 총명한 친구에게 프로이트는 몹시 반했다. 플리스는 공명심과 교양을 갖춘 매력적인 사람이었다. 그는 기발한 발상에 집요하게 매달렸고, 무모할 정도로 용기가 있었으며 사색적인 경향을 지닌 자였다. 그런 점이 브로이어의 "그렇지, 하지만"이라고 하는 태도와는 또 다르게 느껴졌다. 프로이트는 한계를 넘어서는 사람을 찾고 있었다. 이제야 그런 사람이 나타난 것이다. 프로이트는 그를 붙잡았다. 프로이트가 신경증은 모두 성적인 것에 원인이 있을지도 모른다고 하자 플리스는 거리낌 없이 유아기의 성에 대해 의견을 밝혔다. 그는 터무니없는 이론을 하나 내세웠다. 여성의 성기처럼 피가 나오는 코는 "생식기"에 속하는데, 그 이유는 코가 형태상으로 남근과 비슷하기 때문이라는 것이었다. 그런 식으로 플리스는 코가 주기적인 숫자나 별자리와 더불어 생식과 임신에 영향을 미친다고 추측했다. 그런데 그것은 오히려 문학에서나 볼 수 있는 과대망상, 즉 태어날 때부터 코가 찌그러진 로렌스 스턴의 작품 속 주인공 트리스트럼 샌디나, 혹은 채워지지 않는 욕망만큼이나 코가 큰 시라노 드베르주라크 같은 인물을 상기시킨다. 프로이트 전기작가인 페터 가이가 언급했듯 "오늘날에 보면 기인이자 병적인 숫자점술사에 지나지 않는" 플리스라는 인물은 프로이트에게 있어서만큼 자극제이고 경청자였다. 그는 아이디어 제공자이자 자기분석의 시기에 프로이트의 그토록 복잡한 생각을 들어준 사람이었고, 프로이트 논문의 독자이면서 그의 혁명적 이론의 분석가였다. 프로이트는 정신분석학을 발전시키면서 많은 동료들에게 적대시되고 웃음거리가 됐고 경멸받았기 때문에, 그의 입장에서는 그 어떤 것에도 충격을 받지 않고 비판 없이 자신을 뒷받침해줄 누군가가 필요했다. 프로이트와 마찬가지로 유대인인 플리스 역시 그들 유대인에 대한 사회의 적의를 알고 있었다. 프로이트는 자신에게 무조건 경탄해마지않는 이도 필요로 했는데 그 역할 또한 플리스가 담당했다. 이미 플리스는 그 창조적 작업의 내막을 잘 알고 있었다. 그리고 그 "창조자"는 그러한 플리스에게 "자네는 나에게 유일하게 남다른 사람, 친숙한 사람이라네"라고 쓰고 있다.

프로이트는 아마도 플리스의 이름을 딴 아들을 얻고 싶었을 것이다. 그런데 그를 알고 난 뒤로 조피와 안나 이렇게 딸 둘 만을 더 얻었다. 프로이트는 흉통과 심한 부정맥에 시달릴 때에도 마르타가 아닌 플리스에게만 그 사실을 알렸다. 프로이트는 친구에게 "내가 혼수상태에 있을 때 마르타가 내 가까이에 있어선 안 돼"라고 주지시켰다. 친구는 멀리서, 프로이트가 담배를 너무 많이 피우고 있으므로 그것을 끊어야 한다는 처방을 내렸다. 하루에 자그마치 20개비라니! 누가 그것을 감당해낼 수 있단 말이야? 하지만 프로이트는 절제하지 못했다.

오히려 그는 사랑에 있어서 절제를 하고 있었다. 그는 플리스에게 마침내 아내에게 다시 생기가 돌고 있는데, 그 이유는 "일 년 동안 아이를 갖지 않기 위해 우리가 지금 금욕을 하고 있기 때문"이라고 썼다. 더 은밀한 내용에 대해서는 언급이 없었고 "자네 역시 그 이유를 알걸세"라는 말만 덧붙여져 있었다. 플리스는 〈정당성에 대해 Über die Berechtigung〉라는 논문을 읽고 일부 정황을 알게 됐다. 그 논문에서 프로이트는 질외사정법은 별로 유용하지도 않을 뿐더러 욕구를 없애기까지 한다고 밝히고 있다(임신의 위험이 있는 질외사정법을 이용해 성관계를 맺느니, 차라리 금욕하는 것이 낫다는 뜻으로 이해된다—옮긴이). 위대한 정복자인 프로이트는 어디로 갔는가? 미쳐 날뛰는 사람처럼 자신의 성애의 제물을 놓고 번민에 시달렸던 사랑의 화신은? 편지에서 낙원을 만들어냈던 그 사람은? 진정 사랑하는 이에게 영혼을 바친, 그녀에게 모든 것을, 그 모든 것을 이야기하곤 했던 그 사람이 왜?

1891년부터 프로이트 가족은 베르크가세 거리 19번지에서 살게 됐다. 이 집은 머지않아 빈에서 가장 유명한 장소 중 하나가 되고, 언젠가 열렬한 구애자였던 한 사람은 이곳에서 열정적인 연구자가 된다. 그리고 그동안 마르타는 아이들의 어머니, 아이들을 돌보는 집귀신이 되어갔다. 프로이트는 그것이 옳다고 생각했다. 동등한 권리? 그런 것은 상상할 수도 없었다. 그는 19세기적인 생각에 깊이 빠져 있었으며 "남자의 우월함은 그나마 덜 나쁜 것"이라 생각했다. 그 밖의 문제에 있어서는 프로이트는 대단히 현대적이었다. 천천히 소문이 퍼지면서 진료실은 환자들로 가득 찼다. 신경질환을 앓는 많은 환자들이 전기요법이나 최면요법으로 치료를 받았다. 그런데 프로이트는 이런 요법들을 곧 버렸다. 그는 악의 뿌리에 근접해보고자 했다. 프로이트가 보기에 신경질환은 성적인 원인, 즉 자위, 질외사정, 충족되지 못한 성욕 등에서 연유했다. 그래서 이 시대에 사회를 치료하는 의사 역할을 자처한 프로이트는 결혼하지 않은 젊은 사람들 간의 "자유로운 성관계"를 옹호했다. 그것이야말로 건강을 지켜주고 자기신뢰를 촉진시키며 신경증을 방지한다는 것이었다.

그것은 도덕의 심장 한복판에 터뜨린 폭탄이나 다름없었다. 당시 사회의

〈빌헬름 플리스에게 보내는 편지〉 중에서, 1894년 5월 21일

모습은 어떠했는가? 프로이트보다 25살 아래인 슈테판 츠바이크(Stefan Zweig, 1881~1935. 빈 출신의 작가. 신낭만적 경향의 서정시, 희곡, 단편소설 등을 창작했다. 나치를 피해 망명생활을 하던 중 부인과 함께 자살했다. 인간 감정의 미묘함을 성적 욕구와 관련해 관찰했고 전기작가로서도 유명하다─옮긴이)는 회상 형식을 빌린 《어제의 세계*Die Welt von Gestern. Erinnerungen eines Europäers.*》에서 그 시대를 잘 묘사했다. "심리학의 침체 속에" 청소년들이 "아무것도 모르는 교육학자 세대"에 내맡겨졌다. 그들은 도덕적으로 행동하라고, 스스로를 지배하라고 명령한다. 무엇보다도 성적으로 말이다. 정도正道에서 벗어나는 발걸음은 디딜 때마다 병이 든다. 자위는 사람을 맹목적으로 만들고 간혹 성 불능도 일으킨다. 거기서 불안, 죄의식, 열등감이 꽃을 피운다는 것이 이 작품의 주된 내용이다.

　　빈에서의 대학 시절 츠바이크의 손에 메모지 한 장이 쥐어졌는데 거기에는 "성적인 질병은 어느 것이든 치유 불가능하다"라고 씌어 있었다. 츠바이크에 따르면 "이처럼 계획적으로 불안을 조성한 덕분에" 매순간 어디서든 권총 소리가 나는 것은 놀라운 일이 아니었다. 그리고 너무나 오랫동안 욕구를 억압당한 바람에 고통스러웠던 혼란스런 영혼들은 수水치료원에서 치료를 받는다.

그곳에서 "사람들은 그들에게 브롬(불쾌한 냄새가 나는 적갈색의 휘발성 액체로, 사진의 감광재료나 살균제 등에 쓰인다─옮긴이)을 먹이고 전기 진동으로 그들의 피부를 벗겨낸다." 그렇게 해서 비로소 좋은 집안 출신의 젊은 처녀들이 되는 것이다! "생활에서 분리돼 밀폐된 채" 목까지 단정하게 단추를 잠그고서 말이다. 그들은 피아노를 치고 언어를 배우며 그림을 그리고, 건전한 책, 말하자면 목가적인 소설을 읽는다. 《안나 카레리나 *Anna Karenina*》나 《마담 보바리 *Madame Bovary*》같은 소설은 안 된다. 《마담 보바리》는 부도덕한 성행위를 다루고 있다는 이유로 프랑스 법정에서 출판이 금지되기까지 했으니! 처녀들은 자연히 양복을 입지 않은 남자의 모습이 어떤지 알지 못한다. 그들은 누구도 건들지 않은 순백의 천사로 제단 앞에 서며, 그리고는 마침내 큰 충격에 휩싸인다. 츠바이크는 자신의 이모가 겪은 기이한 이야기를 잘 기억하고 있었다. 교회, 결혼식, 커다란 축제, 결혼식 날 밤, 그리고 공황상태. 신부는 완전히 정신이 나가 한밤중에 부모님 집의 문 앞에서 요란스럽게 초인종을 울려댄다. 애야, 무슨 일이니? 무슨 일이 생겼니? 어린 신부는 자신이 미친 사람과 결혼했다며 흐느낀다. 제가 무지막지한 인간과 결혼했어요. 신부는 결코 다시는 신랑을 보지 않겠다고 한다. 그래, 그 사람이 어떻게 했는데? 신랑이 제 옷을 벗기려고 했어요! 아무리 애를 써도 신부는 남자에게서 빠져나올 수가 없었다. 이것이 바로 좋았던 옛 시절, 프로이트 이전의 성교육을 배제한 심리학의 과거였다. 머리가 감정을 조절하며 뇌가 하복부를 이긴다. 충동을 이성으로 제어할 수 있다. 그러나 보라. 결과는 어떠한가. 결국 극도의 신경질적인 사람들, 신경쇠약증 환자가 생겨났고 물론 그들 대부분이 여성이었다.

　남자들은 창녀촌, 클럽, 바, 야간 영업을 하는 술집에 갔다. 도처에 호스티

그리스 여신들이 그려진 창을 지나 계단을 오르면 프로이트의 카우치가 있다.
베르크가세 19번지 현관 입구, 빈.

프로이트의 여성 환자들은 감정의 미로에서 헤어나지 못했다.
쇤브룬 궁전, 빈.

스들과 매춘부들이 널려 있었다. 충동이란 억누를 수는 없는 것이니 다만 그것을 무의식 속으로 밀어넣을 뿐이었다. 사실 그보다 좋은 것은 아르투어 슈니츨러(Arthur Schnitzler, 1862~1931. 빈 출신의 의사이자 작가. 1895년 연극 〈연애장난Liebelei〉의 성공으로 극작가로서의 명성을 얻었다. 프로이트로부터 '심층 심리의 탐구자'라는 칭송을 받기도 했다─옮긴이)처럼 충동을 배출하는 것이었다. 프로이트보다 6살 어린 슈니츨러는 프로이트와 마찬가지로 빈 종합병원에서 진료를 했다. 슈니츨러는 젊은 시절 와이셔츠 깃을 세우고 실크해트를 쓴 속물이었다. 그는 케르트너 거리의 '매력적인 아가씨'들 주변을 많이 맴돌았다. "그리스의 여신들, 아프로디테(그리스 신화에 나오는 사랑의 여신─옮긴이), 헤베(그리스 신화에 나오는 청춘의 여신─옮긴이)와 헤라(그리스 신화에 나오는 최고 위치의 여신─옮긴이) 주변을." 훗날 그 아가씨들은 그의 연극 속에서 문학적 인물이 됐다. 남자들이 벌이는 사랑 놀음의 대상이라는 이유로 얽히고 설킨 감정에 사로잡혀 파멸해가는 소시민적 여신들. 슈니츨러는 타락한 젊은 여자, 불감증의 숙녀, 행복이라고는 도통 못 느끼는 부인들에 이르기까지, 여성으로써 빈 사회 전체를 묘사해냈다. 그는 그녀들을 황혼의 도나우 왕국 아래 우아하고 부도덕한 모습으로 그려냈는데, 이들 중 다수가 프로이트 진료실의 카우치 위에 누워 있는 여자들과 유사했다. 영혼의 규명자 프로이트는, 자신의 전문 분야인 꿈에 대해 지극히 날카로운 시를 쓸 만큼 사람들의 성격에 정통했던 슈니츨러에게 경탄과 부러움을 동시에 지녔었다.

꿈은 용기 없는 욕망이라네.
낮의 빛을 우리 영혼의 구석으로
쫓아버리는 파렴치한 소망,

밤이 돼서야 비로소 거기서 기어 나올 엄두를 내는.

베르크가세 거리 19번지 정신분석 의사의 집은 여전히 후기 빅토리아시대의 규범에 지배당했다. 마르타 프로이트는 엄한 어머니였고, 아이들의 방에서 그녀의 남편은 너무나 현대적인 자신의 견해로 아무것도 시도할 것이 없었다. 질서와 청결, 예의범절이 강조됐고 아들이나 딸은 정신분석 실험에 사용되지 않았다. 물론 성에 대해서는 한마디도 언급되지 않았다. 그것은 터부였다. 아들들은 터부를 깬 아버지가 아닌 보수적 가정의에게 성교육을 받았다. 아버지는 어머니와 마찬가지로 아이들에게서 도덕적인 품행을 기대했고, 이후에도 경솔한 연애관계나 혼전 임신, 이혼 등을 허용하지 않았다. 프로이트는 마르틴의 청소년 시절 연애 행각과 올리버의 실패한 짧은 결혼을 애써 잊으려 했다. 하지만 그는 아이들이 학교에서 좋은 성적을 받아야 한다는 압박감은 갖지 않았다. 무엇보다 이 부모는 아이들의 자존심을 위해 좋은 옷에 용돈도 넉넉히 주었으며, 언어 교정 수업까지 받게 했다. 마틸데를 제외하고는 아이들 모두가 형편없이 혀 짧은 소리로 말했기 때문이다. 모두가 극장과 박물관에 놀러 갔고 책도 마음껏 읽었으며, 남자아이들은 운동을 하고 여자아이들은 자수와 뜨개질, 직조(기계나 베틀로 천을 짜는 일—옮긴이)를 배웠다. 원치 않았던 아기라 어쩔 수 없이 낳긴 했지만, 훗날 프로이트가 애지중지하는 딸이자 든든한 버팀목으로 성장한 막내둥이 안나는 일찌감치 모든 옷을 직접 만들어 입었다. 재능 있는 이 딸을 정신분석 의사로 만든 아버지는 그녀를 향해 이렇게 말한 적도 있다. "정신분석이 더 이상 존재하지 않는 날이 온다면 너는 텔 아비브에서 의상디자이너가 될 수 있을 게다."

내가 당신에게 손가락 하나를 내밀고는 외치겠습니다 잠드세요!

첫 번째 정신분석

에미 폰 N. 부인은 카우치 위에 누워 있었다. 40세가량의 미망인인 그녀는 나이보다 젊어 보이고 세련된데다 교양도 있었다. 그녀의 눈은 감겨 있었고 이마에는 주름이 잡혀 있었다. 그녀는 나지막한 소리로 말했고 긴장해 때때로 말을 더듬었다. 불쾌함과 두려움에 가득 차 찌푸린 얼굴에는 경련이 일었다. 그녀는 자꾸만 깜짝깜짝 놀랐다.

"무엇 때문에 그렇게 소스라치게 놀라십니까?" 프로이트가 물었다. "아주 어린 시절의 기억 때문에요." "언제요?" "다섯 살 적에 처음이요." 그녀는 다섯 살 때 형제들이 죽은 동물을 자신에게 계속 던졌다고 했다. "그때 처음으로 경련을 일으키며 기절했어요." 그 다음은? 일곱 살 때는 뜻밖에도 관 속에 누워 있는 언니를 보았으며, 여덟 살 때는 오빠가 하얀 침대 시트를 쓰고 유령행세를 해서 그녀를 놀라게 했다. 그리고 아홉살 때 두 번째 충격이 가해졌다. 관 속에 이모가 누워 있었는데 자신이 그녀를 응시하자 갑자기 시체의 아래턱이 밑으로 툭 떨어졌다는 것이다.

에미 폰 N.은 "숨을 헐떡이며" 계속해서 더듬더듬 죽은 쥐와 똬리를 튼 뱀, 정신병원에 간 사촌, 뇌졸중이 일어나 죽은 듯 누워 있던 어머니 이야기를 했다. 그러다 프로이트가 어떻게, 왜, 무엇 때문에, 라고 질문하며 너무 자주 자신의 말에 끼어들자 그녀는 화를 내며 말했다. "조용히 좀 하세요. 말 좀 그만 하라구요." 말을 그만 하라고? 그랬다. 그녀의 생각이 자꾸 중단됐을 뿐더러, 그가 끼어들면 끼어들수록 모든 것이 "더욱 잘못"되는 것 같았다. 그래서 프로이트는 이야기를 들어만 주고 환자를 저 혼자 떠들도록 그저 내버려뒀다.

에미 폰 N.의 치료 이야기는 요제프 브로이어의 '안나 O.'라는 흥미진진한 사례에서 연구가 시작돼, 1895년 프로이트가 요제프 브로이어와 함께 내놓은 《히스테리 연구》에 나오는 일화다. 프로이트는 동료 브로이어에게서 배운 그대로 자신의 환자에게 최면을 걸었다. "나는 그녀의 앞에 손가락 하나를 내밀고는 그녀에게 소리친다. 잠드세요! 그러면 그녀는 마비된 듯 혼란스러운 표정을 보이며 최면에 빠져든다." 그러나 프로이트는 결국 최면요법이 "의미도 가치도 없음"을 알게 됐다. 모든 환자들이 이 미망인처럼 그렇게 최면에 잘 빠져들지는 않았기 때문이다. 그리고 효과가 오래가지도 않았다. 프로이트는 최고의 기술은 "자유로운 연상"이고, 남의 인생 이야기가 충격적이고 혼란스럽고 자신을 지치게 하는 것이라 해도, 자신은 질문을 덜 하고 환자의 이야기를 경청해야 함을 깨닫게 됐다.

프로이트가 기술하고 있는 대부분의 사례는 발자크나 플로베르, 혹은 졸라의 소설만큼 흥미진진하다. 엘리자베트 폰 R. 양은 24세로 2년 전부터 다리에 원인 모를 통증이 생겨 제대로 거동할 수가 없었다. 그녀는 느리게만 겨우 걸을 수 있었으며 쉽게 고꾸라지곤 했다. 프로이트가 엘리자베트를 진찰하면서 허벅지에서 통증이 가장 심한 부분을 건드리자, 그녀는 얼굴을 붉힌 채 고개를 돌리더니 "마치 관능적인 욕정을 느끼듯" 눈을 감았다. 그 모습은 고통스러워 보인다기보다 오히려 욕망에 사로잡혀 흥분하고 있는 것처럼 보였다. 프로이트는 환자에게 무엇이든 자유롭게 연상해보라고 부탁했다. 어떤 느낌이 드는지 간단히 설명해주세요. 그녀는 이야기를 하다가 다시 침묵했다. "지금 당신에게 어떤 일이 일어나고 있나요?" 프로이트가 물었다 "아무 일도 일어나지 않고 있는데요." 엘리자베트가 답했다. 그러나 프로이트는 그녀의 대답을 있는 그대로 받아들이지 않았다. 그녀는 무엇을 잊어버린 거지? 아니면 뭔가 애써 잊으려 하는 걸까? 엘리자베트가 다시 제대로 걷기 위해선 마음속의 고통을 털어놓음으로써 그것을 떨쳐버려야 했다.

드디어 엘리자베트는 자신이 형부를 사랑해 언니가 죽기를 바라는 마음이 생겼었는데, 그것을 애써 잊어버리고 인정하지 않으려 했다고 고백했다. 엘리자베트는 프로이트의 안락의자—프로이트는 이후에 어느 여성 환자에게서 카우치를 선물로 받게 된다— 에 앉아 이 부도덕한 소망을 인정하고 나서야 비로소 다시 일어서 걸을 수가 있었다. 그녀는 이 일이 있은 후 프로이트를 가족무도회에 초대하는데, 거기서 프로이트는 자신이 치료한 히스테리 환자가 왈츠에 맞춰 날아다니는 모습을 볼 수 있었다.

1874년부터 여러 오페라하우스에서 공연됐던 요한 슈트라우스의 〈박쥐

Die Fledermous〉에 나오는 대로 빈 사람들은 "더 이상 바뀔 수 없는 것은, 잊어버리는 사람이 행복하다"고 노래 불렀다. 웬 환상이란 말인지! 잊어버리는 사람은 곧 병든 것이다. 그래서 프로이트는 고고학자가 고대 도시를 발굴하듯 잊혀진 것들을 캐내는 일에 주력했다. 그 어떤 터부에도 개의치 않는 프로이트의 모습은 도덕의 사도들에게 큰 충격을 안겼다. 슈테판 츠바이크가 환호했듯 그는 위대한 파괴자, 즉 "방사선 사진처럼 모든 전면을 무자비하게 비춰 철저히 조사하는 사람, 리비도의 뒤에서 성을, 순진무구한 아이의 뒤에서 원초적 인간을, 가장 악의 없는 꿈에서 가장 뜨거운 피가 끓어오름을 발견한 사람"이었다.

　　신경증 환자는 어디에서고 볼 수 있을 정도로 늘어났다. 2천 미터 높이의 지방에서도 예외가 아니었다. 프로이트가 동東알프스 산맥을 오랜 기간 여행하며 어느 음식점에 들렀을 때의 일이다. 젊은 여자종업원이 약간 뾰로통하게 혹 신사분이 의사가 아닌지를 물었다. 그녀는 "제가 신경증이 있어요"라고 말할 태세였다. 프로이트는 깜짝 놀랐다. 자신이 사는 빈의 진료실을 방문하는 내숭쟁이 숙녀들은 이렇게 솔직한 법이 없었다. "무엇 때문에 괴로운가요?" "숨쉬기가 곤란해요." 18세의 카타리나가 답했다. "나는 항상 지금 내가 죽어야 한다는 생각을 해요." 그런 다음 그녀는 자유롭고 솔직하게 14세의 자신을 겁탈하려 했던 삼촌에 대해 이야기했다. 그 일이 있은 직후 카타리나는 그 삼촌이 자기 사촌을 겁탈하고 있는 장면을 보았고 그때부터 제대로 숨 쉴 수가 없다고 했다. 카타리나는 3일 동안 구토를 할 정도로 상태가 아주 나빴는데, 그때 삼촌이 술을 마시고 다시 한 번 그녀의 침대로 왔다. 그녀가 화들짝 놀라며 침대에서 일어나자 그는 "이리 와, 이 멍청한 년. 조용히 해. 너는 그게 얼마나 좋은지 모르지"라고 속삭였다. 카타리나가 끝까지 저항하자 그제야 삼촌은 그녀에게서

프로이트의 진료실로 들어가는 현관문에서 격자 모양의 쇠창살을 볼 수 있다.
베르크가세 19번지, 빈.

신경증을 앓는 숙녀들은 카우치 위에 누워 플로베르의 소설처럼 긴장감 넘치는 이야기를 하곤 했다.
어느 가게 앞 쇼윈도, 빈.

떨어져 나갔다.

　이야기를 들은 후 프로이트는 이 처녀가 마치 해방을 맞은 듯한 느낌을 받고 있다는 걸 알았다. 불편한 것은 모두 날아간 듯했다. 그는 《히스테리 연구》에서 이 일화를 밝혔고 여러 해 뒤에 각주 하나를 덧붙였다. 카타리나를 괴롭혔던 그 남자는 삼촌이 아니라 그녀의 아버지였다는 사실을.

그들 모두가 나를 좋아할 수 있습니다
자기분석

마르타 프로이트는 과자를 구웠고 버터를 발랐다. 그리고 식탁 위 여기저기에 포도주와 잔, 재떨이를 놓았다. 타로(점을 치거나 게임을 할 때 사용하는 그림 카드—옮긴이) 게임이 벌어지곤 하는 토요일이었기 때문이다. 그것은 일종의 의식이었다. 초인종이 울리면 프로이트는 안과 의사, 소아과 의사, 가정의 등 동료를 맞이했다. 안주인이 마지막 커피까지 대접하고 나면 방 안에는 푸른 담배 연기가 자욱해 사람들을 알아볼 수가 없을 정도였다. 그간 프로이트는 베르크가세 19번지의 같은 층에 두 번째 집을 세냈다. 모든 일은 익숙하게 진행됐다. 프로이트는 온종일 진료실에 앉아 일을 했고, 때로 생각의 늪에 빠져들 때면 혼자서 카드놀이를 했다. 허구의 놀이, 영혼의 낭비라는 생각이 드는 장기놀이는 진즉 포기했지만. 프로이트는 극장에도 잘 가지 않았다. 그는 차라리 슈니츨러의 작품을 읽었다. 물론 오페라만큼은 이미 예전부터 좋아했으므로 모차르트의 작품이 공연될 때면 꼭 관람을 했고, 〈카르멘Carmen〉은 아무리 들어도 지겹지 않다고 생각했다. 프로이트는 아주 고질적 습관 중 하나인 흡연을 도저히 멈출 수 없었고, 그 행위를 "왜곡된 자위"라 명명했다. 그는 매일 담뱃가게로 가 자신이 하루 동안 피울 담배 20개비를 사오곤 했다. 언제나 변함없이.

대신 프로이트는 알코올이 "머리를 나쁘게" 한다는 사실을 알고 난 이후로는 바롤로 와인 한 잔이나 "망각의 펀치" 혹은 그의 "친구 마르살라 와인"이면 만족해했다. 한두 잔 정도면 금세 세상이 훨씬 근사해 보였다. 그러나 와인은 그가 지닌 문제들을 해결해주지는 않았다. "내게 새로운 악덕 하나를 더하는 것이 부끄럽다"고 프로이트는 플리스에게 쓰고 있다. 그는 플리스에게 보내는 편지에 항상 아이들 이야기를 했는데 그중에는 상당히 은밀한 일화들도 있었다. "마틸데가 6월 25일 여성으로의 입문에 성공했다네. 조금 이르긴 하지." 아이들은 생일이면 "파마를 한 머리에 물망초 화관을 쓰고" 축하파티를 즐겼다. 어린 안나는 마틸데가 사과를 다 먹었다고 불평하며 "〈빨간 모자 Le peit Chaperon rouge〉에 나오는 늑대처럼 언니 배를 가르라"고 요구했다. 프로이트는 "아이가 너무나 귀엽게 자라고 있네"라고 흐뭇해하며 편지를 썼다. 사랑스럽기는 마르틴도 마찬가지였다. 여덟 살의 마르틴은 쉬지 않고 시를 썼다. 대부분은 동물을 주제로 한 것이었는데, 한번은 운을 맞춰 여우에 대한 사랑 고백을 하기도 했다.

> 나는 너를 사랑해
> 마음속 깊이.
> 이리 와 입맞춰줘.
> 그러면 그 모든 동물 중
> 네가 가장 내 맘에 들 수 있을 텐데.

프로이트는 감격할 정도로 좋아했다. 그는 플리스에게 "형식이 독특하다고 생각하지 않나?" 하고 물었다. 그랬다. 그는 자신의 "병아리들"과 좋은 "암탉" 마르타를 사랑했다. 마르타의 동생 민나는? 그녀에게도 애정이 있었을까? 민나는 약혼자가 결핵으로 죽자 베르크가세 19번지로 이사해 계속 프로이트의 가족과 함께 살았다. 민나는 프로이트 부부의 침실 뒤편에 딸린 방에서 지냈으므로 내내 언니와 형부의 가장 사적인 공간을 지나다닐 수밖에 없었다. 그야말로 민나는 그 방을 들락날락했다. 마르타는 여섯 아이들을 돌봐야 했기 때문에 프로이트는 민나와 함께 여행을 했다. 플리스에 따르면 지적인 민나는 프로이트가 가장 가깝게 신뢰한 사람이었다. 그녀는 내숭을 떨지도 예민하지도 않았다. 한편 마르타는 자신의 남편이 건실한 사람이라는 사실을 몰랐더라면 그가 늘 외설에 빠져 있는 줄로 알았을 거라 이야기하곤 했다. 그러나 사실 그녀의 남편은 조금 다른 것에 빠져 있었다. 프로이트는 그 일에 대해 "나는 이 일에 있어 한계를 모르겠다. 그것은 바로 심리학이다"라고 썼다. 그는 자신이 몰두하고 있는 일을 동료들에게 알려주기 위해 히스테리와 신경증의 생성에 관한 대규모 강연회를 열었다. 여기서 프로이트는 18개의 사례를 분석한 결과, 모든 사례에서 어린 시절의 성폭행이 어른들에 의해, 그것도 대부분 아이들의 아버지에 의해 일어난다는 사실, 즉 근친상간의 폭행임이 입증됐다고 밝혔다.

프로이트는 화려한 웅변술로 자신의 청중을 사로잡았다. 그는 원고를 보고 읽는 것에 그치지 않고 나지막한 목소리로 자유롭게 이야기했다. 프로이트는 자신의 작업을 고고학자의 작업에 비유했다. 그것은 프로이트가 영혼을 찾아다니는 자에게 즐겨 붙이는 비유였다. 고고학자는 발굴로써 사람들이 떠난 도시의 잔재를 찾고, 성벽과 기둥, 석판 위의 지워진 문자들을 발견해내며, 그 석판을 닦아낸 뒤 운이 좋을 경우에는 그 문자를 해독하기도 한다. 그런 고고학자처럼 정신분석학자 역시 환자의 무의식을 캐낸다고 프로이트는 말했다. 하지만 강연 후 프로이트는 어떤 박수도 칭찬도 받을 수 없었다. 동료들은 냉담한 반응을 보였다. 그들은 프로이트를 황당한 동화 나부랭이쯤 쓰는 사람으로 여졌다. 그는 플리스에게 보내는 편지에 멍청한 인간들이 자신의 강연을 냉담하게 받아들였으며 그로 인해 상처를 받았지만 "그들 모두가 나를 좋아할 수 있어" 그리고 그것이 "아직은 드러나지 않고 있을 뿐이지"라고 썼다. 그러나 "영원히 명성을 얻을 수 있으리라는 기대", 더불어 가족을 위한 경제적 안정에 대한 희망은 물거품이 돼 사라졌다. 이제는 동료들이 프로이트에게 환자를 보내주지 않았다. 그의 진료대기실은 종일 비어 있기 일쑤였다.

어느 날 밤 프로이트는 장녀 마틸데에 관한 꿈을 꿨다. 그는 꿈에서 마틸데에게 넘치도록 애틋한 감정을 지닌 채였다. 이야말로 바로 자신이 다룬 근친상간적 유혹의 명제가 정당함을 증명하는 사례 아닌가? 그야말로 "가난뱅이가 됐음에도 밝고 생기 있게" 자기분석을 시작할 최고의 시간이었다. 언젠가 델포이의 철학자는 "너 자신을 알라"고 말한 바 있다. 그 이후로 얼마나 많은 이들이 무의식의 왕국을 밝혀내고자 노력했던가. 솔론, 헤라클레이토스, 아우구스티누스, 장 자크 루소, 쇼펜하우어, 그리고 니체. 또한 괴테도 늘 그랬다.

너는 알지, 육체는 감옥이라는 것을.
사람들은 영혼을 속여 저 깊숙이에 가두었네.
그곳에서 영혼은 팔꿈치도 제대로 펼 수 없다오.
영혼이 이리저리 빠져나가려 할수록
사람들은 감옥 자체를 쇠사슬로 더욱 조인다네.

프로이트는 자신의 정신세계를 철저히 규명할 만큼 용감했다. 그는 혼자서 그 누구의 도움 없이 자신을 파괴하는 일을 감행했다. 훗날 프로이트의 주치의인 막스 슈르는 자기분석이 "목적도 모르고 지도도 나침반도 없이 여행을 나서는 탐험가의 상황과 비교될 수 있다"고 회고했다. 내면으로의 여행에서 지그문트 프로이트는 자신의 유년 시절이 죄의식과 누군가의 죽음을 바라는 마음, 오이디푸스 콤플렉스적인 욕망 등의 갈등으로 얼마나 짐스러웠었는지를 발견했다. 그러나 누가 감히 이 고통스런 기억들을 곧이곧대로 밝히려 들겠는가? 자신의 사악한 성격을 인정한다고, 성적인 환상을 인정한다고 말할 수 있겠는가? 게다가 프로이트의 곁에는 이 모든 것을 해명해줄 만한 경험 있는 분석가가 없었다. 본인이야말로 자기 자신의 분석가이자 그 분야 최초의 분석가였던 것이다. 이렇듯 그는 과거로 침잠해 미래를 향한 다양한 기억들을 해석해냈다. 여러 해 동안 프로이트는 '자기 자신'이라는 수수께끼를 품고 있었다. 헤라클레스가 지구를 떠받치고 있었던 것처럼 말이다. 그리고 모든 것은 아버지의 죽음과 함께 시작됐다. "의식의 뒤편 어두운 길 어딘가에서 노인네의 죽음이 날 붙들고 놔주질 않는다네." 프로이트는 플리스에게 고백했다. 그는 아버지의 죽음에서 무언가가 뿌리째 뽑혀진 것 같은 느낌을 받았다. 한데 아버지 역시 유혹의 장본인은 아니었을지? 남동생이나 여동생들에게서 나타나는 모든 히스테리 증상들이 대체 어디서 비롯됐단 말인가? 혹 아버지가 동생들에게 죄를 지은 것은 아닐까? 그는 모든 가능성들을 배제하지 않았다. 비록 꿈이었을 뿐이라 해도 자신 역시 딸에 대해 성적인 욕구를 가진 적이 있지 않은가. 꿈은 현실의 한 조각이자 진실이다. 때로는 프로이트를 희극적 상황 속에 머물게 하고, 때로는 희미한 생각의 베일에 가려진 의혹처럼 표출되곤 하는 자기분석에는 진실이 실로 중요한 요소였다. 그러던 어느 날 프로이트에게 갑자기 글쓰기 장애가 나타났다. 그토록 유려하고도 우아한, 쉬운 글쓰기를 자랑하던 그에게 말이다. "나

현재로서는 나는 독서도 할 수 없고 생각도 할 수가 없
다네. 관찰하는 것만으로도 완전히 기진맥진해. 나의
자기분석은 또다시 막히고 있어. 자세히 말하자면 분석
이 너무나 천천히 방울져 떨어지듯 해서 나 자신도 그
진행상태를 모를 정도라네.
〈빌헬름 플리스에게 보내는 편지〉 중에서, 1897년 11월 5일

는 내가 번데기 속에 있다고 생각하는 중이다. 거기서 어떤 짐승이 기어 나올지
는 신만이 알 것이다.”

　문제는 사랑스런 아이들이었다. 프로이트가 강간당한 존재로, 희생물로
생각하고 있는 아이들. 부모 혹은 아버지의 성폭행 욕구는 신경증 탓이 아니다.
종종 그것은 스스로 근친상간의 욕구를 지닌 채 마음속에서부터 미움을 부추기
는 아이들 자신의 탓이다. 프로이트 본인도 그러했으니까. 어릴 적, 남동생이
죽기를 바라는 마음이 분명히 있지 않았던가? 당시의 영상들이 조금씩 표면으
로 떠올라 꿈에 나타나고, 그것은 결국 숨겨진 순간들을 밝히며 퍼즐처럼 딱 맞
춰진다. 그는 라이프치히에서 빈으로 가는 기차에서 어머니의 나체를 봤을 때
성적인 쾌감을 느끼기도 했었다. 자신의 아름다운 어머니에게. 바로 거기서 아
버지에 대한 분노가 잉태된 것은 아니었을까? 그렇다. 프로이트는 이제 어른들
만이 아이들의 가해자라고 절대적으로 주장했던 유혹 이론을 수정해야 할지도
모르는 상황에 이르렀다. 그는 솔직하고 용감하게 자신의 주장을 철회했다. 그
는 “나는 나의 신경증 환자들을 더 이상 믿지 않는다”고 했다. 여자아이들보다
남자아이들에게 더 유효해 보이는 듯한 오이디푸스 콤플렉스 조각을 발굴해내

는 일은 정말 어려웠다. 특히 여자아이들. 그들은 남근이 없지 않은가. 여성의 성은 프로이트에게는 그가 말하듯 늘 "검은 대륙"이었다.

　세 살에서 다섯 살까지의 남자아이들은 자신의 남근을 잃어버릴까봐 늘 두려워한다. 그들은 아버지가 그것을 갖고 있음을 알고 있으며, 어머니를 독차지하고 싶어한다. 즉 남자아이들은 어머니에 대해 자유로운 성적 접근을 원한다. 그래서 그들에게는 아버지에 대한 공격적인 성향이 생겨나고 그런 성향은 고대 신화에서 살인과 근친상간의 형태로 나타난다. 오이디푸스가 테베로 향하는 길에 라이오스 왕을 태운 마차 하나가 그를 향해 달려온다. 마부는 오이디푸스에게 길을 비키라고 윽박지르지만 이미 바퀴 하나가 그의 발 위를 밟고 지나간다. 라이오스 왕은 채찍으로 오이디푸스를 내리치고, 분노한 오이디푸스는 그 두 사람을 때려죽인다. 왕이 자신의 아버지인 줄은 전혀 모르고. 테베에 도착한 그는 왕의 미망인인 아름다운 이오카스테가 자신의 어머니임을 알지 못한 채 그녀와 결혼한다. "태어나는 모든 인간에게는 오이디푸스 콤플렉스를 극복해야 하는 과제가 부여된다. 그것을 이뤄내지 못하는 자는 신경증에 걸린다"고 프로이트는 쓰고 있다. 이렇게 해서 프로이트의 가장 유명한 발견이자 신경증의 핵심적 콤플렉스가 세상에 나온다. 이것은 프로이트 본인의 경험에서 탄생한 것으로서 자기분석을 하는 동안 수없이 체념하고 절망하며 밖으로 끌어낸 것이었다. 프리드리히 니체는 이런 종류의 행동이 일종의 폭력적 행위임을 잘 알고 있었던 듯하다. "사람들은 흔히 자신의 자아를 숨긴다. 모든 금광에서 마지막으로 파내는 것이 바로 자기 자신이다."

나는 44세, 나이만 먹은 별볼일없는 유대인이다
《꿈의 해석》과 로마에의 꿈

여섯 아이들이 흥분해 집안을 돌아다니며 북새통을 이뤘다. 아이들은 무엇을 가져가고 싶어할까? 낚싯대는 당연했다. 하이킹용 신발, 수영복, 우산과 우비, 조각용 칼, 장난감 등등도 챙겼다. 가족이 산으로 휴가를 가려던 참이었다. 아버지와 함께 떠나지 않는 것은 이번이 처음이었다. 그는 나중에 뒤따라오기로 했다. 기차 삼등칸에는 트렁크와 짐 보따리, 소리를 질러대는 아이들, 그리고 하녀아이까지 자리할 예정이었다. 아버지가 그 난리법석을 참아줄 리 없지. 마르타 프로이트는 해먹도 챙겼다. 그것을 기차의 창에서 문까지 연결해 늘어뜨리면 피곤해진 아이들이 거기로 가서 잘 수 있을 것이다. 그리고 딱딱한 나무벤치에서 쓸 쿠션도 준비했다. 이 휴가는 꽤나 갑작스러웠다. 무심한 홀아비는 집에 남아 "신이 내린 마르살라 와인"을 찔끔찔끔 마셨다. "마르타가 와인이 몇 병인지를 세어놓고 늘 그것을 지키기" 때문이라고 그는 플리스에게 이유를 밝혔다. 이렇게 해서 프로이트는 1900년에 출간된 《꿈의 해석》 작업에 다시 매달릴 수 있게 됐다.

이 책은 프로이트의 대표작이다. 프로이트가 기억하는 모든 것, 즉 백일몽, 간절한 소망, 악몽, 시험 보는 꿈, 어린아이의 순진하고도 잊혀진 꿈 등 잠자고 있는 영혼의 떨림 모두를 담아내려 애쓴, 아주 풍부한 내용의 책이다. 일장춘몽一場春夢이라는 말이 있다. 하지만 프로이트는 자신이 그런 말이나 다른 학자들의 발언에 전전긍긍했더라면 모든 걸 너무 빨리 지나쳐버렸을 것이라 했다. 그는 꿈은 사람들이 "이런 일이 이뤄지리라고는 전혀 생각하지 못했다"고 말하게 되는 일종의 소원성취라고 규정했다.

프로이트는 이 책에서 독자를 장악하고 "산책하는 듯한 환상"에 빠지게 했다. 프로이트는 "나무를 보지 못하고" 꿈에 대해 글을 쓴 작가들의 어두운 숲 속에서 꿈이 어떻게 다뤄져왔는지를 서술하는 것으로 글을 시작한다. 꿈에 대한 문헌들을 읽으며 프로이트가 그들 꿈 연구자들에 대해 얼마나 화를 냈던가. 그런 내용 다음에는 숨겨진 협곡을 지나듯 "특이함과 상세함, 무분별, 악담 등이 들어 있는 꿈의 사례들"을 나열한다. 그리고 마침내 그는 밝은 정상에 올라 묻는다. "자, 이제 당신들은 어디로 가고 싶은가요?" 아주 많은 길들이 있고, 그중 한 길은 프로이트 자신의 꿈 쪽으로 직접 나 있다. 자기분석의 시기에 그는 꿈을 통해 많은 수수께끼를 풀었기 때문이다. 어떤 길은 오이디푸스에게로, 어떤 길은 억압, 욕망, 쾌락에게로 나 있고, 또 어떤 길은 빈Wien 한가운데로, 그 사회 속으로, 그가 최면을 걸지 않은 대신 자유로운 연상을 유도한 환자들의 성적 동경과 공포 속으로 나 있다. 최면에서 자유로운 연상으로 치료법에 변화를 준 것이 이 기념비적인 저작의 기폭제가 됐다고 프로이트는 쓰고 있다.

책 속의 한 사례를 보자. 어느 젊은 숙녀가 촛대에 양초를 꽂지 못하는 꿈을 꿨다. 친구들은 그녀가 서툴어서 그렇다고 했다. 양초 중간이 부러져버렸으니 이걸 대체 어떻게 꽂는담? 그녀는 속수무책이었다. 젊은 숙녀는 프로이트의 카우치 위에서 자신이 그 전날 양초를, 즉 부러지지 않은 양초를 촛대에 꽂은 일이 있었다고 이야기했다. 그리고는 밤에 부러진 양초 꿈을 꿨다는 것이다. 프로이트는 "양초는 여성의 생식기를 자극하는 대상이다. 그것이 부러져 있다면…… 이는 남자의 발기부전을 의미한다"고 밝히고 있다. 그녀는 꿈에서 자신은 잘못한 게 없노라 항변했다고 한다. 이어서 그녀는 프로이트에게 라인 강에서 뱃놀이한 경험을 풀어놓기 시작했다. 그곳에서 대학생들이 큰 소리로 노래를 부르고 있었다.

스웨덴의 여왕이
창의 덧문을 닫고
아폴로 양초를 들고…….

아폴로 양초는 당시의 굉장한 인기 상품이었다. 그런데 그녀는 말하는 도중 노래 맨 뒤의 "자위행위한다"라는 단어를 내뱉지 못했다. 프로이트로서는 그녀가 그 단어를 알고 있는지 확실치 않았다. 그래서 그는 이 일을 계기로 자위행위와 발기부전, "실로 이 모든 것들이 단순하지 않다"고 쓰게 됐다.

그와 반대로 단순 소박한 꿈 이야기도 나오는데, 훗날 정신분석학자가 된 딸 안나의 꿈이 바로 그랬다. 그녀가 아주 어렸을 적, 위가 아파서 먹은 것을 다 토해내는 바람에 온종일 아무것도 먹지 못했던 일이 있었다. 아버지는 늦은 밤 자신의 딸이, 좋아하는 음식에 대해 꿈을 꾸는 것을 목격했다. 그녀는 부정확한 발음으로 중얼거리고 있었다. "안나 프오이트, 따르기, 산딸기, 오므르렛, 밀가리죽."

프로이트는 자신이 펼치는 꿈의 해석이라는 길을 문학가들, 즉 소포클레스나 셰익스피어, 괴테, 실러, 하이네와 동화작가인 크리스티안 안데르센 등으로 포장했다. 안데르센의 동화 〈벌거벗은 임금님 Keiserens nye klaeder〉에서 두 사기꾼은 왕에게 가장 값비싼 옷을 만들어주겠다고 약속한다. 한데 그 옷이란 것이 착하고 성실한 사람에게만 보인단다. 당연히 주변의 모든 신하들은 그 아름다운 옷을 칭찬한다. 왕은 국민들 앞에 나서고, 누구도 실제로는 그가 벌거벗고 있다는 사실을 말하지 않는다. 그러나 한 조그만 소녀가 용기를 내 진실을 이야기한다.

이것은 프로이트가 벌거벗은 꿈, 당황하는 꿈 부분에서 다루고 있는 꿈의 상황이다. 다들 얼마나 자주 그런 꿈을 꾸는지? 완전히 벗고 있거나 속치마 또는 짧은 셔츠만 걸친, 반나체의 모습을 하고 있는 꿈 말이다. 꿈꾸는 사람은 부끄러워하고 구경꾼들은 무관심하게 서 있다. 그들은 이의를 제기하지 않는다. 프로이트는 카우치 위에 누운 자들에게서 여러 번 같은 이야기를 들었다. 프로이트의 해석은 이렇게 내려진다. "사기꾼은 꿈이고 왕은 꿈꾸는 사람 자신이다." 그리고 꿈의 내용에서는 "억압 때문에 희생된 허용되지 않는 욕망"이 문제가 된다. 프로이트의 신경증 환자들은 항상 유년 시절의 모습을 꿈꾸곤 했다. 아이들은 부끄러워하지 않고서도 즐겁게 옷을 벗을 수 있기 때문이다. 아이들은 그저 재미삼아 치마를 높이 들어올린다. 머리끝까지 쳐들기도 한다. 그리고는 그 자리에서 폴짝폴짝 뛰거나 춤추며 돌아다닌다. 프로이트는 그것을 "노출욕"이라고 명했다. 옷을 벗는 행위는 곧 "그들에게는 도취되는 듯한" 작용이다.

오랫동안 꿈 분석 작업을 한 후 프로이트는 꿈을 수학 문제처럼 명쾌히 풀 수는 없다는 사실을 알게 됐다. 여행을 떠나는 것은 죽음을 의미할 수 있다. 그렇다. 먼 도시는 도달할 수 없는 목표일 수 있으니까. 넘쳐흐르는 욕조는 불필요한 존재가 있음을 나타낼 수 있다. 칼, 막대기 그리고 단검은 대부분 어느 정도 남성의 생식기와 관련이 있다. 이가 빠지는 꿈은 자위행위와 관련이 있고,

높은 사다리에 올라가는 것은 종종 성행위를 뜻한다. 그러나 이 모든 것이 정답은 아니다. 꿈에서 인간은 조립된 존재이며 꿈의 내용은 형상화된 수수께끼이기 때문이다. 그리고 그 수수께끼가 오이디푸스 신화에 나오는 스핑크스의 수수께끼처럼 논리적인 경우는 매우 드물다.

또한 때로는 모든 것이 아주 간단하다. 한여름이었고 그는 티롤(오스트리아 서부의 주―옮긴이)의 산 속에서 가족과 함께 지내는 중이었다. 어느 날 아침 프로이트는 잠에서 깼다. 그리고 그가 꾼 꿈에서 "교황이 죽었다." 짧은 꿈이었지만 프로이트는 그것을 해석할 수 없었다. 그런데 "오전을 보내며 아내가 내게 물었다. '오늘 아침에 정말 시끄럽게 종이 울려대던걸요. 혹시 들었어요?' 나는 그런 소리를 들은 기억은 없었지만 그제야 내 꿈을 이해할 수 있었다. 그것은 나를 깨우려고 했던 독실한 티롤 사람들의 시끄러운 소리에, 잠자려는 나의 욕구가 반응한 것이었다."

마르타 프로이트가 아이들과 함께 여전히 산에 머무는 동안 프로이트는 원고를 출판사에 보냈다. 뒤따라온 것은 우울증이었다. 그는 플리스에게 편지를 썼다. "꿈에 대한 작업 그 자체는 나무랄 데가 없다고 생각하는데 문체가 좀 그렇다네!" 그는 "고상하면서도 간결한 표현"을 찾아내지 못해 "익살스럽고 비유적으로 윤문하기에 몰두했다." 프로이트는 자신이 "규칙적으로 받아보는" 풍자잡지 《짐플리치시무스 *Simplicissmus*》에서 찾아낸 재담 하나로 그 기분을 설명했다. 두 명의 군인이 있다. 한 사람이 다른 사람에게 말한다. 자네 약혼했지? 신부는 아마 매력적이고 똑똑하고 우아하겠지? 취향으로 따지자면, 하고 약혼한 남자가 답한다. 하지만 그녀는 내 맘엔 안 들어.

꿈과의 한판 승부를 끝낸 프로이트는 로마를 정복하고 싶은 생각이 간절해졌다. 그는 이미 이탈리아에서 휴가를 보낸 적이 있고, 남쪽으로도 여행을 갔었지만 그것은 단지 트라시메네 호수까지였을 뿐이다. 그의 소년 시절 영웅이었던 셈족 한니발의 진출 역시 거기까지였다. 프로이트는 그 앞에 도달했지만 더 이상은 싫었다. 가톨릭교도들의 시선 속으로, 한니발의 적군에게로, 유대인의 화해할 수 없는 적에게로, 고대 도시를 파괴한 자들에게로 가고 싶지 않았다. 그럼에도 그 영원한 도시는 프로이트를 강하게 유혹했다. "로마에 대한 내 동경심은 신경증처럼 심하다네"라고 프로이트는 플리스에게 쓰고 있다. 그는 꿈을 꾸기도 했다. 누군가 프로이트를 언덕 위로 이끌더니 로마를 보여줬다. 그 도시는 멀리 떨어져 있었고 반은 안개에 젖어 있었다. 프로이트는 꿈속에서조차 자신이 그 도시를 생생히 알아보는 것에 놀라움을 금치 못했다. 정신분석학자인 에리히 프롬도 "그 '영광의 땅'을 멀리서라도 보겠다는 동기는 바로 그 땅 안에서 쉽게 찾을 수 있다"고 말한 바 있다.

당시 프로이트는 우울한 시기를 보내고 있었다. 《꿈의 해석》에 대한 비평들은 프로이트에게는 "불쾌하고 이해되지 않을" 따름이었다. 여기저기 사소한 것을 헐뜯을 뿐 세상은 이 대단한 성공작을 알아보지 못하고 있었다. 그리고 일천한 학식을 지닌 젊은 동료들이 그를 제치고 교수직에 올랐다. 프로이트는? 그는 강사 신세를 면치 못하고 있었다. "그래, 난 실로 벌써 44세로군. 나이만 먹은 별볼일없는 유대인이라네." 그는 플리스에게 하소연했다. 그 말은 유대인들의 흔한 재담과도 비슷했다. "당신 아들이 빈에서 공부한다지요? 그래, 학업을 마치면 무엇을 할 거래요?" "나이만 먹은 유대인이 될까 두렵소." 어떤 식으로든 성공은 프로이트의 앞에서 몸을 숨겨버렸다. 그리고 "나는 좋은 담배를 피워서는 안 된다. 술도 아무런 소용이 없다. 아이를 얻는 일도 끝났다." 한마

프로이트는 자신이 가장 좋아하는 도시에 도착한 후 자신이 마치 이탈리아인이 된 듯한 느낌에 사로잡힌다.
성 베드로 성당, 로마.

프로이트는 휘황찬란한 빛을 지닌 이 영원의 도시를 여기저기 몇 시간이고 돌아다닌다.
포폴로 광장, 로마.

디로 그는 자신이 천사와 싸우는 야곱(《구약성경》 〈창세기Genesis〉의 족장설화에 나오는 인물로 아브라함의 손자이자 이삭의 아들─옮긴이) 같다고 생각했다.

프로이트는 결국 남동생 알렉산더와 함께 로마로 여행을 간다. 두 사람은 '밀라노' 호텔에 여장을 풀고 4층에 자리한 아름다운 방을 잡았다. 전등까지 갖춰진 그 방은 하루 숙박비가 4리라(이탈리아와 터키의 화폐 단위─옮긴이)였다. 첫날 저녁인 1901년 9월 2일 프로이트는 마르타에게 엽서를 보냈다. "2시가 넘어 도착했고 3시에는 목욕 후 옷을 갈아입고 로마인이 됐다오." 그랬다. 그는 "천상에 온 것 같은" 느낌을 받았다. 대단한 도시였다! "우리가 좀 더 일찍 오지 않은 것이 이해되지 않소." 물도 좋고 음식, 커피, 빵, 와인, 그 모든 것이 "아주 훌륭"했다. 그는 새벽이 되자마자 바로 로마를 둘러보러 숙소를 나섰다.

프로이트는 떠오르는 태양이 성 베드로 성당의 둥근 지붕을 황금빛으로 물들이고 있는 이 도시 구석구석을 즐겼다. 베르니니의 열주회랑 사이를 거닐었고, 바티칸 박물관과 미켈란젤로의 대작 〈최후의 심판Last Judgement〉이 있는 시스티나 성당을 구경했으며, 라파엘로(Raffaello Sanzio, 1483~1520. 이탈리아 문예 부흥기의 화가─옮긴이)의 벽화가 장식된 교황청 거실, 라파엘의 방에 감탄했다. 우아하면서도 당당하게 올림피아의 허공을 올려다보고 있는 나무랄 데 없이 아름다운 벨베데레의 아폴로 앞에 섰고, 트로이의 성직자로 아들들과 함께 바다뱀에 목이 졸려 죽은 라오콘도 지켜봤다. 상당히 지친 프로이트는 그제서야 처음으로 좋은 적포도주 한 모금을 들이켰다.

두 형제는 몬테 핀치오와 아피아 가도街道에 가기도 했고, 소나무와 협죽도, 등자나무 사이를 걸어 올라가 팔라티노 언덕에서 시원스레 펼쳐진 로마의 전경을 감상하기도 했다. 이렇게 간단한 여행 패키지의 값도 한 시간에 2리라나 됐는데, 프로이트는 "이런 곳에는 돈을 아끼면 안 된다"고 집으로 보내는 편지에 자신의 소신을 밝혔다. 그는 시내지도를 들고 호텔을 나와 지칠 때까지 돌아다니다가 갑자기 산 피에트로 인 빈콜리San Pietro in Vincoli('피에트로' 는 베드로를 뜻하며, '빈콜리' 란 베드로가 예루살렘과 로마의 옥에 갇혔을 때 묶였던 쇠사슬을 말함—옮긴이) 성당으로, 즉 쇠사슬에 묶인 베드로 성당으로 가는 가파른 계단 앞에 멈춰 섰다. 프로이트는 이곳에서 처음 미켈란젤로의 모세상을 본다. 이 모세상은 이후에도 내내 그를 쇠사슬 묶듯 사로잡는다. 프로이트 인 빈콜리Freud in Vincoli, 쇠사슬에 묶인 프로이트라고나 할까.

프로이트는 축복받은 느낌으로 여기저기를 돌았다. 도시는 사람들로 북적였다. 코르소 거리는 베데커 여행 안내서를 팔에 낀 여행객들로 넘쳐났고 카페는 만석이었다. 프로이트는 방해받는 기분이기는커녕 오히려 설레는 마음이 들었다. 그는 골동품을 몇 개 사느라 차츰 돈이 떨어졌지만 이렇게 기분 좋은 상태에서는 스스로에게 인색하지 말아야겠다고 생각했다. 그는 미용실에도 가고 1리라 50첸테시미를 주고 새 넥타이도 샀다. 그리고 "가져갈 일이 보통이 아닌 싼 질그릇 세트"도 구입했다. 날씨는 찌는 듯 무더웠고 시로코 바람(지중해와 남부 유럽 지역에 부는 따뜻하고도 습한 바람—옮긴이)이 그를 괴롭혔다. 밤이면 "마치 미켈란젤로가 만든 듯 격렬하고 웅장하게" 천둥번개와 함께 비가 내렸다. 프로이트는

1901년 9월 4일 프로이트는 '진실의 입'에 손을 집어넣는다.
진실의 입, 로마.

영혼을 파 뒤집은 프로이트는 자신의 소명을 고고학자의 소명과 비교한다.
포로 로마노, 로마.

호텔 방 창 옆에 서서 천둥소리와 거리에서 들려오는 고함, 소방차 소리, 그리고 종소리를 들었다. 번개는 "창문 앞에 있는 오벨리스크의 몇몇 상형문자들이 눈에 선명히 들어올 정도로 번쩍이며" 내리쳤다. 프로이트는 그 상형문자를 해독할 수 있을지도 모른다는 생각까지 했다. 안경만 있으면 글을 읽을 수 있다고 생각하는 "안경 핑계 대는 농부처럼" 말이다.

아, 로마여! 프로이트는 기필코 다시 로마에 올 것이었다. 이미 트레비 분수에 동전도 하나 던졌으니. 그는 산타 마리아 인 코스메딘 성당 입구에서 트리톤(그리스 신화에 나오는 바다의 신─옮긴이)의 얼굴을 새긴 대리석판도 구경했다. 옛 로마인들은 맹세를 할 때 이 석판의 입에 손을 넣었고, 그 맹세가 거짓일 경우 그대로 입이 닫혀 손이 잘린다는 전설을 믿었다지. 전설을 지닌 진실의 입. 남들이 하는 그대로는 별로 하고 싶어하지 않는 프로이트조차도 그곳에 손을 넣었다. "나는 오늘 진실의 입에 손을 넣고 훗날 여기 다시 오겠노라 맹세했소."

우리 문명인들은 모두가 약간은 성 불능의 경향이 있다

50세를 맞은 프로이트 미국에 가다

교육부 장관이 손님의 출입을 허락하자마자 마리 페르스텔 남작부인이 급히 들어왔다. 그녀는 장관에게 자신을 치료해준 그 훌륭한 프로이트 박사가 여전히 교수직을 기다리고 있다는데 그것은 잘못된 일이 아니겠냐고 따져 물었다. 그녀는 즉각 조치를 취해달라고 정식으로 요청했으며, 장관은 거듭된 약속 끝에 그녀에게 겨우 작별인사를 고할 수 있었다. 그러나 남작부인은 프로이트의 지위에 아무런 변화도 생기지 않을 것임을 알고 있었다. 그래서 그녀는 이 정치적 인물에게 귀여운 선물 하나를 건넸다. 장관이 세우려고 하는 화랑에 걸 수 있도록 에밀 오를릭의 현대 회화를 준비한 것. 그러자 일이 간단해졌다. 1902년 2월 22일, 황제는 프로이트를 객원교수로 채용한다는 문서에 서명을 했다.

프로이트는 당연히 감사했고 마음도 가벼웠다. "교수로의 승진은 우리 사회에서는 거의 신적인 존재로 올라가는 것이나 다름없다"는 사실을 그는 잘 알고 있었다. 이제 환자도 많아질 것이고 진료비도 더 받을 수 있을 것이다. "그리고 나는 로마를 다시 보고 싶었고, 환자도 계속 돌보고 싶었으며, 내 아이들에게는 좋은 환경을 제공하고 싶었다네." 그래서 프로이트는 이때만큼 '후원'이라 불린 이 게임에 적극적으로 참여했다. 그는 "정직함이라는 익숙하고도 부끄러운 압박 속에서" 자신이 탄원서를 비롯한 모든 일을 진행시켰노라고 플리스에게 고백했다. 그는 영원 같은 기다림, 17년간의 인내에 질려 있었다. 그 정도면 충분했다.

사실 프로이트는 오스트리아의 관료사회 전체가 반유대주의에 완전히 물들어 있다는 사실도 알고 있었고, 남작부인이 오를릭 대신 뵈클린의 그림을 선사했더라면 승진이 더 빨랐을 것이란 사실 또한 알고 있었다. 뵈클린의 작품은 미술작품 애호가라면 누구나 가지고 싶어하는 알파와 오메가였다. "나는 이 낡은 세계는 권위에 의해 지배당하고 새로운 세계는 달러에 의해 지배된다는 사실을 배웠다네." 그는 지배권력 앞에 고개를 떨궜고 이제 그 보상을 허락받았다. 프로이트는 조롱에 가득 찬 어조로 덧붙였다. "일반 시민들의 관심이 엄청나다네. 벌써 축하와 꽃다발이 쏟아지고 있어. 마치 갑자기 국왕 폐하에게 성性의 기능을 정식으로 인정받고, 꿈의 의미가 내각에서 입증되고, 히스테리 치료에 있어 정신분석요법의 필요성이 국회의원 3분의 2의 동의로 통과되기라도 한 것처럼 말이지." 이것이 바로 그 영광스런 사건의 전말이었다. 그는 플리스에게 편지 내용을 비밀로 부쳐달라고 부탁했다.

그런데 이 시기에 프로이트와 플리스 두 사람 간의 우정은 서서히 적대적인 관계로 돌입하고 있었다. 프로이트가 본인만의 생각을 환자들에게 투영해 이입시키려 한다며 플리스가 프로이트를 비판하고 나섰던 것이다. 프로이트에게 이것은 대단한 모욕이자 우정의 배반이었다. "친근한 친구 하나와 미워하는 적 하나가 내게는 항상 내면생활의 필수불가결한 요구조건이었다"라고 프로이트는 《꿈의 해석》에서 밝힌 바 있다. "나는 항상 내게 친구와 적, 이 양쪽 모두가 늘 새로 등장하리라는 것을 잘 알고 있었다." 그리고 플리스처럼, 혹은 훗날의 카를 구스타프 융처럼 친구와 적은 한 사람 속에 같이 있었다. 결정적으로 두 사람의 관계가 와해된 것은 새파랗게 젊은 철학자 오토 바이닝거의 책《성과 성격 *Geschlecht und Character*》이 출판되면서부터였다. 이 책은 로켓 같은 폭발력으로 빈을 강타했다. 플리스는 이 책에서 자신의 양성애 이론을 발견했다. 바이닝거가 이것을 어디서 가져왔을까? 프로이트에게서? 당연하지. 그랬음이 틀림없어. 플리스는 프로이트에게 늘 상세히 양성애에 대한 자신의 생각을 써보내곤 했었다. 그리고 프로이트는 바이닝거가 어떤 내용의 작업을 하는지 알고 있었다. 프로이트는 제대로 기억하지는 못했다. 하지만 기억은 지워졌더라도 프로이트는 바이닝거를 만났고, 아마도 그와 함께 그 주제에 대해 대화를 했을 것이며, 또한 무언가를 읽었을 것이다. 반면 프로이트는 이 모든 것을 아주 다르게 생각했다. 그는 공개적으로 상세히 언급된 이 문제에 있어 도리어 자신이 죄 없는 죄인인 오이디푸스 같은 처지라는 사실을 기뻐했다. 그는 플리스에게 다음과 같이 편지를 썼다. "나는 그럼에도 불구하고 내가 당시에 '도둑 잡아라' 하고 외쳤어야 한다고 생각하지 않네. 그렇게 해봐야 아무 소용도 없었을 거야. 왜냐하면 도둑도 마찬가지로 그것이 자신의 착상이며 머릿속에 든 생각은 남들이 침해할 수 없는 것 아니냐고 주장할 수 있기 때문이네." 그는 위로의 말도 덧붙였다. "나 개인으로서는 자네야말로 양성애를 착안해낸 장본인이라 생각하지." 그러나 이 말도 플리스를 위로하지 못했다. 바이닝거, 재능과 성적 장애를 함께 갖춘 남자. 유대인을 미워하는 유대인. 여자는 발육부진인 남자일 뿐이라는 책을 쓴 신경증 환자. 그 책은 플리스에게는 명백한 절도 사건이요 표절이었다. 그러나 플리스는 그 전례 없는 성공에 대항하지 않았다. '팽 드 시에클Fin de siècle'. 세기말. 당시의 어느 출판물도 여성 혐오와 유대인 비하의 날카로운 기록을 담은 이 책만큼 대립각을 세우고 격렬히 논의되지 않았다. 그리고 곧, 그 광적인 작가의 폭력적이고도 치명적인 최후의 일격이 사람들로 하여금 그 책을 숭배하게 했다. 바이닝거가 빈에서 자살한 것이다. 공개적으로. 그것도 베토벤이 죽은 방에서.

한편 1906년 5월 6일 베르크가세 19번지에서는 프로이트의 50세 생일을 축하하는 파티가 열렸다. 파티가 절정에 이를 즈음 몇몇 추종자들이 주인공에게 메달 하나를 증정했다. 메달의 한 면에는 프로이트의 초상화가, 다른 한 면에는 오이디푸스와 빈의 유겐트슈틸('청춘 양식' 이라는 뜻으로, 독일 · 오스트리아 등 독일어권에서의 아르누보 운동 양식과 경향을 가리키는 명칭─옮긴이) 스핑크스가 새겨져 있었다. 프로이트는 메달에 새겨진 희랍어 비문에 얼굴이 굳어지며 창백한 표정이 됐다. 거기에는 "유명한 수수께끼를 푼 그야말로 막강한 남자"라는 문구가 새겨져 있었다. 몇 년 후 프로이트의 전기작가인 어니스트 존스가 프로이트에게 당시의 느낌이 어땠는지 그리고 "마치 유령이라도 나타난 것처럼" 그때 왜 그렇게 놀랐었는지를 물었다. 그러자 프로이트는 언젠가 젊었을 때 빈 대학의 아치, 가장 유명한 교수들의 흉상들이 나란히 서 있는 그곳을 돌아보며 자신도 언젠가 거기에 서게 되기를 소망했기 때문이라고 답했다. 그리고 자신의 흉상 밑에 소포클레스의 《오이디푸스 왕》에 나오는 그 문구가 새겨져야 한다고 생각했다는 것이다.

그랬다. 이제 서서히 그가 인정받는 시절이 다가오고 있었다. "새로운 세계에 처음 시선을 돌린 이후 계속된 고통스럽던 고독의 시간…… 가장 가까운 친구들로부터 외면당했던 시절, 방황했던, 그리고 가족들을 위해 어떻게 하면 곤경에 빠진 삶을 변화시킬 수 있을까 고민했던" 불안한 일상들의 시간, 비참할 정도로 길었던 그 시간이 끝났다. 프로이트의 진료대기실은 환자로 가득 찼다. 정신분석 환자들은 대개 빈 상류층 출신이었는데, 많은 이들이 교수님의 "매력적인 유머"에 매료됐고, 거의 모든 이가 "갈색의 반짝거리는" 눈, "아름답고 진지하며 혹은 꿰뚫어보는 듯하면서도 탐구적인" 그 눈에 열광했다. 프로이트는 보는 것이 만지는 것에 대한 문명화된 대체물이라면, 누구도 피하기 힘든 꿰뚫어보는 시선이야말로 자신에게 가장 적합한 요소라는 사실을 발견했다. 그러나 그는 가족들에게는 내성적이고 말이 없는 사람이었으며, "나이 콤플렉스에 시달리는 것처럼 보이는", 여전히 1916년이나 17년에 틀림없이 죽을 것이라 믿고 있는, 생각에만 빠져 지내는 학자처럼 1미터 70센티미터의 몸이 계속 조금씩 앞으로 굽고 있는 고행자였다. 프로이트는 아침 7시에 일어나 미용사로부터 매일 수염 손질을 받고 아침 8시부터 낮 1시 직전까지 진료를 했으며, 조끼에 우아한 넥타이를 맨 세련된 옷차림으로 정확히 낮 1시에 점심식사를 하러 나타났다. 특히 그는 점심식사 때면 자신이 수집한 고대 조각품 중 조그만 입상 하나를 골라 본인의 접시 앞에 세워두곤 했다. 그리고 아이들의 질문에도 어른에게 하듯 성의 있게 답변하곤 했다.

낮 3시부터 밤 9시까지는 정신분석을 원하는 환자들이 오갔다. 그는 환자가 없으면 글을 쓰기도 하고 이미 써놓은 글을 교정하기도 했다. "나에게는 상

프로이트는 매번 점심식사를 할 때면 자신의 골동품 군상들 중 하나를 골라 접시 앞에 세워놓곤 했다.
프로이트 박물관, 런던.

상하는 것과 일하는 것이 동시에 일어난다. 나는 다른 것에서는 즐거움을 느끼
지 못한다”고 프로이트는 말했다. 일이 끝나면 저녁 식사를 한 뒤 잠깐 카드놀
이를 하거나 다시 산책을 했는데 그때는 아내나 처제, 혹은 딸들과 함께였다.
산책은 종종 아이스크림을 먹거나 그날의 신문을 보기 위해 카페에 들르는 것
으로 끝났고, 그런 다음 그는 다시 책상에 앉았다. 그리고 새벽 1시, 지친 몸으
로 마르타의 옆으로 가 잠자리에 들었다.

프로이트는 성실하면서도 아내에게 일정한 거리를 두는 남편이었다. 37세
때 그는 그토록 많은 출산을 한 아내의 휴식을 위해 일 년 동안 금욕하기로 결
정했었다. 콘돔을 쓰는 것은 신경증 같은 불쾌감을 초래하며, 그 이상의 오랜
성교 중단은 불안신경증을 가져온다는 생각에서였다. 그러나 40세 때 프로이트
는 플리스에게 자신이 “성욕이 없고 발기부전”이라는 사실을 고백했다. 그리고
41세 때는 “또한 나 같은 사람에게는 성적인 흥분이 더 이상 소용이 없다”라고
썼다. 한데 프로이트는 그해에 자신이 속옷만 입고 계단 높이 올라갔다가 마르
타로부터 구박받는 꿈을 꿨다. 그때 그가 꿈에서 느낀 감정은 “불안이 아닌 성
적인 흥분”이었다. 그럼에도 44세 때 프로이트는 아이 낳는 일은 완전히 끝났
다고 했으며, 51세 때는 자신의 친구에게 이런 이야기를 했다. “우리 문명인들

은 모두가 약간은 심리적인 성 불능의 경향이 있다네.”

플리스와 프로이트의 우정이 식어갈 무렵, 취리히 대학 의학부의 젊은 강사인 카를 구스타프 융이 프로이트의 《꿈의 해석》을 읽었다. 융은 소년 시절 쉼없이 꿨던 꿈들을 떠올리며 놀라움에 전율마저 느꼈다. 어느 한 꿈에서 그는 으스름 속에 방들을 지나다 동화에나 나올 것 같은 왕좌를 보았다. 그 위에는 피부와 살로만 만들어진 어떤 형상이 웅크리고 앉아 있었다. 머리에는 얼굴과 머리카락이 없었으며 눈 하나만이 물끄러미 허공을 바라보고 있었다. 융은 마치 저승에 온 듯한 기분이 들었다. 한번은 계단 아래로 추락하는 꿈을 꿨는데 그는 그것을 “이 세상에서의 삶에 대한 치명적인 저항”으로 해석했다. 또 그는 이중 생활을 하는 꿈을 꾸기도 했는데 꿈속에서 그는 두려움에 떨며 자신의 불안에 대해 이야기했지만, 듣는 사람이 누구인지 어떤 이야기를 하고 있는지는 전혀 알 수 없었다. 융을 조금이나마 이해하는 단 한 사람이라면, 그것은 어머니였다. 그러나 어머니조차도 아들이 종종 편치 않았다. 어찌됐든 이제 30세가 된 융은 프로이트의 《꿈의 해석》을 읽고 심령론에 관한 자신의 책에 그것을 인용했다. 책을 모두 읽은 후에는 환자를 위한 연상 테스트를 구상해 프로이트에게 보냈다. 이때부터 그들의 편지 교환이 학문과 개인사를 넘나들며 친밀히 시작됐다. 프로이트는 천재적인 젊은 정신분석가, 자신의 정신적 아들, 선택받은 자가 나타났다고 생각했고 융은 프로이트를 방문하러 곧 빈으로 왔다.

그 사이 프로이트는 동료인 빌헬름 슈테켈과 함께 그 유명한 수요회를 조직했는데 이 모임은 즉시 정신 운동의 밑알로 자리매김했다. 그 이유에 대해 “개별적으로 정신분석에 종사하는 것은 어려운 일이기” 때문이라고 프로이트는 밝힌 바 있다. “그것은 정선된 우수 사교 모임”이었다. 이 모임에는 파울 페

더른, 오스카 리, 성실한 비서 오토 랑크, 한스 작스, 후일 프로이트의 맞수가 되는 위대한 알프레트 아들러, 그리고 호의적인 헝가리인 산도르 페렌치 등이 속해 있었다. "나는 만족감에 흠뻑 젖어 있고 마음도 가볍네. 나의 애물단지, 내 필생의 작업이 자네를 비롯한 다른 회원들의 참여를 통해 잘 지켜지고 미래를 보장받고 있음을 알고 있으니까"라고 프로이트는 페렌치에게 편지를 썼다. 엽서로 초대를 받은 20여 명의 회원들 중 8명 혹은 10명 정도가 매주 수요일 저녁 베르크가세 19번지로 모였다. 그들은 진료대기실의 소파와 안락의자에 편안히 앉아 모임을 진행했다. 그들, 그 우수한 두뇌의 소유자들이 책들 사이에, 혹은 이집트와 로마의 입상, 가면들, 접시, 꽃병들이 놓인 진열장 사이에 앉아 있었다. 또한 회원들 너머 한쪽 벽에는 훌륭한 동판화들이 걸려 있었다. 마르타 프로이트는 평소처럼 과자와 적포도주, 물, 블랙커피를 준비했고 하녀는 각각의 손님 자리마다 재떨이를 놓았다. 모든 회원이 모임을 여는 동안 담배를 피웠다. 아침식사 때부터 잠자리에 들 때까지 줄담배를 피우는 애연가 프로이트는 동료들에게도 담배를 권했다. 늦은 밤까지 어려운 정신분석 사례, 강연 주제, 영감, 체험, 꿈, 새로운 책, 그리고 초대해야 할 정신분석가 등에 대한 토론이 진행됐다.

논의가 끝나면 그들은 적포도주 한 잔씩을 더 마시고 마지막 담배에 불을 붙였다. 이 시간이면 프로이트는 늘 새로운 재담을 소개했다. 어느 회사원이 사무실 여기저기를 뛰어다니며 한탄한다. "오, 신이시여! 이 말도 못할 두통이라니! 난 이미 이성도 잃은 것 같아!" 그의 상사가 말한다. "이봐, 이성은 집에 가서 찾으면 안 될까? 여기서 이리저리 뛰어다니고 그렇게 큰 소리로 떠드는 건 그만두라구!" 프로이트는 《농담과 무의식의 관계*Der Witz und seine Beziehung zum*

Vnbewußten》에서 다음처럼 쓰고 있다. "웃음은 전염성이 매우 강한 심리적 상태의 표현이다. 나는 내가 웃기 위해 이런 방법을 이용하는 것이다." 프로이트는 늘 재미있는 이야기들을 수집하곤 했다. 두 명의 유대인이 목욕탕 근처에서 마주치자 한 사람이 묻는다. 너 목욕했니? 다른 한 사람이 받아친다. 왜? 한 개가 부족해?("너 목욕했니?"의 원문은 "Hast du ein Bad genommen?"이다. genommen은 nehmen(가지다, 가져가다)의 변형이다. ein Bad nehmen은 숙어로 '목욕하다'라는 뜻인데, 대답한 사람은 nehmen을 보족어가 아닌 동사 자체의 뜻을 살려 "Bad 한 개 가져갔니?"로 해석함으로써 이런 대답을 한 것이다—옮긴이) 그야말로 즐겁고 아늑한 밤이었다. 모임에 참석했던 신사들이 작별을 고하는 시간, 프로이트의 아들 마르틴의 눈길이 진료대기실을 향했다. 담배 연기가 자욱했다. 사람들이 질식도 하지 않고 그런 곳에서 여러 시간 동안 이야기하며 살아남았다는 사실이 마르틴에게는 정말이지 기적처럼 느껴졌다.

당신은 정신의학의 약속된 땅을 차지할 수 있을 겁니다

프로이트의 계승자

카를 구스타프 융과 그의 제자 루트비히 빈스방거는 1907년 3월 3일 베르크가세 19번지의 초인종을 눌렀다. 하녀가 문을 열고 손님들을 들여보냈다. 이들은 전날 이미 프로이트 교수를 잠깐 방문했었고, 오늘은 시간을 더 갖고 이야기를 나눌 생각이었다. 프로이트는 두 사람을 격식이나 예의를 차려 맞기보다 진심을 다해 환영했다. 그는 그들이 자리에 앉자마자 빈에서 보낸 첫날밤에 무슨 꿈을 꿨는지 물었다. 훗날 빈스방거는 융의 꿈은 기억하지 못했지만 프로이트의 해석만큼은 기억을 했다. "프로이트는 융이 자신의 자리를 빼앗고 대신 그것을 차지하려 한다는 쪽으로 해석을 했었다." 한편 그때 빈스방거는 페인트칠로 단장한 베르크가세 현관에 잘못 걸린 낡은 샹들리에 꿈에 대해 이야기했었다. 하지만 프로이트의 해석은 26세인 빈스방거에게 그다지 확신을 주지 못했다. 그것은 빈스방거가 프로이트의 장녀와 결혼하고 싶어하면서도 한편으로는 그렇지 않아 한다는 해석이었다. 빈스방거는 정확히 다음처럼 생각했었다. "나는 그렇게 초라한 샹들리에가 걸려 있는 집안과는 결혼하지 않아."

어떻든 그들은 즐겁게 웃었다. 프로이트는 제법 모아진 자신의 골동품들을 두 사람에게 보여줬다. 그리고 그 둘은 프로이트가 1890년에 어느 여성 환자에게서 감사의 표시로 선물 받은 진기한 카우치도 구경했다. 그 훌륭한 물건

〈치료 입문〉 중에서, 1913년

에는 아주 부드러운 서머나산産 페르시아 양탄자, 그것도 비단처럼 빛나는 양탄
자가 깔려 있었고, 그 위에는 크고 작은 벨벳 쿠션이 적절히 놓여 있었다. 환자
들이 사용하는 이 머리쿠션 위에는 흰 수건이 펼쳐져 있었다. 모든 환자는 깨끗
하게 다림질한 새 수건을 받았다. 세 사람은 진료실에서 프로이트의 성 이론에
대해 토론했다. 융은 아주 깊은 인상을 받았지만 우려와 의구심도 드러냈다.
"그러나 매번 그는 나의 경험 부족을 이유로 내 의견을 반박했다"고 융은 밝힌
바 있다. 그 경험 부족이란 19년이라는 나이 차이에서 연유했다. 또한 프로이트
에게 있어 항상 "현실적 의혹"인, 병적이고 불가항력적인 의심에 대해서도 이
야기가 오갔다. 가스꼭지를 정말로 잠갔나? 불을 껐던가? 등과 같은 생각들 말
이다. 빈스방거가 정신분석학자들 중에는 왜 그렇게 모험적인 인물들이 많은지
묻자 프로이트는 썩 달갑지 않다는 듯 대답했다. "그렇지. 나는 항상 내 학설에
우선적으로 개 같은 인간들과 투기꾼들이 달려들 것이라고 생각했다네." 무엇
보다 이날 오전에는 융이 활발히 이야기하고 있었다. 그는 너무나 즐거이 대화
했고 어떤 연유로 프로이트가 문명이 본능의 포기 위에 세워진다고 생각하는지
를 알고 싶어했다. 그리고 빈스방거는 프로이트가 자신의 책상에 앉아 담배 피
우는 모습과, 손을 의자 등받이나 책상 위에 놓고 있는 모습, 여기저기서 조그

120

세계적으로 유명한 이 카우치는 어느 여성 환자의 감사의 표시였다.
프로이트 박물관, 런던.

만 조각품을 손에 쥐고 그것들을 관찰하는 한편 대화 상대를 호의적이면서도 날카롭게 쳐다보는 모습 등을 지켜봤다.

정각 1시에 점심식사 시간을 알리는 소리가 들려왔다. 두 사람은 아이들을 포함한 마르타, 민나 등 온 가족과 함께하는 식사에 초대됐다. 식당에는 이미 식사가 준비돼 있었다. 식당으로 가면서도 융은 이야기하는 것을 멈추지 않았다. 심지어 그는 자신에 대해서, 본인이 가진 병력에 대해서까지 이야기했다. 융은 몸집이 크고 중량감이 돋보이는 게르만족의 특징을 그대로 갖춘 흡입력 있는 인물이었다. 머리는 짧았고 푸른 눈에 타원형의 지적인 안경을 끼고 있었다. 윗입술 쪽으로는 엷게 수염이 나 있었으며 빳빳한 셔츠 깃에는 나비넥타이가, 조끼 위에는 시곗줄이 달려 있었다. 한마디로 융은 위풍당당하고 건장한 체격의 소유자였다. 프로이트의 아들 마르틴은 융을 다음과 같이 기억했다. 그는 식탁에 앉아 "어머니나 우리들 아이들과는 조금도 정중히 대화하려고 하지 않았다." 융은 앉아서 자신의 이야기만 계속했다. 부엌에서 들리는 소음으로 말이 끊겨도 역동적으로 핵심만 골라 생생히 대화를 이어갔다. 그리고 "아버지는 홀리기라도 한 듯 그의 말에 귀 기울였다."

그랬다. 프로이트는 이 활기 넘치고 똑똑한 청년에게 압도됐다. 청년 역시 프로이트에게 반한 것처럼 보였다. 융은 프로이트에게 이 첫 번째 개인적 만남이 자신에게는 "하나의 사건", 즉 자기 생애의 정점이었으며, 자신은 프로이트에게서 "낙원의 열매"를 맛보았고, 심지어 확장된 성 개념에 대한 저항감마저 사라졌노라 고백했다. 취리히로 돌아간 융은 환희에 넘치는 기분으로 프로이트의 집에서 경험했던 그 풍성한 식탁을 떠올리며, 자신은 "이제 그 풍성한 식탁에서 조금씩 떼어먹기"만 해도 복된 삶을 살 수 있을 것 같다는 편지를 썼다.

그런데 이 첫 방문 후 융은 친구들과의 작은 모임에서 프로이트가 처제인 민나 베르나이스와 모종의 관계에 놓인 것 같다는 이야기를 한다. 또 프로이트에게 편지를 보내, 당신에게는 사람들에게 자꾸 본인의 인상을 심어주려는 히스테리 같은 욕구가 있다며 그의 성격을 비난했다. 프로이트는 그 욕구야말로 자신을 선생으로, 안내자로 만들어준 원동력이라고 응수했다.

그럼에도 불구하고 프로이트는 이 32세의 스위스 출신 정신분석가를 자신의 계승자로 결정했다. 그가 놀랍고도 무한한 환상의 소유자라는 점이 명백했기 때문이다. 언젠가 프로이트는 플리스의 그런 점을 무척이나 좋아하지 않았던가. 수요회의 진정한 동지들에게 프로이트는 왜 융이 자신의 학설을 세계에 전파하기에 이상적인 인물인지 설명했다. 융은 아리아족, 즉 순수 게르만족인데다 기독교인이며 목사의 아들이다. 그러나 자신들은 모두 유대인이다. 자신들의 생각이 유대인의 업적으로만 그치는 한 모두 싸울 수밖에 없다. 프로이트는 "우리에게는 아리아족 친구들이 꼭 필요합니다"라고 강조했다. 그 친구들이 없다면 정신분석학은 반유대주의에 매몰될 것이므로. 만약 프로이트의 이름이

‘오버후버’ 따위였다면 뭔가 달라도 달랐을 텐데. 그랬다면 이처럼 비참히 저항하지 않아도 됐을 텐데. 정신분석학이 학문으로서 떳떳이 인정받았을 텐데! 그러나 그의 이름은 프로이트였다. 때문에 그는 융에게 다음과 같은 편지를 썼다. “내가 모세라면 당신은 여호수아로서, 정신의학의 약속된 땅, 나에게는 멀리서만 바라보도록 허락된 그 땅을 차지할 수 있을 것입니다.”

이것이 1909년 1월 17일의 일이었다. 7개월 후 프로이트는 카를 구스타프 융, 산도르 페렌치와 함께 브레멘의 항구 근처에 위치한 어느 레스토랑에 앉아 있게 된다. 그들은 점심을 먹으며 국제 기선인 북독일 로이드사의 ‘조지 워싱턴호’에 오르기를 기다리고 있었다. 프로이트는 매사추세츠 우스터 지역의 클라크 대학에서 명예박사학위를 받고 강연을 몇 차례 하기로 돼 있었다. 강연료와 출장비는 넉넉히 책정됐다. 또 하나의 놀라운 소식은 프로이트의 유명한 추종자인 융도 정신분열증의 전문가로 함께 초청됐다는 사실이었다. 프로이트는 페렌치에게도 함께 갈 의향이 있느냐고 물었고 그는 긍정적으로 답했다. 이렇게 해서 정신분석학은 신세계를 정복할 수 있게 됐다. 프로이트의 전기작가 페터 가이는 프로이트가 미국인의 개방성을 “유럽인들을 때릴 수 있는 몽둥이로 이용했다”고 썼다.

미국으로 건너가기 직전, 프로이트는 여행 동반자인 페렌치에게 한 가지 충고를 했다. “나는 의상으로 여행복 외에 연미복과 프록코트를 가지고 가네. 연미복은 아마 없어도 될지 모르겠어. 그렇지만 배 여행을 할 때 좋은 코트 하나쯤은 절대 잊어선 안 돼. 실크해트는 가지고 가는 데 어려움이 있으니 그곳에서 구입해 사용하고, 떠나기 전 버리면 된다네.” 어찌됐든 브레멘에서의 이 세 사람은 즐겁게 식사를 했다. 대단한 연설가 융은 브레멘 근교의 어느 늪에서 발굴해낸 선사시대 유물인 미라 이야기를 시작했다. 이야기는 그칠 줄 모르고 이어졌다. 왜 융은 늪에서 나온 미라 이야기를 계속하고 있지? 프로이트는 잠시 생각했다. 혹시 그걸 의미하는 건가? 죽음을 원하는 감춰진 욕망? 융의 꿈, 아니 왕위 찬탈자의 꿈이 어떤 것이었더라? 순간 프로이트는 정신이 혼미해졌다. 그는 쓰러짐과 동시에 의자에서 떨어져 나뒹굴었고 친구들은 몹시 놀랐다. 물론 다행히 금세 정신을 차리긴 했지만.

그들은 8일간 바다를 항해했다. 만족스러운 여행이었다. 모두 좋은 음식을 먹었고, 저녁이면 틈틈이 자신들의 영어 실력을 되살려 카드놀이를 했으며, 아침에는 서로의 꿈을 분석했다. 융은 프로이트에게 당신의 꿈을 제대로 해석하기 힘드니 몇 가지 개인적인 일을 알려달라고 했다. 그러나 나중에 융이 전하길 프로이트는 그를 의심하듯 응시하더니 자신의 권위가 위태로워질 수 있으므로 여기서는 자신을 분석하지 말라고 했다는 것이다. 뭐야? 융은 생각했다. 정신분석의 창시자가 진실보다 개인적 권위를 우위에 둔다고? 혹시 내가 그 꿈으로 프로이트가 마르타를 배반한 사실을 증명하려 했다는 걸 눈치 챈 건가? 처제와의 관계에 대해 내가 의심하고 있다는 사실을?

항해를 시작하고 여덟 번째 날, 드디어 자유의 여신상이 그들을 맞이했다. 훗날 프로이트의 전가작가가 된 어니스트 존스가 귀한 손님들을 마중 나왔다. 존스는 그들을 뉴욕으로 안내했다. 아침 신문들에는 빈에서 건너온 "친구", 프로이트 교수의 기사가 실렸지만 정작 당사자는 크게 신경 쓰지 않았다. 아름다운 나라였지만 어쩐지 이곳의 음식은 소화가 잘 되지 않았다. 계속 제공되는 얼음물은 끔찍했고 식사는 납처럼 부담스러웠다. 다행히 사람들은 점잖은 편이었고 학자들은 친절하며 호기심이 많았다. 프로이트는 학자들의 모임에서는 "평소 음란하다고 여겨지는 모든 것들을 자유롭게 말할 수 있었다." 그는 아침 산책을 하며 친구 페렌치와 함께 억압, 꿈의 해석, 그리고 성에 대한 강연 내용을 다시 한 번 꼼꼼히 검토했다. 물론 영어로 이뤄지는 강연이었다. 프로이트는 자유롭고 편안했으며 여행 말미쯤엔 "정신분석은 더 이상 망상의 산물이 아닌 현실이다"라고 말할 수 있게 됐다.

나는 그에게 상처받은 여신 리비도의 복수를 하고 있다
알프레트 아들러 및 카를 구스타프 융과의 결별

격분한 빈의 정신분석학자들이 그랜드 호텔 슈테켈의 방에서 만났다. 그들은 급박하게 벌어지고 있는 여러 상황에 대해 논의하고자 했다. 뉘른베르크 회의, 프로이트가 이름붙인 대로라면 소위 "제국의회"가 그들 모두를 해고하려 했다. 그들이라 함은 프로이트의 핵심 군단을 일컫는다. 그 모두는 여러 해 동안 프로이트에게 충성을 다했다. 그런데 말도 안 되는 상황이 발생했다. 국제정신분석학회의 회장을 누가 맡게 됐는가? 카를 구스타프 융이었다. 그의 비서 역시 스위스인으로 내정됐다. 프로이트는 협회에 대고 분통을 터뜨렸다. 자제심 그 자체라 할 수 있는 프로이트가 극도의 흥분상태에 휩싸였다고 항의자 중 한 사람인 비텔스는 전했다. 프로이트는 자리에서 일어나 몹시 화가 난 동료들에게 자신의 견해를 피력했다. "여러분은 대부분 유대인이고 그렇기 때문에 새 학설의 친구들을 얻기에 적합하지 않은 것입니다. 유대인들은 문화의 거름이 되는 것에 만족해야겠습니다." 그는 학계와 계속 관계를 유지할 필요가 있었으므로 더 이상은 여기저기 적을 만들지 않으려 했다. 프로이트는 짧은 탄핵 연설 후 연극처럼 옷깃을 잡으며 이렇게 말했다. "나는 늙었고 적들은 내 몸에서 완장을 떼려 합니다." 프로이트는 모두를 위해 스위스인이 해결책이란 말을 덧붙였다. 그럼으로써 비로소 정신분석학은 유아기에서 벗어나게 되리라. "이제 나는 풍성하고 아름다운 청년기가 오기를 바랍니다."

청년기는 왔고 프로이트는 그 시기를 경험하게 되지만 한편으로 상처를 입고 결별하는 시기도 맞는다. 프로이트는 이 결별들을 자신만의 《구약성경》 같은 방식으로 극복했다. 그는 친구들이 우상을 숭배할 때, 그들이 순수한 진짜 학설을 멀리할 때, 모세처럼 그 사이를 헤쳐 나갔다. 첫 번째로 프로이트에게서 멀어진 사람은 아들러였다. 아들러의 전기작가 마네스 슈페르버에 따르면 프로이트보다 14살이 어린 아들러는 프로이트를 "아버지와 같은 권위를 지닌 사람으로 인정"할 수가 없었다고 한다. 아들러는 프로이트의 남동생 같은 존재였을는지 모르겠지만 "무조건 맹목적인 신봉자 중 하나"는 아니었다. 아들러 밑에서 심리학을 공부한 슈페르버는 결별의 이유를 다음과 같이 밝히고 있다. "프로이트는 가족으로부터 출발했다. 특히 침실에서의 비밀과 아이들 방의 알 수 없는 상태로부터." 그러나 반대로 아들러는 마르크스주의와 프롤레타리아 해방 운동의 영향을 받아 "가족을 변화하는 공동사회 형태로 간주"했다. 아들러는 성의 의미를 의심하지는 않았지만 그것을 도그마화하는 것에는 반대했다. 아들러의 인식이 임상에서보다 이론에 더 강한 것이라고 생각하면서도 프로이

프로이트의 사례 연구는 빈 사회의 공격성이 지닌 잠재력을 빠짐없이 보여줬다.
미하엘 광장의 분수, 빈.

트는 아들러를 날카로운 통찰력을 지닌 독창적인 사람으로 평가했다. 그리고 아들러가 자신에게서 멀어졌음을 알아차린 프로이트는 그를 다시 한 번 식사에 초대했다. 어떻게든 공통분모를 찾아낼 수 있지 않겠느냐는 그의 의견에 아들러가 물었다. "왜 나는 내 일을 항상 당신의 그림자 속에서 수행해야 합니까?" 이 순간 결별은 결정됐다. "아들러는 사도 바울(기독교 최초의 전도자로서 전 생애를 전도에 힘쓰고 각지에 교회를 세웠다—옮긴이)이라는 단어를 잊고 있다"고 프로이트는 수요 회의의 동료에게 편지를 썼다. 또한 "자네들이 사랑이라는 단어를 잊지 않기를" 바란다는 말도 덧붙였다. 아들러는 사랑이 없는 세상을 만들었으며 자신은 "그에게 모욕당한 여신 리비도의 복수를 하고 있다"고 프로이트는 이야기했다. 여러 해가 지난 후 누군가가 아들러에 대해 물었을 때 프로이트가 "아들러? 난 그런 사람 모른다네. 아니, 그런 사람을 본 적도 없어"라고 답했다고 슈페르버는 전했다.

후계자인 융과의 결별은 더 고통스러웠고 오랜 후유증을 남겼다. 두 사람은 희망과 실망 사이를 오가며 서로의 주변을 맴돌았다. 1913년 뮌헨 회의에서 프로이트는 점심식사 중에 융과 그의 스위스인 비서의 충성심 부족을 비난했다. 그들이 잡지에 프로이트의 이름을 전혀 언급하지 않은 채 정신분석학에 대한 기사를 실었기 때문이었다. 그러나 융은 자신들이 정말로 프로이트의 이름을 언급하는 일이 필요하다고 생각하지 않았고, 또한 프로이트도 그 사실을 잘 알지 않았느냐고 했다. 프로이트는 그 건방진 대답에 화가 나 자신의 입장을 계속 내세우다가 갑자기 정신을 잃고는 바닥에 쓰러졌다. 그 강력한 융 앞에서 두 번째로 일어난 실신이었다. 융은 깜짝 놀라 총알같이 일어나 스승을 호텔 로비의 소파로 옮겼다. 물론 프로이트는 그때 바로 다시 정신을 차렸다. 이 사건을 어니스트 존스는 다음과 같이 알려주고 있다. "그 근저에는 한 조각의 제어되지 않는 동성애적 감정이 숨겨져 있었다."

융은 자신이 프로이트에게서 멀어지는 데 대한 이유를 여러 가지로 들었다. 그는 프로이트가 '조지 워싱턴호' 선상에서 꿈을 해석하기 위해 개인적인 일을 얘기해달라는 자신의 요구를 거절했을 때, 어떤 멜로드라마처럼 프로이트에 대한 사랑의 종말을 알리는 종소리를 들었다고 주장했다. "스승이 자기 자신의 신경증도 해결하지 못한다면" 그것이 무슨 학설이겠냐는 것이었다. 다른 이유는 융의 책 《리비도의 변천과 상징*Wandlungen und Symbole*》에 있었다. 이 책에서 융은 프로이트의 핵심적인 생각에 대해 의구심을 보였다. "그때 나는 이미 그것으로 인해 프로이트와의 우정에 금이 갈 수도 있으리라는 것을 알고 있었다." 그것이라 함은 사실상 리비도의 문제에 관한 근본적인 의견 차이였을 것이다. 1910년에만 해도 프로이트는 융에게 어떻게 편지를 썼던가? "친애하는 융, 성 이론을 포기하지 않겠다고 약속해주게…… 우리가 거기서 하나의 도그마, 난공불락의 요새를 만들어야 한다는 것을 자네도 알고 있겠지."

그런데 이제는 어떤가? 융은 흔들렸고 프로이트를 밀어내기 시작했다. 융은 프로이트에게 자신에게 있어 당신은 여전히 헤라클레스이며 "인간 영웅이자 초인적인 신"이라고 편지를 썼었다. 목사의 아들로서 스스로를 죄인이라 여겼던 융은 프로이트에게 오랫동안 편지를 쓰지 않았을 때면 "아버지께 죄를 지었다*Pater peccavi*"라며 용서를 구하기도 했었다. 프로이트도 항상 자상한 편지 속에 긴장된 부자관계에 대한 그럴싸한 문장들을 만들어냈었다. "나는 그래서 뿔로 만든 아버지의 안경을 다시 쓰고, 사랑하는 아들에게 냉정한 이성을 유지하라고, 또한 어떤 것을 이해하기 위해 그렇게 큰 희생을 하느니 차라리 이해하려 들지 말라고 주의를 주겠네." 융은 결혼생활이 심각한 위기에 빠졌을 때 "자신이 가진 일부다처제적인 요소"가 잘못이라고 프로이트에게 설명했고, 자유로운 성의 윤리적 문제에 대해 서서히 숙고해봐야겠군 하며 생각에 잠기기도 했었다. 프로이트는 이와 관련해 페렌치에게 편지를 보내기도 했다. "융에게 또다시 폭풍이 휘몰아치고 있네…… 성적으로, 종교적으로." 그러나 융은 아버지처럼 존경하는 프로이트에게 계속 압박감을 느꼈다. 융은 프로이트에게 니체의 《차라투스트라는 이렇게 말했다 *Thus Spake Zarathustra*》에 나오는 문장을 인용해 편지를 보냈다. "사람이 항상 학생으로만 머무른다면 스승을 용서하기 어렵다." 프로이트는 제자를 달래려 애썼다. "진정하게나, 사랑하는 아들 알렉산드로스. 나는 자네를 내가 성취할 수 있는 것보다도 더 많은 것을 정복할 수 있도록 내버려두고 있지 않나." 이런 식으로 오랫동안 많은 편지가 오갔다. 화해의 편지도 있었고 상처를 주는 편지도 있었다. 융이 물러나기 전까지였다. 최종적으로 1913년 두 사람은 다시 한 번 뮌헨 국제회의에서 만났다. 이후 프로이트는 더 이상 융을 만날 필요성이 없음을 느꼈다.

이 회의에서 프로이트는 자신의 제자이자 뮤즈인 루 안드레아스-살로메를 다시 만났다. 한때 니체의 연인이었고 한 동양학자의 아내이자 만인의 연인이었던 루 안드레아스-살로메. 그녀는 일 년 전 정신분석학을 독학으로 배우기 위해 빈에 머무른 적이 있었고, 그때 신경정신과 병원의 강의실에서 프로이트의 강의를 들었었다. 또 그 유명한 수요회 모임에 여성으로서는 유일하게 초대를 받았었다. 그녀는 재능 있고 아름답고 총명한 50세의 여성이었다. 프로이트는 그녀를 일컬어 "위험한 지성을 지닌 여성"이라 했다.

살로메 역시 전혀 거리낌이 없었다. 그녀는 프로이트에게 자신의 어릴 적 환상에 대해 이야기했는데, 그 모습은 흡사 저녁이면 두 인형과 함께 베개를 베고 침대에 누워 "내가 사랑하는 신께 밤 기도를 하는 대신 최고로 아름다운 이야기를 들려주는 모습을 봐"라고 말하던 프로이트의 어릴 적 환영 같았다. 살로메는 그 모든 기억들을 깊은 망각으로부터 현재로 가져왔고 프로이트는 곁에서 그녀가 옛 자취를 찾을 수 있도록 도왔다. 그녀는 "마치 밧줄에 묶여 잡아당겨지는 듯해요. 확실한 길을 찾을 수 있게 보장해주는 밧줄이요, 사슬이 아니고"라고 편지에 썼다. 그녀는 또한 "어릴 적 나는 애늙은이였고 소녀일 적에는 남자였으며 지금은 아이인 것 같다"는 말도 덧붙였다. 어느덧 살로메는 친구이자 스승인 프로이트를 다시 만나, 프로이트와 융의 사랑에 최후의 치명적 일격이 가해지는 그 자리를 함께하고 있었다. "프로이트가 나에게 그렇게 가까웠던 적은 한 번도 없었다"라고 그녀는 일기에 썼다. 또한 융이 살로메에게 그토록 불편함을 느낀 적도 전에 없었다. 융은 이야기할 때 아주 호탕하게 웃던 활기 넘치는 사내에서 "공격성과 정신적 야만성"으로 가득한 냉정하고 공명심功名心 넘치는 사람으로 변모했다.

프로이트는 이 모든 것에 흥분했다. 그는 그 분노와 노여움을 〈정신분석 운동의 역사Geschichte der Psychoanalytischen Bewegung〉에 몽땅 쏟아 부었다. 이 논문은 노선 이탈자 모두에게 퍼붓는 이른바 프로이트의 "폭격"이었다. 그리고 프로이트는 이탈자들과는 엄격하게 선을 그었다. 프로이트는 이미 관대한 아버지 같던 친구이자 정신분석에 불을 놓은 당사자인 브로이어와도 새로운 성 이론에 대한 의견 차이가 너무 크다는 이유로 절연한 지 오래된 상태였다. 그야말로 절연이었다. 프로이트는 "이런 브로이어와는 더 이상 사이좋게 지내기가 어려워. 쳐다보기만 해도 외국으로 쫓아 보내고 싶을 정도라니까"라는 심한 말까지 내뱉었다. 그 다음은 플리스였고 아들러와 융이 뒤를 이었다. 사부, 막역한 친구, 비판자 및 후계자와의 뼈아픈 결별들이 계속된 것이다. 수요회의 동료였다가 역시 프로이트와 결별한 빌헬름 슈테켈은 프로이트에게 다음과 같은 편지를 썼다. "당신은 사람들이 당신에게 저지른 부당한 처사만을 보고, 본인이 저지른 실수는 간과하고 있습니다. 당신이 적절한 시점에 제자들 간의 경쟁의 원인이 무엇인지 인식했더라면 그 많은 가치 있는 인력들을 잃지 않았을 텐데 말입니다. 그것은 왕좌를 노리는 투쟁이었을 뿐만 아니라 당신의 사랑을 얻기 위한 격투였습니다. 당신의 머리에 호소하기보다 차라리 당신의 마음을 얻고자 했던 질투였다구요."

나는 매일 여덟 시간 동안 다른 사람이 나를 주시하는 것을 감당하지 못한다

도라, 쥐인간, 늑대인간과 모세상

앞머리를 가지런히 내린 긴 머리의 아름다운 소녀 도라는 16세였다. 그녀는 갑자기 심한 편두통이 발작하고 끊임없이 신경질적으로 기침이 나오는 증세를 보이고 있었다. 도라는 말도 제대로 못하고 속삭이듯 중얼거리기만 했다. 그녀는 아버지를 너무 사랑해, 강박적으로 집을 쓸고 닦는 어머니, 그리고 어머니 편을 드는 오빠와 종종 다투곤 했다. 프로이트의 진료실 카우치 위에서 도라는 친하게 지내는 K. 가족이 자신의 거친 감정을 부채질한다고 이야기했다. 그녀의 아버지는 K. 부인과 열렬한 관계였다. 그 부인은 도라에게도 정신적인 사랑을 주면서, 도라의 아버지와 도라, 이 양쪽 모두에게 동시에 질투를 느꼈다. 어느 날 K. 씨가 도라에게 성추행을 시도하는 일이 벌어졌고, 도라는 그 호색한의 뺨을 때린 후 자신의 가족에게 이에 대해 호소했다. 아버지가 K. 씨를 만났지만 그는 오히려 도라야말로 섹스만 생각하고 음란서 따위를 읽는 조숙한 색녀라 주장했다. 아버지가 K. 씨의 말을 믿는 것처럼 보이자 도라는 당장이라도 죽어버릴 것 같은 반응을 보였다. 이렇게 해서 히스테리 증상을 보이게 된 도라가 베르크가세 19번지로 찾아온 것이다. 카우치 위에 누운 도라, 그녀의 사례는 마치 무대에서부터 현실로 도피한 슈니츨러의 연극 같았다. 그러나 이 일은 빈의 많은 의사들이 프로이트가 그토록 철저히 조사해놓은 환자 기록들을, 전형적인 연애소설을 읽듯 천박하고 즐거운 한 끼 식사처럼 가볍게 받아들임을 보여주는 좋은 사례가 됐다. 그랬다. 그들이 자신이 다룬 놀라운 분석들을 신경증의 정신병리학에 대한 기고문이 아닌 다만 교정과 치료에 대한 안내서로 읽는 것이 프로이트를 화나게 했다.

물론 도라의 경우처럼 치료에 성공하지 못하는 경우도 있었다. 날카로운 관찰자로서 혼란스러운 빈 사회를 깊숙이 경험한 프로이트는, 감상에 빠지지 않는 경청자의 태도로 소녀가 깜짝 놀라 말하길 거부하는 고백까지 요구했다. 도라가 이야기를 하면 할수록 프로이트의 분석은 더욱 신랄해졌다. 도라의 아버지는 K. 씨를 믿었다. K. 씨는 어떤 방해 없이도 얼마든지 K. 부인과 잠자리를 할 수 있으니까. 정말로 도라가 일방적으로 K. 씨의 뺨을 때렸을지도 모를 일이잖아? 오히려 도라 쪽이, 털어놓은 것보다도 더 많은 일을 겪고 있었다. 도라는 K. 씨가 처음 접근했을 때의 이야기를 하기 시작했다. 당시 그녀는 겨우 14세였다. 프로이트에게는 그녀가 분명한 목소리로 말하지 못하고 속삭이듯 끙끙거리며 입을 여는 것이 아주 신빙성 있게 보였다. K. 씨의 발기된 남근이 거기 등장했다. 확실히 K. 씨 역시 도라에게 관심이 없지는 않았던 것 같다. 도라는 그에게서 값비싼 상자를 선물 받았다는 이야기도 하지 않았던가? 불타고 있는 집에서 어머니가 그 상자를 챙겨들고 나오는 꿈을 꿨다는 이야기까지 함께. 그것은 혹 어머니가 딸의 순결함을 구해냈다는 의미일까? 11주 후 프로이트의 분석 결과는 이러했다. 즉 도라는 K. 씨에게 빠져 있으면서도 자신의 아버지를 사랑했고 K. 부인에게도 성애의 감정을 느끼고 있었다. 한 소녀가 욕정적이고 근친상간적이며 동성애적인 감정을 한꺼번에 지닌 사춘기의 한복판에 있다는 것. 이 같은 해석에 대해 "그녀는 당연히 동의하지 않으려 했다"고 프로이트는 밝히고 있다. 결국 도라는 프로이트에게 새해 복 많이 받으라는 인사를 남기고 영원한 작별을 고하며 사라졌다.

프로이트의 진료대기실에는 아마추어 심리학자나 "엉터리" 정신분석학자로부터 치료받은 결과, 종종 불안이나 공포에 빠져드는 환자들이 끊임없이 앉아 있었다. 유행처럼 생겨난 이들 의사들은 성생활을 단순한 동침으로만 이해했다. 그들은 욕망, 불안, 신경 장애, 의식적 감정과 무의식적 충동 등의 복잡한 난맥상 중 어떤 것이 원인이 돼 신경증이 일어나는지 잘 알지 못했다. 어느 날 프로이트가 보기에 "상당히 젊어 보이는" 40대의 어느 "중년 부인"이 찾아왔다. 그 부인은 남편과 이혼한 후로 심한 불안 증세에 시달렸는데, 그녀를 담당한 젊은 의사는 단도직입적으로 그녀에게 성생활이 필요하다고 말하며 그것을 해결하기 위한 세 가지 가능성을 제시했단다. 그 첫 번째 방법은 전 남편에게 되돌아가는 것, 두 번째는 애인을 만드는 것, 그리고 마지막 세 번째 방법은 자위였다. 의사를 불신한 이 부인은 프로이트 박사를 찾아왔고 프로이트는 그녀에게 전혀 다른 해결책을 권유했다. 프로이트는 자신의 학문이 그런 식으로 남용되는 것에 엄청나게 분노했으며 〈엉터리 정신분석에 대해 Über wilde Psychoanalyse〉라는 글로써 이를 설명했다.

29세의 한 법률가가 처음 진료실에 왔을 때 프로이트는 곧바로 그에게 매료당했다. 이 젊은이는 지적이고 유쾌하며 재미있는 사람으로, 이야기 또한 잘했다. 프로이트와의 관계에 자신의 기억이 주된 관심사가 됨을 깨달은 그 법률가는 프리드리히 니체의 《선악의 피안 Jenseits von Gut und Böse》의 한 부분을 인용해 말문을 열었다. "내 기억은 '나는 그것을 했다'라고 말합니다. 내 자존심은 '나는 그것을 할 수 없었다'라고 냉담하게 말합니다. 결국은 내 기억이 굴복하

정신분석은 나침반 없는 탐험여행처럼 불확실한 곳으로 들어가는 통로다.
지하철 입구, 파리.

프로이트의 신경증 환자들은 긴 독백 속에서 유년 시절을 떠올리곤 했다.
어느 가게 앞 쇼윈도, 빈.

는군요." 이 말은 프로이트의 마음에 쏙 들었고 그들은 자존심의 위력을 깨기 위해 함께 노력했다.

여러 시간 동안 환자는 자신의 불안과 강박관념에 대해 이야기했다. 그는 무엇인가가 자신의 아버지에게, 혹은 자신이 사랑하는 아내에게 타격을 줄까봐 두렵다고 했다. 그는 바로 보복에 대한 절박한 소망을 내비쳤다. 그 무언가를 죽여버리겠다는 소망. 그것이 설령 자기 자신일지라도 말이다. 그는 면도칼로 자신의 목을 벨 수밖에 없다는 끔찍한 강박증을 갖고 있었다. 그는 프로이트에게 소년 시절 강한 동성애적 욕구를 지녔었고, 가정교사인 여선생이 자신의 앞에서 옷을 벗고 그녀의 몸을 만지도록 한 돌발적인 사건도 있었음을 이야기했다. 그때부터 그는 나체상태의 여자를 보는 것을 몹시 좋아하게 됐고 심지어 누이에게까지 그런 충동을 느꼈다. 그것은 근친상간적인 생각에만 머무르지 않고 그를 가공할 만한 불안에 빠뜨렸다. 이로 인한 것인지 그는 아무리 상대가 아버지라도 죽여버릴 수 있을 것만 같은 생각이 들며, 요즘 특히 그 병이 심해졌다고 고백했다.

다음으로 그는 프로이트를 방문한 계기에 대해 이야기하기 시작했다. 군사 실습 도중 한 장교가 아테네의 가혹한 형벌에 관해 떠벌렸단다. 그런데 갑자기 여기까지 잘 말하던 법률가가 카우치에서 일어나 더 이상 이야기하기 곤란함을 밝혔다. 프로이트는 그의 행동을 너그럽게 봐주고 싶었지만 그래선 안 됐다. "저항을 극복하는 것이 치료의 법칙입니다." 프로이트는 충고했다. 젊은이는 다시 자리에 누워, 어떤 범죄자 엉덩이에 쥐가 든 냄비를 뒤집어씌우면 쥐들이 살을 물어뜯으며 파고 들어간다는 이야기를 더듬더듬 하다가 "아니 아니, 말할 수 없어요"라고 흥분하며 자리를 박차고 일어났다. 프로이트가 말을 이었다. "항문 속으로 말이지." 프로이트는 이때부터 이 환자를 쥐인간이라 불렀다. 그는 환자가 이야기하는 모습을 정확히 관찰했고, 독특한 표정을 놓치지 않으려 했으며, 저녁마다 쓰는 환자 기록을 통해 그 표정을 "자기 스스로도 알지 못하는 쾌락에 대한 공포의 전율"이라 진단했다. 프로이트가 쥐인간으로부터 들은 따귀 때리기, 자위행위, 살인 욕구 혹은 유아기의 성적 쾌감에 대한 기억의 조각들을 해석해, 수수께끼를 풀고 정리해 밝혀내는 데는 정확히 일 년이라는 시간이 걸렸다. 강한 애착을 지녔던 그의 쥐인간을 전형적인 강박신경증에서 해방시키기까지, 그리고 환자와는 결코 사적인 왕래를 하지 않는다는 엄격한 규칙을 어기고 쥐인간을 자신의 집으로 초대해 점심식사를 하기까지 말이다.

그러나 프로이트의 가장 유명한 사례로는 무엇보다 늑대인간, 즉 오데사 출신의 젊고 부유한 러시아 귀족 세르게이 판케예프를 들 수 있겠다. 세르게이는 훌륭한 대지가 펼쳐진 환경에서 성장했다. 그는 요리사, 마부, 보모, 가정교사에 넓은 정원과 포니 말을 지녔었고, 밤이면 엘리자베트 양이 읽어주는 백설공주와 신데렐라 이야기를 들으며 잠들었다. 그는 병약한 나머지 말라리아와 폐렴에 걸렸었는데, 의사들은 일찌감치 그를 포기했지만 이웃 농사꾼인 처녀 나나가 그의 건강을 돌봤다. 세르게이는 이 아가씨와 함께 《돈 키호테》를 읽으며 슬픈 표정의 놀라운 기사 돈 키호테가 바보라는 사실에 괴로워했다. 훗날 그는 톨스토이와 도스토예프스키, 투르게네프, 푸시킨, 그리고 레르몬토프를 성인처럼 존경하게 됐다. 누나인 안나의 가정교사가 아버지의 영지 너머를 산책하며 칸트 철학을 설명하고 기독교 교회를 신랄하게 공격할 때도, 세르게이는 말없이 그들 옆을 따르고 있었다. 그가 듣고 있는 사실들이 그를 흥분시켰다. 그는 "내 믿음은 이제 끝장이군" 하며 중얼거렸다.

자신의 정체성에서 불행을 느꼈던 육감적인 누이 안나는 자신이 못생겼다는 생각에 차라리 남자이기를 바랐다. 누이는 몇 년 후 수은을 한 병이나 마시고 죽음을 택했는데 그때부터 세르게이에게도 계속 자살에 대한 생각이 솟구쳤다. 그는 결투 도중 상대방의 총알을 배에 맞고 28세의 나이에 숨을 거둔 위대한 레르몬토프를 점점 더 좋아하게 됐다. 세르게이는 사람들을 꺼리게 됐고 우울했으며 살맛이 나지 않았다. 그는 아주 간단한 일조차도 할 수 없었다. 오로지 왜 공부하지? 왜 살지? 이런 생각들만을 품고 지냈다. 아버지는 아들을 모스크바로 데리고 가 최고의 의사들에게 진료받게 했다. 그러나 의사들은 "그는 소심하다…… 자신에게서 빠져나오지 못한다……"와 같은 이야기들밖에 하지 않았다. 의사들은 어떻게 그를 도와야 할지 몰랐다. 그래서 이 젊은 아들은 자신의 주치의와 하인을 데리고 독일로 갔다. 그는 처음에는 베를린 자선병원의 정신과 과장을 만났고, 다음에는 뮌헨으로 가서 바이에른의 저명한 정신과 의사를 만났다. 두 사람 모두 프로이트의 적수들이었다. 두 사람은 수水치료법과 전기요법을 사용했지만 결코 환자를 도울 수 없었다. 누군가가 세르게이에게 프로이트를 추천했고 그는 결국 빈으로 가게 됐다. 더 이상 어떤 의미가 있을지. 이번엔 스위스로 가려 했는데. 하지만 좋아. 다시 한 번 해보는 거지, 뭐.

살짝 꼬부라진 콧수염에 우울하고 멍한 시선을 가진 이 우아한 24세의 러시아인은 처음으로 한 정신분석가의 모습에 편안함을 느꼈다. 훗날 세르게이는 "프로이트는 당시 50대 중반이었다…… 중간 정도의 키에 표준 체격을 갖추고 있었다. 길게 잘 다듬은 잿빛 턱수염으로 둘러싸인 얼굴에서 그의 영민하고 검은 두 눈이 금세 내 눈에 띄었다. 그 눈은 누군가를 조사하듯 계속 관찰하는 시선이었지만 그것으로 인한 어떤 불쾌감도 느껴지지 않았다"고 전했다. 단정한

복장, 안정적인 태도, 규율을 지키는 성향, 내면의 조화, 그리고 질문하고 경청하는 방식 등 그 모든 것이 미래의 환자를 반하게 만들었다. 세르게이는 "아주 탁월한 인물을 만난 것 같은 예감"을 느꼈다. 세르게이는 첫 만남에서 프로이트에게 무슨 말을 했을까? 프로이트는 페렌치에게 보내는 편지에서 그것을 은밀하게 밝히고 있다. "그는 내 항문에 성기를 넣고 그 짓을 함으로써 내 머리에 사정하고 싶어했다네."

세르게이가 정말로 그런 말을 했다는 것을 프로이트는 몇 년 뒤 여성 저널리스트인 카린 옵홀처에게 이야기했다. 이전에 세르게이는 신성모독 사상을 품고 신을 모독하곤 했는데 그때는 정신분석계의 신이 그 모독의 대상이었던 것이다. 그러나 프로이트는 그 상황을 침착하게 받아들였다. 그랬다. 오데사에서 온 이 남자는 오랜 시간을 카우치에 누워, 용기를 북돋아주는 프로이트의 솔직한 질문에 힘입어, 자기 자신으로부터 힘들게 무언가를 짜냈다. 분명 그것은 고통스럽고도 쓰라린 분출이었다. 어찌됐든 이런 식으로 시간당 진료비가 40크로네인 치료가 시작됐다. 이 진료비는 요양소에서의 하루 10크로네에 비하면 무척 비싼 것이었다. 물론 요양소에서는 세르게이가 건강해지지 않았지만. 프로이트가 카우치 머리 꼭대기 쪽에서 담배에 불을 붙이는 동안 세르게이는 자신의 어린 시절에 대해, 그 귀족적인 겉모습에서 어떻게 악몽들이 생겨났는지를 이야기했다.

자제력이 없는 육감적인 누나는 남동생의 남근을 가지고 놀며 그를 괴롭혔다. 남동생은 자극을 받자 보모인 나냐를 유혹하고 싶어졌다. 그는 그녀 앞에서 바지춤을 내리고 안간 힘을 쓰며 자위를 시작했다. 이 소탈한 여자는 본능적으로 상황을 파악하며 이런 짓을 하는 아이들은 성기에 상처가 날 수도 있다고 겁을 줬다. 누나와 그 친구들이 남근 없이 소변을 본다는 사실을 알게 된 이후, 나냐의 말은 마치 불길한 전조처럼 그의 머리를 떠나지 않았다. 거기서부터 세르게이의 거세에 대한 공포가 시작됐다. 그는 불안감을 없애기 위해 나비를 괴롭혔다. 나비의 날개를 잔인하게 찢고 심지어 자기 자신마저 괴롭혔다. 세르게이는 아버지를 이용했다. 그가 이리저리 돌아다니며 계속 울부짖으면 아버지는 참다못해 자신을 두들겨 팼다. "자위적인 징벌의 환상"이었다. 세르게이는 늘 내적 흥분 상태에 있었고, 나냐에게 그리스도에게도 엉덩이가 있는지를 캐물었다. 신앙심 깊은 보모는 그에게 예수님은 신이자 인간이라고 답했다. 그러면 그도 제대로 똥 눌 수 있었어? 당황한 나냐가 대답을 못하자 그는 스스로 해답을 찾았다. 예수님이 물로 포도주를 만들었다면 똥으로는 더 근사한 것을 만들었을 거야.

이즈음, 즉 그의 네 번째 생일 바로 얼마 전 세르게이는 꿈을 꿨는데, 이 꿈이야말로 세르게이의 사례를 세계적으로 유명하게 만들었다. 그는 꿈속에서 어느 겨울밤 침대에 누워 있었다. 갑자기 아주 조용히 창문이 열렸다. 놀랍게도 창밖 호두나무에 여섯 마리 혹은 일곱 마리쯤 되는 늑대가 앉아 있었다. 여우

프로이트의 가장 유명한 환자는 꿈에서 어떤 나무 위에 늑대들이 꼼짝하지 않고 앉아 있는 모습을 본다.
늑대 사냥 구역, 탈레.

꼬리를 가진 하얀 늑대들이었다. 개처럼 귀가 쫑긋한 이 늑대들은 꼼짝하지 않고 그대로 나뭇가지에 앉아 세르게이를 응시했다. 그는 늑대들에게 잡아먹힐까 몹시 두려워 크게 비명을 질렀다. 그리고는 땀에 흠뻑 젖은 채로 잠에서 깨어났다. 언젠가 할아버지가 이야기해주신 게…… 꼬리 잘린 늑대 이야기였지, 아마. 다시 세르게이에게 거세에 대한 공포가 엄습했다. 그 후 동물공포증까지 꿈속에 더해졌다. 말을 타고 가는데 커다란 나비 애벌레가 그를 따라온다거나 혹은 악마가 어느 소녀와 성교를 하는데 그 소녀의 몸이 거대한 달팽이라거나 하는 식이었다. 세르게이의 성적 욕구는 해가 갈수록 거리낌 없는 온갖 방식으로 나타나, 동성애적 행위나 비정상적인 행위의 형태로 분출됐다. 세르게이는 강박적으로 하층 계급의 여자들, 즉 후배위로 관계하기 좋은 살찐 엉덩이의 토실토실한 농사꾼 여자들이나 하녀들을 찾아다녔고, 급기야 17세의 나이에 임질에 걸렸다.

프로이트는 4년간 계속된 이 분석을 1918년 《유아기 신경증의 역사 *Geschichte einer infantilen Neurose*》에서 기술하고 있으며, 늑대인간으로 명한 세르게이가 무의식의 심연에서 어떻게 영상들을 끌어내는지 잘 보여주고 있다. 세르게이는 부모가 성교하는 광경을 목격한 적이 있다. 그는 그들이 후배위 성교를 했을 때 생식기 안까지 훤히 들여다보이던 것을 기억하려 애썼다. 프로이트는 그런 잃어버린 장면이 수년이 지난 후 다시 표면 위로 떠오를 수 있다는 사실을 의심치 않았다. 그리고 프로이트는 늑대인간이 이야기한 농장의 교미하는 개들이 그의 부모를 의미할 수도 있다는 사실을 알고 있었다. 또 프로이트는 늑대인간이 오래 전부터 관장으로만 해결할 수 있는 장기능 장애를 겪고 있었음도 기술하고 있다. 세르게이는 관장을 하지 않으면 여러 달 동안 전혀 배변을 하지 못했다. "그가 주로 호소하는 고통은 세상이 베일 속에 가려져 있는 것"이었다고 프로이트는 쓰고 있다. 그리고 이 베일은 관장을 한 후에야 비로소 찢겨져 나간 다고 했다. "그런 다음 그는 다시 건강하고 정상적인 모습으로 돌아온다."

한번은 늑대인간이 왜 당신은 환자들이 볼 수 있도록 카우치 발치에 있지 않고, 항상 자신의 뒤에 앉느냐고 물었다. 프로이트는 처음부터 그랬던 것은 아니라고 답했다. 한 여성 환자가 유혹적인 시선으로 계속 자신을 쳐다보는 바람에 그때부터 위치를 변경했다는 것이다. 프로이트는 실제로 당시에 "매일 여덟 시간 혹은 그 이상을 다른 사람이 나를 주시하고 있다라는 사실을 감당할 수 없다"라고 쓰기도 했다. 프로이트는 자신을 사랑하게 된 그녀와 무엇을 했을까? 그는 '정신분석'이라고 밝혔다. 프로이트는 그녀에게 이 사랑은 이전 경험의 반복일 뿐이라고 주지시켰다. 그것은 "전이된 사랑"이었다. 그 환자와 이러한 사실들에 대해 논의하는 것은 아무런 의미도 없었다. 그녀는 자신의 목적을 달성할 수 있을지 모르겠지만 프로이트는 전혀 아니었다. 프로이트는 세르게이에게 위독한 보험중개인과 목사에 관한 재미있는 이야기도 들려줬다. 친척들이 목사에게 죽음을 앞둔 중환자를 개종시켜달라고 간청했다. 목사는 알았다고 했다. 상담엔 매우 오랜 시간이 걸렸고 가족들은 희망에 부풀어 있었다. 드디어 문이 열렸다. 그리고는? 안 되네요, 라며 목사가 이야기를 꺼냈다. 그는 환자를 개종시키기는커녕 오히려 자신이 보험에 들었다.

정신분석학자와 그의 까다로운 환자는 자욱한 담배 연기 속에서 문학과 그림에 대한 대화도 나눴다. 프로이트는 레오나르도 다빈치의 수수께끼 같은 그림 〈성 모자와 성녀 안나Sant Anna, la Madonna E Il Bambinocon L'agnello〉이야기를 했다. 그는 루브르 박물관에 걸려 있는 그 그림에 대해 전기 형식의 짧은 글을 쓴 적이 있다고 했다. 그 글에서는 모든 것이 환상과 꿈 혹은 기억을 스쳐 지나간다. 그리고 실제로 레오나르도는 요람에서의 그런 환상적인 기억을 주장한 바 있다. 즉 독수리 한 마리가 날아와 꼬리로 자신의 입을 열었다는 것이다. 이때 독수리는 여자를 상징하고, 이는 곧 여아의 탄생을 의미한다. 레오나르도는 사생아로, 그의 아버지는 다른 여자와 결혼했다. 이 아이는 자신의 버려진 어머니를 몹시 사랑했고, 어머니 또한 지나칠 정도의 애틋한 사랑을 아들에게 되돌려줬다. 그 사랑은 아들을 무의식 중에 동성애자로 만드는 결과를 낳는다.

프로이트는 레오나르도와 어머니, 그리고 친어머니 못지않게 레오나르도를 사랑한 양어머니로 만들어진 퍼즐을 맞추려고 애썼다. 그것은 그 유명한 그림 〈성 모자와 성녀 안나〉에 잘 나타나 있다. 이 그림에서 화가는 자기 자신과 두 어머니를 함께 그리고 있다. 모나리자의 미소를 가진 두 여인. 그렇다. 레오나르도는 프로이트 자신과 가까웠다. 모든 표준을 거부하는 반란. 아버지에 대한 반란. 학문에 있어서의 혁명. 레오나르도의 신조 역시 그의 마음에 들었다. "의견의 다툼 속에서 권위를 내세우는 사람은 이성 대신 기억을 가지고 일하는 사람이다."

늑대인간은 프로이트에게 문학에 대해서도 꼬치꼬치 질문을 하며 자신은 모파상을 좋아한다고 했다. "취향이 나쁘진 않군." 프로이트는 아나톨 프랑스를 특히 좋아한다고 답했다. 그리고 곧바로 소설 중 한 장면을 이야기했다. 신화에 나오는 신들 중 최후의 승자는 누구일까에 대해 두 로마인 사이에 다툼이 일어난다. 그때 이 두 사람은 거지 차림으로 다리를 질질 끌며 그들 옆을 지나는 가엾은 젊은 그리스도를 보지 못한다. 그가 이미 자신의 신을 위해 올림피아의 신들을 무너뜨리고 있었는데도 말이다. 프로이트는 아나톨 프랑스의 작품

외에 셜록 홈스가 주인공으로 나오는 코난 도일의 소설을 즐겨 읽었으며, 빌헬름 부쉬 또한 훌륭하다고 생각했다.

그들은 와인을 마시며 끈질기게 다퉜다,
도대체 그것이 무엇일까에 대해.
다윈을 갖다댄다면 너무 멍청할 터
그리고 인간 명예에 반하는 것

그들은 큰 술잔으로 여러 잔을 마셨다,
그들은 문 밖으로 나오며 발을 헛디뎠다,
그들은 서로 들리게 으르렁대며 집으로 왔다
네 발로 기어서.

언젠가 그들은 러시아작가에 대해 오랫동안 대화를 나눈 적이 있었다. 프로이트에게는 그 누구보다도 도스토예프스키(Fyodor Mikhailovich Dostoevski, 1821~1881. 소설가. 19세기 러시아 문학을 대표하는 세계적인 문호이다—옮긴이)가 최고였는데 그는 그야말로 작가들 중의 정신분석학자라 할 수 있었다. 도스토예프스키는 누구와도 비교할 수 없을 만큼 탁월하게 인간 영혼의 무의식과 심연을 묘사했다. 《카라마조프 가의 형제들*Brat'ya Karamazovy*》은 모든 것을 다 담고 있다. 믿음, 사랑, 희망, 배반, 기만, 질투, 자살, 아버지 살해, 오이디푸스 콤플렉스. 그 모든 것이 이미 그의 문학 속에 있었으며, 프로이트의 경우 그것이 카우치를 거쳐 학문에 도입됐다. 한편 프로이트의 늑대인간은 자신의 정신분석 시간에 전

당포 여주인을 살해한 라스콜리니코프의 꿈을 프로이트가 해석해냈던 일을 기억하고 있었다. 늑대인간은 차르시대 도스토예프스키의 소설에 나올 법한 인물 그 자체였다. 자유주의 성향을 지닌 그의 아버지는 의기소침했고, 우울증 기질이 있는 어머니는 자신의 병 아닌 병에만 매달려 있었다. 할머니는 알기 어려운 성격에 사업 중독이었고, 할아버지는 《카라마조프 가의 형제들》에서처럼 여자를 두고 아들과 다퉜다. 삼촌 하나는 편집증으로 고생했고, 천부적 재능을 지닌 누이는 거친 성격에 쾌락을 즐기다 결국 자살에 이르렀다. 그리고 늑대인간 자신은 온갖 산전수전을 겪은 후 독일 의사들의 진료실을 거쳐 지그문트 프로이트의 카우치 위에 눕게 됐고, 4년 후 비로소 유아기 신경증에서 벗어났다. 마지막으로 프로이트는 어느 모임에 대한 이야기를 했다. 그 모임에서는 정신분석이 성 문제를 너무 많이 다루며 비학문적이고 비윤리적이라는 이유로 악마 취급에 저주까지 받았다. "또 무슨 일이 있었는지 알아요?" 프로이트의 말이 이어졌다. "그날 저녁 모임은 모든 참석자들이 음담패설을 주고받는 것으로 끝났답니다."

1913년 늦여름 드디어 휴식의 시간이 돌아왔다. 프로이트는 "가장 아름답고 영원한 도시" 로마를 다시 보게 됐다. 시로코 바람이 부는 와중에도 그는 처제인 민나와 함께 로마에 도착했다. 그들은 '에덴' 호텔에 짐을 풀었고, 다음 날 프로이트는 바깥 정원에 앉아 빈에 있는 아이들에게 편지를 썼다. "찬란한 햇살이 종이 위를 비추고……" 프로이트는 거리로 나와 골동품 중개상인 에토레 산돌로를 만났다. 프로이트는 여러 중개상들의 단골손님이었고 로마에서 또다시 자신의 수집품 목록에 들어갈 만한 무언가를 찾아다녔다. 프로이트는 매일 정해진 길을 다녔다. 그는 카부르 거리에서 포리 임페리알리 호텔 옆을 지나

왼쪽 산 프란체스코 디 파올로 거리로 접어들어 산 피에트로 인 빈콜리 성당 안으로, 즉 미켈란젤로의 모세상이 있는 곳으로 들어섰다. 프로이트는 20년 후 다음과 같은 글을 썼다. "1913년 외로운 9월의 3주 내내 나는 매일 성당의 모세상 앞에 서 있었다. 그리고는 그것을 연구하고 측정하고 그려보았다. 글로 표현할 수 있을 정도만이라도 그것을 이해해보고 싶었다."

모세상, 우람한 근육에 지배자의 풍모를 지닌 기념비적인 남성. 신을 보았다는 의미로 머리끝의 광채가 머리에 솟은 뿔로 표현돼 있는 이 모세상을 프로이트는 어떻게 해석했을까? 미켈란젤로는 어떤 순간을 포착했던 것이지? 이스라엘의 백성들이 황금 송아지를 섬기는 것에 분노해 모세는 시나이 산으로부터 가져온 십계명판을 때려 부수려 했던 것인가? 프로이트는 대리석 거상 앞 의자에 앉아 몇 시간이고 기다렸다. 노여움에 휩싸인 모세가 십계명판을 바닥에 내동댕이치기를. 그는 다음과 같이 쓰고 있다. "거기서는 아무런 일도 일어나지 않았다. 대신 점점 더 석상의 모습이 완강해졌고 거의 질식할 듯한 정적이 흘러나왔다. 그리고 나는 변함없이 존재하는 그 무엇인가가 거기 묘사되고 있다는 느낌, 모세가 영원히 그 자리에 앉아 그렇듯 화내고 있을 것만 같은 느낌이 들었다."

프로이트는 일 년 전 로마에서 석고로 만든 작은 모세상을 구입했었고, 이번엔 어느 화가에게 데생을 그려달라고 부탁했다. 시간이 흘러 겨울쯤에는 미켈란젤로의 생각에 깊이 감정이입하고는 "아니야. 미켈란젤로의 사랑하는 아이, 우리의 모세는 거기서 튀어나오지도 십계명판을 내동댕이치지도 않을 거야"라고 기록했다. 하지만 실제로 모세는 그걸 원했었다. 그랬다. 모세는 혐오와 분노에 사로잡혀 십계명이 씌어져 있는 석판을 산산조각 내버리려고 했었다. 그는 자신의 백성을 약속의 땅으로 이끌고자 했지만 백성들은 소돔과 고모라를 연출했고 그를 구역질 나게 했다. "하지만 모세는 그 시련을 극복했다"고 프로이트는 쓰고 있다. 모세는 내면의 폭풍을 견뎠고 "이제는 억제된 분노와 경멸 섞인 고통 속에서 그대로 앉아 있을 것이었다." 프로이트에게 이 모세상은 최고의 예술, 즉 대리석으로 만들어진 "최고의 정신적 업적, 한 인간이 자신의 열정을 위해 싸워 이기고 스스로를 바침에 있어, 도달 가능한 최고의 정신적 업적"이었다.

프로이트는 모세상에 대한 글을 쓸 때 익명으로 세 개의 별 이름을 사용했다. 왜 자신의 이름을 쓰지 않았을까? "당신은 사람들이 사자의 발톱을 알아차릴 것으로 믿나요?" 하고 베를린 정신분석학회를 만든 카를 아브라함이 프로이트에게 물었었다. 그럼에도 프로이트는 익명을 고수했다. 그는 "대중들 앞에서 자신이 낳은 이 아이에 대해" 인정하고 싶지 않았다. 결국 프로이트는 10년 후에야 비로소 자신의 이름을 밝혔다. 왜였을까? 모세가 자신과 너무 닮아서였을까? 4년 전 그는 친구 융에게 이렇게 썼었다. "……그리고 내가 모세라면 당신은 여호수아로서, 정신의학의 약속된 땅, 나에게는 멀리서만 바라보도록 허락된 그 땅을 차지할 수 있을 것입니다." 프로이트는 자신이 말한 바와 같이 미켈란젤로의 조각상보다 역사상의 모세를 자신과 비교했다. 그러나 혹 모세상과의 비교는 아니었을지. 페터 가이가 쓴 대로 프로이트의 삶은 "자신의 모험적 추진력과 분노를 지배하기 위한 자기 규율과의 투쟁임이 점점 더 분명해졌다."

당신을 적으로 간주하지 않겠다고 결정했습니다
제1차 세계대전

1914년 6월 28일, 후덥지근한 여름날이었다. 늑대인간은 병을 극복했고 행복해졌다. 며칠 후면 세르게이는 프로이트에게서 받는 치료를 끝낼 예정이었다. 세르게이는 자신이 끝까지 견뎌낸 사실이 자랑스러웠고 치료됐다는 사실이 행복했다. 그는 이별의 선물로 고대 이집트 제후부인의 조각상을 마련했다. 마지막 진료일, 그것을 프로이트에게 줄 생각이었다. 프로이트의 수집품 목록에 새로운 작품 하나가 더해지게 됐다. 세르게이는 이제 프라터 공원 구석구석을 산책하며 곧 결혼할 여자친구를 생각할 정도가 됐다. 그는 여자친구를 프로이트에게 소개했고 프로이트는 그녀에게 아주 호감이 간다고 했다. "장밋빛" 미래를 꿈꾸며 만족스러운 기분 속에 세르게이가 집으로 돌아왔을 때 하녀가 호외를 가지고 그에게로 급히 달려왔다. 오스트리아의 대공 부부가 세르비아의 급진주의자에게 암살당했다는 것이었다.

당연히 다음 날 세르게이는 카우치 위에서 사라예보 사건에 대해 말했다. 그리고 프로이트는 그 프란츠 페르디난트가 왕좌에 올랐더라면 분명 러시아와 전쟁이 벌어졌을 것이라고 답했다. 이때만 해도 아직은 두 사람 다 그 암살이 유럽 전체를 파멸로 이끈 전쟁의 출발신호였음을 느끼지 못했다. 오스트리아는 세르비아에 공범죄를 뒤집어씌워 고압적인 최후통첩을 보냈고, 독일은 동맹국의 배후에서 그것을 환영하고 용인했다. 세르비아가 오스트리아에 거부의사를 밝히자 국교는 단절됐고, 1914년 7월 28일 오스트리아-헝가리 제국은 세르비아에 대해 선전포고를 했다. "이 나라는 전쟁에 대한 기쁨으로 격해져 있다"라고 영국의 소식통은 런던에 전했다. 열광과 모험심, 전쟁 구호, 술과 황폐한 노래들은 광기에 사로잡혔다.

> 러시아인들에게 비가 내리면,
> 프랑스인들에게 눈이 내리면,
> 우리는 사랑하는 신께 비노라,
> 날씨가 계속 그대로이기를.

전쟁이 어떻게 진행될지 그 누가 알았겠는가? 반세기 동안 평화가 지속된 이후로 젊은이들은 전쟁에 대한 두려움이 없었다. 죽음에 대해서도 마찬가지였다. 햇불과 깃발의 마법이 영웅들의 머리를 뿌옇게 감쌌다. 그들은 서로 번들번들한 제복을 입은 영웅적 모습을 상상했으며, 죽음을 불공대천 원수를 씻어내는 위대한 정제자로 생각했다. 민족주의에 사로잡힌 모든 편견들이 고깃국 위의 기름처럼 대중들에게 만연했다. 러시아인은 파괴적인 야만인이고, 영국인들은 위선적이고 오만한 좀팽이이며, 프랑스인들은 썩어빠진 사랑의 노예이므로 그들 모두는 쳐부수어야 하는 적들이다! 슈테판 츠바이크는 "때문에 그들은 자신들을 도살장으로 이끈 열차 속에서 환호하고 노래 불렀으며, 붉은 피의 물결은 제국 전체의 혈관에 열병처럼 격렬하게 흘러넘쳤다"고 제1차 세계대전의 시기를 묘사했다.

이러한 애국주의는 프로이트 가족도 비켜가지 않았다. 프로이트는 때마침

154

아내인 마르타와 함께 칼스바트에서 요양 중이던 자신의 동생에게 편지를 썼다. "정말로 큰 환호성이다. 영국인의 비열함에 대한 나의 오래된 미움은 아마도 변치않을 듯하다. 그들은 러시아 편에 서는 것을 부끄러워하지 않잖아." 다른 때 같았으면 어떤 정치적인 논쟁에 대해서도 거리를 두었을 프로이트조차도 오스트리아의 강경한 입장과 독일의 지지를 반기고 나섰다. 예전 파리에서는 오스트리아인도 독일인도 아닌 유대인이고자 했던 프로이트가 "나는 30세가 넘어서야 어쩌면 처음으로 내 자신이 오스트리아인으로 느껴진다"고 쓸 정도였다. 프로이트는 이미 늑대인간에게 세르비아인처럼 나쁜 특성이 더 강하게 드러나는 민족들이 있는 것 같다는 말을 전했었다. 프로이트는 헝가리인인 페렌치와의 편지 왕래 역시 제한했다. 너무 감정적이고 힘들었기 때문이다. 그는 친구에게 일에만 전념하겠다고 편지를 보냈다.

영국 친구인 어니스트 존스와는 어땠을까? '옳지 않은' 편이었지만 그는 프로이트에게 없어서는 안 될 동맹자였다. 항상 영국에 대해 애착을 지니고 있던 프로이트는 동료들과 상황을 의논하고 존스에게 "당신을 적으로 간주하지 않겠다고 결정했습니다"라고 알렸다. 그는 새로 태어난 오스트리아인으로서 단 한 번의 양보를 했다. 이때부터 전쟁이 끝날 때까지 프로이트는 존스에게 독일어로만 편지를 썼다. 존스가 너무나 확실하게 연합군의 최종 승리를 장담하는 것이 프로이트를 영 불쾌하게 했다. 존스는 확고했으며 이 점에서 프로이트는 영국인들이 대단히 오만하고 건방지다고 생각했다. 그는 존스에게 "지금 너무 심하게 과장하고 있다는 것을 잊지 마십시오"라고 답했다. 전염병? 물론 그런 것은 빈에 없었다. 모두 괜찮았다. 그러나 프로이트의 가족은 그렇지 못했다. 그의 세 아들이 모두 전쟁에 나가 있었던 탓이다. 둘째인 올리버는 군대에서 엔지니어로 일하고 있었고 막내인 에른스트는 자원병으로 이탈리아 전선에 나갔다. 그리고 마르틴은 동부전선을 따라 행군하는 중이었다. 마르틴은 아버지에게 이것이야말로 "자신이 러시아에 반대한다는 사실을 명백하게 표현하는" 최고의 기회라고 편지를 썼다.

　프로이트는 이 비참한 시기에 정말로 마음이 좋지 않았다. 자신의 젊은 동료들 중 많은 이들이 의사라는 이유로 징집됐다. 그리고 그들이 빈이나 베를린에서 카우치 위에 누운 환자에게 행했던 그 모든 일은, 전선에서 해야 할 일들에 비하면 아무것도 아니었다. 집중포화를 받고 반쯤 미쳐버린 군인들, 팔이나 다리가 잘려나간 채 유탄 자국이 선명한 죽은 동료 옆에서 몇 날 며칠 두려운 밤을 보내야 하는 중상자들, 빗발치는 총탄 속에 피를 흘리는 전우들을 목격한 젊은 친구들, 눈이 먼 채 폐에서 독이라도 뺄 듯 기침을 해대는 가스 중독자들. 이들 모두는 살아남더라도 전쟁 신경증, 유탄 충격, 그리고 외상성 기억들을 얻을 것이었다. 그들이 앞으로 꿀 꿈들은 이런 후유증들로 넘치겠지만, 그들은 마땅히 정신분석을 통해 증세를 완화시킬 기회도 갖기 힘들 것이다.

　꿈을 자주 꾸는 프로이트에게 그의 아들들은 셰익스피어의 꿈에서처럼 섬뜩하게 나타났다. 가장 나쁘고 "예언적인" 꿈을 꾼 것이 1915년 7월 8일에서 9일 사이였다. 이때 프로이트는 분명히 아들들의 죽음을 목격했고 그중 마르틴의 죽음이 제일 먼저였다. 마르틴은 러시아 전선에 있었다. 얼마 지나지 않아 프로이트는 마르틴에게서 온 군사우편 한 통을 받았다. 그 편지에는 프로이트가 꿈을 꾼 바로 그날 마르틴이 부상을 당했다는 소식이 들어 있었다. 총에 맞아 머리에 쓴 모자가 날아갔고, 소매 부분에 탄환이 스치고 지나가 구멍이 났지만 다행히도 더 이상의 극적인 일은 없다고 했다. 전선에서의 소식은 무언가 불

〈전쟁과 죽음에 대한 고찰〉 중에서, 1915년

길한 일을 예감케 했고 프로이트와 아내는 밤낮없이 자식들 걱정을 했다.

환자들은 아무것도 알아차리지 못했다. 프로이트가 전쟁 중 치료한 몇 되지 않는 환자 가운데 한 사람이 프로이트와의 만남에 대해 이야기했다. 그는 자신이 "약간은 흥분한 상태로" 소파 위에 누워 있었다고 했다. "프로이트는 내 머리 뒤 안락의자에 앉아 있었다…… 항상 담배를 손에 쥐거나 입에 물고서." 환자는 공격적이었고 프로이트 교수를 비방했다. 그는 프로이트에게 "사기꾼"에 "착취자"라고 일갈하며 그에게 복수하겠다고 했다. 그러나 프로이트는 그 모든 것을 침착하게 경청하고 말을 아끼며 신중한 태도를 견지했다. 프로이트는 거기서만큼은 자신이 의사라는 사실을 항상 의식했다. "적어도 내가 보기에 그의 시선은 깊은 곳을 꿰뚫는 듯 선했다." 그리고 프로이트는 놀라운 확신을 가지고 "나의 얽히고설킨 꿈들에서 내가 알고 싶어하지 않던 한 개의 핵심을 들춰냈다"고 환자는 전했다.

베르크가세 19번지의 진료대기실은 점점 비어갔다. 환자도 돈벌이도 거의 없었다. 전쟁이 시작된 지 9개월이 지났을 때 프로이트는 4만 크로네에 달하는 손실을 입었다고 추정했다. 그 손실이 언제 끝날지는 예측할 수 없었다. 그리고 평소 습관대로 프로이트는 계속 재담들을 수집했다. 이 시기에는 "많은 여성 전화교환수들이 적십자에 입사 지원을 했지만 받아들여지지 않았다. 그들이 전화 연결을 제대로 못한다는 사실이 알려졌기 때문이다" 같은 전쟁과 관련된 일화들이 주를 이뤘다. 이미 낙관적인 상황은 사라졌다. 질서정연한 유럽에 대한 희망도 마찬가지였다. 정신분석의 "전성기"도 지나가버렸다. 프로이트는 대단히 의기소침해하며 "융과 아들러가 정신분석 운동에서 거둔 성과가 이제 국가들의 다툼 속에 영락하고 있다"라고 기록했다. 이처럼 풀죽은 내용의 편지는 루 안드레아스-살로메에게도 보내졌다. "나는 황무지가 내 주변을 둘러싸던 초기의 10년처럼 종종 혼자임을 느낍니다." 이 다재다능한 여자친구는 그녀의 스승에게 자신은 인류가 이 전쟁을 이겨낼 것임을 의심하지 않지만 삶에서 더 이상 기쁜 일은 없을 것이라고 답장을 썼다. "그것은 바로 국가에서 정신분석을 하도록 내버려두지 않는다는 데서 연유합니다." 1913년에 결혼한 프로이트의 딸 조피의 남편 막스 할버슈타트가 프랑스에서 부상을 당하고, 둘째 아들 에른스트가 천만다행으로 죽음을 면했을 때 프로이트는 살로메에게 물었다. "이런 반복적인 우연에 의지해도 될까요?" 프로이트가 비관적이라는 사실을 알고 있는 루 안드레아스-살로메는 여느 때처럼 낙관적으로 대답했다. "그렇습니다. 나는 행복한 우연들이 다시 반복되리라고 믿습니다!" 그러나 그 시대의 인류는 카우치 위에서 정신분석의 대상이 돼야 한다고 생각한 프로이트는 루의 낙관주의를 받아들이지 않았고 "우리는 체질적으로 이 문화에는 적합하지 않습니다. 우리는 퇴장해야 합니다"라고 주장했다. 그리고 알려지지 않은 위인이나 창조자가, 아니면 누구든 간에 그 비슷한 사람이 자신의 "문화적 실험을 새로운 다른 종족과 다시 한 번 해봐야 합니다" 하고 덧붙였다.

학자이자 정신분석의 창시자이며 지금껏 그 어떤 일에도 놀라지 않았던 남자 프로이트는 이제 입을 다물었다. 어떻게 해서 인간이 인간을 죽이는 것에 환호할 수 있는지. 어떻게 호모 사피엔스가 살인자가 될 수 있는지. 전쟁이 인간에게서 어떻게 괴물을 만들어내는지. 1915년 그가 〈전쟁과 죽음에 대한 고찰 Zeitgemäßes über Krieg und Tod〉을 쓸 때는 슬픔과 우울이 기조를 이뤘다. 애국주의가 여전히 불타오르고 검열이 독수리처럼 글을 감시한 그 한 해 동안 말이다. 프로이트의 주치의인 막스 슈르는 다음과 같이 시작되는 그 논문이 출판될 수 있었던 것은 "오스트리아의 전형적인 날림 일" 덕분이라고 믿었다. "전쟁기의 혼란에 휘말려, 일방적인 정보만 접하고, 이미 일어난…… 커다란 변화에 너무 가까이 있어서…… 우리는…… 수많은 인상들의 의미에 대해서 갈피를 잡지 못한 채 쩔쩔매고 있다…… 지금껏 그 어떤 사건도 이렇게 귀중한 인류의 공동재산을 이처럼 파괴한 적이 없었고, 가장 명철한 지성들을 이토록 혼란스럽게 한 적도 없었으며, 가장 고귀한 것을 이토록 철저하게 타락시킨 적도 없었다고 생각된다." 또한 국가는 시민들에게 복종을 요구하며 은폐와 검열을 통해 그들에게 금치산 선고를 내리고 있다고 프로이트는 썼다. 아니다. 인간은 정말로 "자비심이 많고 고귀한 존재가 아니다." 교육을 통해 악이 근절될 수 있다고 믿는 것은 환상이다. 악은 사람의 마음속 깊은 곳에 자리 잡고 있다. 그리고 기본적인 충동은 원초적 욕구의 충족을 목표로 한다. 따라서 전쟁 시에는 자신의 죽음이 아닌 적의 죽음만을 믿는 원초적 원시 인간이 출현하게 된다. 프로이트는 '평화를 원한다면 전쟁에 대비하라 si vis pacem, para bellum'는 옛 격언을 이렇게 바꾸는 것이 더 시의적절할 것이라고 했다. '삶을 원한다면 죽음을 준비하라 si vis vitam, para mortem'.

세계는 혼란에 빠져 있었다. 프랑스 솜에서의 물량전, 베르덩 전투, 프란츠 요제프 1세 황제의 68년 재위 기간을 끝낸 죽음, 러시아 혁명, 니콜라스 2세의 하야, 미국의 독일에 대한 선전포고, 무자비한 U-보트 전쟁 등. 빈을 세계 몰락의 실험실로 여겼던 카를 크라우스(Karl Kraus, 1874~1936. 오스트리아의 문필가. 풍자적 관점과 뛰어난 언어구사력으로 제1차 세계대전 시기에 독일문학의 뛰어난 작가 반열에 올랐다— 옮긴이)는 '인류 최후의 날'을 영웅 아닌 평범한 사람들이 피를 흘리며 지옥으로 향하는 모습으로 묘사하고 있다.

〈3막 4장〉

철학을 공부하는 대학생 둘이 만난다.

첫 번째 학생: 아 여보게, 나는 말하겠네, 인생은 아름답다고. 스카게라크 해협 전투의 승리자가 우리 대학의 명예박사거든.

두 번째 학생: 그건 분명 괴테에 대한 그의 입장 때문일 거야.

첫 번째 학생: 정말?

두 번째 학생: 그래, 너는 그를 모르겠지만 그는 괴테의 시를 자기 식대로 해석한 바 있어!

모든 물 아래에는 'U'가 있다.
당신은 영국 함대의 낌새를
조금도 느끼지 못한다.
나의 배는 폭음을 내며 가라앉았다.
기다리기만 하라, 곧

당신도 편안해질 것이다!

프로이트는 카를 크라우스를 더 이상 좋아하지 않게 됐다. 사실 몇 년 전 그들이 서로 친하게 교류하며 지냈을 때에도, 크라우스는 가끔씩 《햇불 Die Fackel》지에 날카로운 발톱을 드러내곤 했었다. "심리학자들은 빈 곳을 들여다보는 사람들이며 심연의 사기꾼이다"라는 내용, 그리고 "정신분석은 스스로를 정신병 치료법이라 여기는 정신병이다"라는 내용이 거기 실렸던 것이다. 크라우스는 어린 시절로 돌아가는 행위를 "심사숙고를 거친 끝에 프로이트보다는 장 파울(Jean Paul, 1763~1825. 독일의 소설가. 무한한 세계에 대한 동경과 일상생활 사이의 분열을 제재로 한 작품을 썼으며, 후대 리얼리즘 작가에게 많은 영향을 주었다—옮긴이)과 하기를 원한다"고 한 적도 있었다. 그런 말들에 프로이트는 웃을 수가 없었다. 무엇보다도 그 시기는 마침 프로이트가 정신분석 운동을 추진하려던 때였으니. 프로이트는 "재능은 있지만 짐승 같은 인간 카를 크라우스"가 정신분석은 "학문이기보다는 고뇌"라고 쓴 글에 상처를 입고 말았다. 프로이트는 마음이 상해 페렌치에게 카를 크라우스의 비밀을 폭로해버리겠다는 편지를 썼다. "그는 분노를 지성처럼 훌륭히 그려낼 수 있는 위대한 연극적 재능을 지닌 미친 정신박약아입니다." 하지만 그것은 어디까지나 지난날의 문제였다. 앞으로야말로 정말이지 정신분석의 사활이 걸려 있었다.

"전쟁 동안의 느슨해진 긴장"으로 인해 프로이트는 지치고 권태로웠다. 1916년 60세가 된 그는 자신이 "노년의 문턱"에 있음을 실감했다. 그러나 프로이트는 집필을 계속했고 겨울 학기 강의를 했다. 프로이트는 강의에 있어서는 언제나 그렇듯 늘 뛰어났다. 전쟁에 참여할 수 없는 학생들과 남아 있는 의학도들은 소크라테스적인 방법, 즉 질문하기 위해 말을 중단시키거나 스스로에 대해 질문하기를 즐겼다. 프로이트는 기분 좋은 분위기를 유지시키기 위해 시의 적절한 재담으로 토론에 양념을 쳤다. 훈련이 안 된 군인에게 화가 난 상사가 말했다. "자네가 아는 게 뭐 있나. 대포나 하나 사서 독립하시지?" 프로이트는 검열 대상의 신문에서 적을 모욕하는 재담도 찾아냈다. 한 유대인 러시아군이 부모에게 편지를 썼다. "우리는 잘 지내고 있으며 매일 몇 마일씩을 되돌아가고 있어요. 모든 게 계획대로 된다면, 곧 집에 도착할 수 있을 것 같네요." 프로이트는 학생들에게 문명세계에 만연한 "엄청난 잔인성, 무자비함, 그리고 허위"를 생각한다면 "수백만의 졸병들"도 세계대전의 학살에 공동 책임이 있는 것이 아닌가 하는 질문을 던지기도 했다.

　　일에 중독된 프로이트는 신경증과 우울증에 대해 책을 썼고 자신의 엄청난 생산성에 스스로 놀라워했다. 그는 아마도 그 엄청난 생산성은 "나의 장 기능이 대단히 좋아진 것과 관계가 있을 것이다"라고 페렌치에게 고백하기도 했다. 장 기능이 좋아진 것은 전쟁 기간 동안의 어려운 식량 사정에서 비롯된 것일 수도 있었다. 식량 사정이 매우 좋지 않았다. 물가는 하늘까지 치솟고 암거

깊은 슬픔에 빠져 있던 시기에 프로이트는 일에 중독됐고 우울증에 대한 글을 쓴다.
어느 집의 전면, 로마.

래가 활개를 쳤으며 먹거리는 극히 부족했다. "나는 육식동물이었다네." 프로이트는 베를린의 아브라함에게 편지를 했다. 아마도 그래서 그토록 자주 피곤하고 기운이 없는 것 같다는 소리였다. 식량 문제 외에 추위 역시 견디기 힘들었다. 석탄이 없는 탓에 프로이트는 담요를 덮고 손가락이 파랗게 언 채로 책상에 앉아 일을 했다. 1917년, 프로이트가 노벨의학상을 받을 것이라는 소문이 사라져버렸고 그는 크게 실망했다. 학문을 위해서는 노벨상 수상이 아주 중요한 계기가 될 수도 있기 때문이었다. 이는 그의 주머니 사정을 위해서도 마찬가지였다. 더욱이 문제는 1918년 2월이 가까이 다가오고 있다는 점이었다. 죽을지도 모르는 그 달 말이다. 그렇다. 프로이트는 미신을 믿었다. 하지만 지난 친구 플리스로부터 시작된 이런 날짜들의 주기적 계산은 잘 들어맞지 않았다. 그 달이 아무런 일없이 지나가버리자 프로이트는 담담히 읊조렸다. "62세에 얽힌 아름다운 미신은 이제는 결국 버릴 수밖에 없군. 그렇다고 해서 초자연적인 것을 버린다는 뜻은 아니다." 현실에서 프로이트는 항상 감정적이었고, 스스로 정신의 일부라 생각했던 미신을 즐기는 동시에 그것을 이용하기도 했지만, 그것으로 인해 그의 합리주의가 흔들리는 일은 결코 없었다. 프로이트는 빈에, 마르타는 반츠벡에 머물던 약혼 시기에도 마찬가지였다. 당시 마지막 목요일 밤 10시 30분에서 11시 30분 사이에 프로이트는 신부에게 쓰는 편지에, 그녀가 더 이상 자신을 사랑하지 않는 것은 아닌지 물었다. 그녀에게 선물 받은 반지의 납땜 부분이 부러져 진주가 튀어나와 있었기 때문이다. 혹 그녀가 나를 떠난 것일까? 아니면 그녀가 다른 사람을? "이제 들어봐" 하고 그는 계속 이야기했다. "나는 미신을 없애버릴 좋은 기회를 잡았어." 즉 반지를 다시 고치는 것 외에 다른 아무것도 생각하지 않는 게 그가 택한 방법이었다.

이렇듯 프로이트는 계속 살아남아 전쟁이 끝나던 해 5월에 62세가 됐다. 1918년 10월 휴전 협정이 이뤄지고 오스트리아에는 암울한 시대가 도래했다. 도대체 나라가 어떻게 이 지경이 됐는지! 사지는 없어져버리고 몸통만이 남아 있었다. 여러 국가로 구성돼 있던 황제의 나라들이 뿔뿔이 떨어져 나가 해방을 맞았고, 줄기차게 희생을 강요당하며 빈을 먹여 살리던 공장들은 타국의 영토로 옮겨가 더 이상 생산품을 공급하지 않았다. 카를 황제는 퇴위를 거부하면서 치타 황제비와 함께 기차를 타고 나라를 떠나 스위스로 가버렸다. 슈테판 츠바이크는 우연히 역에 머물다가 황제가 기차 여객실 창가에 서 있는 것을 보았다. 황제의 모습은 창백하고 심각했다. 작가의 뇌리에 예전의 화려한 영상들이 스쳐 지나갔다. 나이든 황제 부부가 쇤브룬 궁전의 거대한 옥외계단 위에서 "번쩍이는 제복을 입은 장군들"에 둘러싸여 있고, 8만 명의 빈 학생들이 하이든의 〈신이시여 황제 프란츠를 지켜주소서 Gott erhalte Franz den Kaiser〉를 부르며 충성을 맹세하던 모습 말이다. 마르타 프로이트 역시 애국주의에 물든 적이 있었다. 그녀는 독일 황제 가문의 신봉자였던 터라 이전에는 아들들의 머리를 베를린의 젊은 왕자들처럼 깎아주곤 했었던 것이다.

시간은 계속 흘렀다. 오스트리아, 이제 이 나라는 황제도 없는 작은 외톨이 국가가 돼버렸다. 그리고 누더기를 걸친 군인들과 도망자들이, 도나우 왕국에서 분리된 나라들로부터 빈으로 몰려들어왔다. 그들은 승전국들이 금지한 까닭에 독일에는 소속될 수 없었다. 남부 티롤 역시 여전히 이탈리아에 속했다. "나는 애국자는 아니다. 그러나 찢어진 나라들 그 전체가 외국이 된다는 것을 생각하면 고통스럽다"라고 프로이트는 기록했다. 모든 오스트리아인과 마찬가지로 프로이트의 어려운 시기도 그렇게 계속됐다. 아들 올리버와 에른스트는 살아서 빈으로 돌아왔지만 마르틴에게서는 소식이 없었다. 마르타와 프로이트는 여러 달을 장남 소식을 기다리며 지냈다. 정신없이 퇴각을 한 후 마르틴은 마침내 전쟁 포로로서 제노바 근처에 정착했고, 다행히 편지를 쓸 수 있게 되면서부터는 잘 지내게 됐다.

그러나 조각난 제국에는 기아와 혼란뿐이었다. 석탄도 땔감도 석유도 없었다. 양초 반 개로 한 달을 견뎌야 했고 우유도 없었으며 고기 대신 쌀을 먹고 감자 대신 양배추 절임을 먹었다. 종이도 빠듯했다. 만년필은 어디서 구할지. 10년 전부터 프로이트와 간헐적으로 연락을 하고 지내던 츠바이크는 초반의 평화기를 묘사하며 이 식량난을 위험스러운 눈으로 지켜봤다. 빵은 부스러지고 "아교 맛이 났다. 커피는 태운 보리 액즙이고 맥주는 노란 물이며 초콜릿은 물들인 모래였다…… 공원에서는 젊은이들이 일요일의 식사 재료를 구하기 위해 다람쥐를 쏴 죽였다. 포동포동한 개나 고양이가 오랜 산책 끝에 무사히 돌아오는 경우는 드물었다."

프로이트는 헝가리 의학 전문잡지에 기사를 쓸 당시, 원고료 대신 감자를 지급해달라는 부탁을 했다. 영국과 미국에 있는 친구들과 부유한 친지들은 지방이 함유된 식품, 콘비프, 코코아, 차, 초콜릿과 함께 조끼 달린 양복을 만들 스코틀랜드 직물을 보내왔다. 손꼽아 기다리던 그 소포 안에는 프로이트에게는 항상 일의 원동력이라 할 정도로 너무나 중요한 담배도 들어 있었다. 1919년 초 미국 대통령 참모진이 보낸 한 방문객은 베르크가세 19번지를 찾아와 그 유명한 프로이트 교수에게 하바나 시가 한 상자와 식량이 든 바구니 두 개를 전달하기도 했다. 어니스트 존스 역시 안나에게 매우 잘 어울리는 아름다운 재킷을 보내 마르타를 놀라게 했다. 어머니와 딸은 그 옷을 번갈아가며 입었다. 프로이트는 이미 오래 전부터 그의 "친애하는 존스"에게 다시 영어로 편지를 쓰고 있었다.

맨체스터에 머무는 조카 사무엘 프로이트, 미국에 있는 처제 엘리 베르나이스에게도 오랫동안 생필품을 부탁하는 편지가 전달됐다. 프로이트는 연회 음식이었던 청어, 솔기가 터진 장화, 그리고 배고픔에 시달리는 아이들 이야기를 편지에 썼다. 그는 가족들을 부양하기 위해 지치지 않고 물건을 공급했다. 그래서 물건이 분실된 채로 소포가 도착하기라도 하면 그는 끓어오르는 분노를 참을 수가 없었다.

나는 이 세상에서 품위 있게 사라지고 싶다
삶과 죽음의 갈림길

프로이트는 여선생을 급구했다. 하루빨리 영어실력을 향상시켜야만 했기 때문이다. 자신에게 그렇게 허점이 많다는 사실에 화가 난 프로이트는 영어수업을 받으며 문법을 붙들고 늘어졌고 어휘들을 달달 외었다. "하지만 64세의 나이에는 16세 때보다 배우기가 훨씬 어렵다는 생각이 든다." 왜 영어인가? 이제는 그의 환자들이 영국인 아니면 미국인이었기 때문이다. 그들에게는 당시 영국에서 한창 유행했고 찬사를 받았던 정신분석을 받을 만한 경제력이 있었던데다, 무엇보다 수표가 아닌 파운드나 달러의 현금으로 치료비를 지불했기 때문이다. 프로이트는 수표에 대해서는 생각조차 하기 싫었다. 수표는 날이 갈수록 가치가 떨어지던 크로네로 지급이 됐다. 치솟는 인플레이션은 프로이트의 저축을 갉아먹었다. 그는 영국에 있는 사무엘에게 "우리 모두가 현금으로 가지고 있던 것 중 95퍼센트를 잃어버렸다는 사실을 유념해야만 해"라고 편지를 썼다. 또한 노후를 위해 지니고 있던 15만 크로네의 국채도 사라져버렸다. 마르타를 위한 생명보험 10만 크로네는 어떤가? 어니스트 존스는 그것으로는 마르타가 영업용 마차 값도 지불할 수 없을 것이라 말했다.

이렇게 해서 프로이트의 유명한 카우치 위에는 거의 영어로 말하는 신경증, 히스테리, 우울증, 강박증 환자들만이 눕게 됐다. 그들은 때때로 속삭이거나 중얼거렸고 또 때로는 전혀 이해할 수 없는 "역겨운 은어"들을 사용했다. 프로이트는 "나는 영어 때문에 걱정이 됩니다"라고 런던에서 빈으로 환자를 보내준 존스에게 편지를 썼다. 그는 매일 5시간에서 7시간 동안 그들 영혼의 드라마를 귀담아 들었다. "그러나 나는 결코 그들의 더러운…… 언어를 배우지는 않을 겁니다."

물론 그러는 사이 프로이트의 주머니는 채워졌다. 그는 돈이 절박했다. 필요하다고 생각되는 것들을 모두 아이들에게 보내줘야 했기 때문이다. 기술자인 올리버는 일자리를 찾았다. 하지만 얼마나 갈지? 에른스트는 월급을 받지 않고 뮌헨에서 일했다. 사진작가인 조피의 남편 막스는 주문을 받지 못해 스튜디오를 닫았다. 전쟁포로에서 막 풀려나 돌아온 마르틴은 "아직도 일하는 늙은 아버지가 없다면 그 많은 메달과 훈장에도 불구하고 거리로 나앉을 판"이었다. 프로이트는 도급 공처럼 뼈 빠지게 일했다. 외국어로 정신분석을 했고 카우치 위에 누운 영국인과 미국인을 자신의 "동맹자"로 칭했다. 그는 "중부유럽 지역의 환자들", 즉 빈의 시민들, 헝가리인, 독일인이 자신을 먹여 살려야 한다고 생각하고 싶지 않았다. 실제로 프로이트 자신도 그로부터 아무것도 얻지 못했다. "품위 있는 늙은이로서는" 불가능한 태도이지만 "이것은 전쟁입니다." 프로이트는 런던의 젊은 친구에게 이 모든 것을 비밀로 해달라고 부탁했다.

그리고 존스는 그렇게 했다. 그는 자신의 스승을 사랑하고 존경했다. 그런데 그 스승은 그에게 종종 경솔한 태도로 임했다. 모르핀 중독자인 존스의 애인이 프로이트의 카우치에 누워 정신분석을 받았을 때 프로이트는 존스에게 그의 아름답고 젊은 여자친구에게 나타난 변화과정을 모두 이야기해줬다. 프로이트는 동료들의 사생활에 대해서도 숨김없이 떠벌렸다. 심지어는 자신의 카우치 위에서 알게 된 그들의 "성도착증"에 대해서까지 이야기했다. 존스가 프로이트에게 비밀을 지켜달라고 부탁할 경우에도 그것이 지켜질지 확신할 수 없을 지경이었다. 한번은 존스가 프로이트에게 정신분석을 공부하는 학생 한 명을 보내며 그 학생이 그렇게 비위를 잘 맞추는 성격은 아니라고 편지에 덧붙인 적이 있었다. 프로이트는 어떻게 했을까? 그는 첫 상담 때부터 옆방으로 가 존스의 편지를 내보이며 아연해하는 영국인에게 그것을 읽어줬다. 다른 예로 존스는 프로이트에게 한 환자가 몰래 모르핀을 투여하고 있다며 그 사실을 입 밖에 내지 말아달라고 부탁했다. 그는 스승이 치료를 위해서는 그 사실을 알아야 한다고 생각했다. 프로이트는 또 어떻게 했을까? 그는 알려줘서 고맙다며 환자에게는 입을 다물겠다고 했다. 그러나 얼마 지나지 않아 존스에게는 "비밀이 탄로난" 환자의 격분한 편지가 도착했다. 존스는 자신이 쓴 전기에서 그 모든 것이 아마도 프로이트의 가차없는 솔직성, 형식에 얽매이지 않는 성격, 혹은 "자신의 자유로운 행위를 제한받는 것을 참지 못하는" 성향과 관계 있었을 것이라 언급했다.

이 시기에 프로이트의 삶에는 죽음이 따라다녔다. 그 첫 번째는 아직은 프로이트와는 관계가 멀었다. 바로 어니스트 존스 아버지의 죽음이었다. 프로이트는 답답한 미사여구로 가득 찬 부고 대신, 나이 든 신사가 "암이 조금씩 자신을 갉아먹을 때까지" 오랫동안 고통당하며 기다리지 않아도 돼서 "행운"이라는 말을 전했다. 두 번째로 프로이트에게 "쓰라린" 고통으로 다가온 죽음은 안톤 폰 프로인트의 사망이었다. 40세의 폰 프로인트는 부다페스트 출신의 양조장 소유자로 프로이트의 진정한 친구였고, 새로운 학문의 후원자로서 전쟁 이후 엄청난 돈을 기부해 정신분석 전문서적 출판사가 독립할 수 있도록 다방면에서 애를 쓴 사람이었다. 프로이트는 매일같이 이 중환자를 찾아가 암으로 인해 쇠

모든 삶의 목표는 죽음이다. 그리고 소급해보면 생명이
없는 것이 살아 있는 것보다 이전에 있었다.

잔해져가는 모습을 지켜봤다. 그가 죽던 날 베를린에 첫 정신분석 병원을 세운 막스 아이팅온에게 프로이트가 쓴 편지에는 그가 폰 프로인트를 정신분석 의사 위원회 회원으로 추대한다는 이야기와 함께, "재미있는 보석"이 박힌 반지를 건넸을 때 폰 프로인트가 눈물을 흘렸다던 내용이 들어 있었다.

세 번째 죽음이야말로 프로이트의 심장을 파헤치는 듯했다. 그가 "행운아"라 부르던 딸 조피가 세 번째 아이를 임신하던 중 독감과 폐렴으로 함부르크에서 사망했다. 전쟁의 뒤늦은 희생양이었다. 프로이트에게는 정말로 통곡할 일이었다. 그녀는 전쟁 내내 얼마나 약해져 있었던가. 석탄도 비타민도 고기도 없었으니. 하필 그때 그의 아름답고 연약한 조피에게 병이 감염될 줄이야. 프로이트는 절망해 두 아들이 딸린 홀아비가 된 자신의 사위에게 편지를 보냈다. "나는 자네를 위로하려고 노력하지 않겠네. 자네가 우리를 위해 아무것도 할 수 없듯이 말일세. 운명의 무의미하고도 잔인한 장난이 우리에게서 조피를 앗아갔다네." 프로이트는 막스에게 자신을 아버지로 생각하라며 자상하게 "아버지"라는 서명을 남겼다. 그는 페렌치에게 "나는 정말이지 신을 믿지 않기 때문에 내게는 책임을 돌릴 만한 그 누구도 없고 또한 한탄을 할 수 있는 장소도 없다네"라고 썼다. 그리고 어느 헝가리인 여자친구에게는 마르타가 계속 괴로워하고 있으며, 자신은 최소한 일은 할 수 있긴 하지만 다시 즐거워질 수 있을지 모르겠다고 편지를 남겼다.

1920년 9월 8일 프로이트는 제6차 국제 정신분석 회의에 참석하기 위해 안나와 함께 헤이그로 갔다. 얼마나 좋은 만남이었는지! 대부분 프로이트파인 62명의 회원들이 이 회의에 참석했다. 2년 전만 해도 공식적인 적이었던 그들이 이제는 재결합을 축하했다. 그러나 패전국인 독일, 오스트리아, 헝가리의 정신분석학자들은 그동안 얼마나 야위고 늙어버렸는지. 힘든 전쟁과 전후 기간을 거친 후에야 그들은 넘치도록 가득한 뷔페 앞에, 스테이크와 오리뒷다리 고기, 생선과 채소, 과일과 케이크, 우유와 커피 앞에 말없이 섰다. 놀고먹는 천국, 그것은 사라진 시대의 꿈이었다. 안나 프로이트는 돈이 넉넉지 않았던 아버지가 얼마나 인심이 좋았는지를 잘 기억했다. "아버지는 내게 매일같이 바나나 같은 과일을 사먹을 수 있도록 일정한 돈을 주셨다. 수년 전부터 빈에서는 과일을 구경하기 어렵게 됐었는데도 말이다." 프로이트는 또한 안나에게 새 옷을 사 입으라고 고집하곤 했다. 그는 딸이 유복하게 지내길 원했으며, 자신을 위해서는 나흘 정도 일이 잘 되고 나면 담배를 사놓는 정도가 다였다.

베르크가세 거리의 진료실에서 프로이트는 정신분석에 몰두했다. 그는 매일 가벼운 채소수프로 끼니를 때운 뒤 배고픈 상태로 온종일 카우치 뒤 의자에 앉아 있었다. 긴 내복에 코트까지 걸치고 두꺼운 양말도 신은데다, 온기를 주는 담배까지 있음에도 불구하고 몸은 늘 얼어 있는 상태였다. 심지어 그는 장갑을 끼고 담배를 피우기도 했다. 그래도 달러와 파운드, 스위스 프랑은 굴러 들어왔다. 그럴 때면 손님맞이를 즐기는 인심 좋은 프로이트는 "가장 경애하는" 루 안드레아스-살로메 여사를 초대했다. "나는 외화로 돈을 벌어…… 비교적 부유해졌답니다"라며 여행경비는 걱정 말라고 덧붙였다. 다행히 살로메는 그 호의를 받아들일 수 있었다. 독일에도 오스트리아와 마찬가지로 인플레이션이 밀어 닥쳤고, 성공적으로 프로이트의 제자가 된 루 안드레아스-살로메는 난관을 극복하기 위해 매일 10시간 동안 카우치 뒤에 앉아 정신분석을 했다. 어느 요양원에서 정신분석가로 일할 무렵, 그녀는 원장이 여성 환자들에게 성폭행을 가한다는 사실을 알게 돼 더 이상 그곳에 머무를 수가 없었다. 위대한 프로이트를 방문하는 일은 중노동과 틀에 박힌 일상을 깨고 나올 좋은 기회로, 늘 그녀가 열망하던 바였다.

안나 프로이트가 루 안드레아스-살로메를 역으로 마중 나갔다. 마침 수요일이었고, 트렁크를 끌고 베르크가세에 도착한 그들은 때때로 술집에서 열리는 그 유명한 모임에 함께 참석했다. 루 안드레아스-살로메는 "그곳에 나타난다는 것이 얼마나 행복하고 즐거웠는지"를 일기에 썼다. 프로이트는 종일 시간이 없었으므로 26세의 안나가 60세 난 자신의 새 친구와 함께 시내를 돌아다니도록 배려했다. 저녁이면 그들은 셋이서 함께 산책하거나 프로이트의 진료실에서 밤늦도록 대화를 했다. 루 안드레아스-살로메는 프로이트의 제자인 빅토르 타우스크의 자살에 대해 더 많이 알고 싶어했고 "불쌍한 타우스크, 나는 그를 사랑했는데"라고 회고하기도 했다. 그는 아주 재능 많던 청년이었다. 8~9년 전의 일이다. 처음엔 법학도였다가 저널리스트, 그리고 이후에 의학을 공부하다 프로이트에게서 시범교육을 위한 정신분석을 받게 됐던 이 미친 청년과 루 안드레아스-살로메는 열정적인 연애를 했다. 그는 여인들의 사랑을 받았고 몇 번 약혼도 했었지만 심한 우울증에 걸린 채 전쟁에서 돌아왔다. 타우스크는 재차 결혼을 시도했으나 결혼식 일주일 전 그 모든 것을 확실히 하기 위해 목을 맨 동시에 총까지 쏴 자살함으로써 그 자신 최후의 예술작품을 완성했다.

　　결코, 하고 루 안드레아스-살로메는 계속 이야기했다. 타우스크가 자살하리라고는 꿈에도 생각하지 못했다는 것이다. 그녀는 그를 알았다. 프로이트도 그를 알았다. 프로이트는 타우스크가 벌인 "아버지 유령과의 유아적인 투쟁"의 마지막 행위에 대해 오히려 냉담했다. 하지만 음울한 자살은 프로이트가 새롭게 다루기 시작할 주제의 동인이 됐다. "나는 이제 은퇴 후를 위해 죽음이라는 주제를 선택했다." 그것을 위해 그는 처음으로 쇼펜하우어를 읽어야 한다고 "가장 사랑스런 루"라 부르게 된 여자친구에게 편지를 전했다. "불행한" 세계의 증인이며 토마스 만이 말했듯 "죽음의 성애"를 이야기한 철학자 쇼펜하우어 말이다.

　　프로이트는 '죽음'은 "본래적으로 결과"이며 따라서 "삶의" 목표라는 쇼펜하우어의 생각을 여러 가지로 변용했다. 그는 이 '죽음에의 본능'을 '공격 본능'에까지 확장시켰다. 프로이트가 보기에 제1차 세계대전이라는 도살장 속에서 이 두 본능은 엉클어져 풀어지지 않는 덩어리로 결합돼 함께 자라났다. 격분과 쾌락은 잔혹한 행위가 되고 미움과 즐거움은 사디즘 형태로 나타난다는 것. 니체도 비슷한 생각을 갖고 있었다. 그는 어딘가에서 전쟁이 일어나기만 하면 "비밀스럽게 간직돼온 욕구가 분출된다. 즉 그들은 황홀경에 빠져 죽음이라는 새로운 위험에 자신을 내던진다"라고 말했다. 프로이트는 《꿈의 해석》에서 전쟁 중에 집단 현상으로 나타나는 것이 자신에게는 개인적 공격성으로 존재함을 밝힌 바 있다. 즉 형이 죽었으면 했던 바람과 아버지에 대한 마음속의 공격 등 오이디푸스 콤플렉스에서 정점을 이루는 강력한 충동이 바로 그것이었다. "본능 이론은 말하자면 이른바 우리의 신화이다. 본능은 신화적 존재로 불확실하다는 점에서 대단하다. 우리의 작업에서 우리는 한 순간도 그것을 배제할 수 없어 그것을 엄밀히 관찰하지만 모든 게 확실치는 않다"고 프로이트는 쓰고 있다.

　　1923년 2월의 어느 날 프로이트는 입천장 부분이 상당히 튀어나온 것을 느꼈다. 통증이 있었고 예전에 한 번 돋았다가 사라졌던 종양이 입 안에 다시 생긴 것이었다. 그는 그것이 무엇일까 생각해보다가 그냥 잊으려 애썼다. 친구들과 마르타에게는 아무 말도 하지 않았고 담배를 끊어야 한다는 말도 들으려 하지 않았다. 담배는 문제가 아니야. 그러나 입 안의 조직이 뒤집어졌고 가슴도 두근거렸다. 무언가 증세가 나타나는 것 같았다. 하는 수 없군. 프로이트는 오랫동안 알고 지내던 마르쿠스 하예크에게 입 안을 보여줬다. 하예크는 아르투어 슈니츨러의 처남으로 이비인후과 의사였다. 그는 종양을 살펴보고는 이것은 분명 흡연에서 비롯된 것이라고 하며 "그 누구도 영원히 살기를 기대할 수는 없다"는 말을 덧붙였다. 그리고는 그것을 제거해야 하니 "이 아주 조그만 수술"을 위해 외래로 자신의 병원에 방문하라고 했다.

　　며칠 후 프로이트의 주치의인 내과 의사 펠릭스 도이치가 그를 방문했다. 프로이트는 입 속의 "불쾌한 것"을 봐달라고 부탁했고 도이치는 금세 그것이 악성 종양임을 알아보았다. 그런데 도이치가 말을 꺼내기도 전에 프로이트는 만약 종양을 치료할 수가 없다면 "품위 있게 세상에서 사라지고 싶다"고 하며 적극적으로 안락사를 부탁했다. 도이치는 프로이트가 진실을 감추고 있다는 사실에 충격을 받았다. 품위 있게? 그것은 그가 자살을 원한다는 뜻일 수도 있었다. 그것을 도와달라니. 불가능하다. 도이치는 프로이트에게 담배를 끊어야 하고 종양을 제거해야 한다고 말했다.

　　프로이트는 도이치의 말을 따랐다. 그러나 프로이트는 턱 수술 전문의에게서가 아닌, 한 번도 전문가라고 여겨본 적이 없는 하예크에게서 수술을 받았

다. 하예크는 프로이트에게 당장은 비어 있는 침상이 없으니 입원할 필요가 없
고, 작은 수술이라 외래가 가능하니 몇 시간이면 집으로 돌아갈 수 있을 것이라
했다. 그래서 프로이트는 집에는 아무런 내색도 하지 않았다. 마르타는 남편이
밤을 지내는 데 필요한 몇 가지를 갖고 와달라는 병원으로부터의 전화를 받았
을 때 정말이지 깜짝 놀랐다. 마르타와 안나가 몹시 당황해 병원에 도착하니 프
로이트는 피투성이가 된 채 마취가 풀리지 않아 무감각한 상태로 주방의자에
앉아 있었다. 잠깐만요! 하고 간호사가 외쳤다. 면회시간이 아니라구요! 환자
는 상태가 좋으니 숙녀분들은 2~3시간 후에 다시 오세요.

그러나 환자의 상태는 전혀 좋지 않았다. 수술은 실패했다. 부인과 딸이
돌아가고 난 직후에 환부에서 다시 피가 났다. 이상야릇한 정신박약의 난쟁이
가 진료를 기다리던 어느 방에 비상침대가 마련됐고, 프로이트는 그 위에 누웠
다. 입에서 다시 피가 솟구치자 절망한 프로이트는 비상벨을 누르려고 했지만
그 비상벨은 고장이 나 작동하지도 않았다. 그러자 그 난쟁이가 뛰쳐나가 경보
벨을 울렸고 프로이트는 출혈성 사망을 피할 수 있었다.

안나와 그녀의 어머니는 그 사실을 알고 매우 놀랐다. 딸은 더 이상 병원
에서 쫓겨나지 않고 아버지 옆을 지켰다. 고장 난 비상벨 때문에 양심의 가책을
받은 간호사들은 그녀에게 의자를 가져다주고 블랙커피를 대접했다. 후에 안나
는 "아버지, 난쟁이, 그리고 내가 함께 밤을 지샜다"고 전했다. 프로이트에게
심한 통증이 일어나자 안나와 야근담당 간호사는 의사를 불러 그를 수면제로
잠들 수 있게 했다. 다음 날 아침 하예크는 아무 일도 없었다는 듯 회진을 왔고
마침내 프로이트는 퇴원을 했다.

제거된 종양은 암으로 판명됐다. 이 사실은 환자에게는 비밀에 붙여졌다.

176

프로이트는 자신이 다시 말할 수 있고 음식을 씹고 일할 수 있으며, 담배 역시 피워도 될 것이라는 과장으로 자신의 "가장 사랑하는 루"와 다른 친구들을 안심시켰다. 베를린의 낙천주의자 아브라함은 프로이트에게 자신의 삼촌은 75세인데도 이집트에서 낙타를 타고 사막을 돌아다닌다는 내용의 편지를 보냈고, 프로이트는 아브라함이 자신을 또 한 번 과대평가한다며 답장을 썼다. 그렇게 사막을 돌아다니는 것이 문제가 아니었다. "당신은 내가 차츰 쇠약해 죽어가고 있다는 사실에 익숙해져야만 할 것입니다."

실제로 프로이트의 상황은 좋지 않았다. 그는 끊임없이 통증에 시달렸다. 펠릭스 도이치는 한 번 더 철저한 수술이 필요하다고 말했다. 이 수술은 결국 그의 33번의 수술 중 두 번째가 됐다. 프로이트는 방사선 사진을 먼저 찍었는데, 그 방사선은 생체조직만 상하게 했고 소름끼치는 통증을 유발했다. 프로이트는 정말 아무것도 예감하지 못했을까? 주변의 전문가들이 모두 그에게 기대감을 심어줬던 것은 사실이지만. 후에 프로이트는 그것을 좋지 않게 받아들였으며, 그러한 심정을 펠릭스 도이치에게 보내는 편지에서 현실주의자인 자신이 "인간이 지닌 비참한 나약함의 희생물이 됐고, 그것은 다른 사람들을 위한 모욕적인 연극이 됐다"라고 내비쳤다.

프로이트는 다시 일하기 시작했다. 그는 정신을 구분하는 내용의 《자아와 이드 *Das Ich und das Es*》 집필을 계속했다. 프로이트에게 있어 이드는 가장 깊숙한 곳, 거친 본능이 자리하는 곳, 무언가 끓어오르는 곳, 말은 없지만 "방해꾼 에로스"가 강력한 죽음에의 본능을 속이려고 애쓰는 곳에 있었다. 이드는 자아에게로 올라가려 하며 의식 속으로 들어와 자신의 쾌락을 내보이려 한다. 거기서 점잖은 자아는 종종 과도한 요구를 받는다. 자아는 매정하지 않으려 하며 중

재하려 하고, 외교적으로 이드와 하나가 되려는 마음에 늘 양보하며 "이드의 현실과의 갈등을 은폐한다." 자아의 위에는 다모클레스의 칼(도시국가 시라쿠사의 디오니시우스 왕 때 다모클레스라는 신하는 늘 왕의 행복을 부러워했다. 그러자 왕이 그를 왕좌에 앉히고 산해진미를 맛보게 했다. 그는 왕좌의 머리 위에 칼이 매달려 있는 것을 목격하고는 왕좌에 앉은 내내 불안에 떨어야만 했다. 결국 권력의 자리는 겉보기와 달리 항상 위험을 안고 있다는 의미의 전설로, 환락 중에도 늘 존재하는 위험에 대한 비유를 일컫는다—옮긴이)처럼 초자아가 있기 때문이다. 이 도덕적인 초자아는 자아의 앞에서 의연하게 버티며 자아가 리비도의 저급한 본능과 형제가 되지 않도록 그것을 무섭게 감시한다. 가련한 자아는 이때 완전히 미미한 존재가 돼 이드의 압박에 불안해하고, 무엇보다도 통제하는 양심인 엄격한 초자아를 두려워한다. "자아는 중간적 입장에서 너무나 자주 아첨하고, 기회주의적이고 기만적으로 행동하라는 유혹에 굴복한다"고 프로이트는 쓰고 있다. 자아는 이드에 대해 마치 "주인의 사랑을 구걸하는 비굴한 노예"처럼 행동한다. 자아는 그 자아를 가진 사람이 유머가 풍부하거나, 초자아가 압박받는 자아에게 아량을 베풀어 때때로 약간의 욕구 충족을 허락하는 경우, 그리고 엄격한 감시자가 어느 순간 환상에 빠져 들어가 자아에게 농담, 즉 재담이나 재미있는 이야기를 허락하는 경우에는 행복해한다. 이렇게 초자아, 자아, 이드 이 세 가지가 프로이트가 구분한 인간 정신의 "세 영역"이다.

이 시기에 프로이트의 조카인 체칠리에가 자살을 했다. 프로이트가 존스에게 보낸 편지에서 "사랑스러운 23세의 처녀"로 표현한 체칠리에는 혼전 임신을 하게 되자 강력한 수면제인 베로날을 먹었다. 수면제가 이미 몸속에 퍼진 체칠리에가 프로이트의 동생인 그녀의 어머니 로자에게 쓴 유서 내용을 듣고 프로이트는 큰 충격을 받았다. 그 누구도, 애인조차도 자신의 죽음에 책임이 없으며, 죽음이 이렇게나 손쉬운 것이고 이렇게나 사람을 즐겁게 해주는 것이었는지 미처 몰랐다는 것이 유서의 내용이었다.

이어서 가장 고통스러웠던 죽음, 즉 사랑하는 손자 하이넬레의 죽음이 프로이트에게 다가왔다. 그것은 프로이트가 극복해야 했던 가장 어려운 시험이었다. 죽은 딸 조피의 막내아들인 이 4살짜리 손자는 결핵을 앓으면서 몇 주 전부터 빈에 있는 프로이트의 장녀 마틸데의 집에서 요양을 하고 있었다. 아이는 "너무나 마르고 약해서 눈과 머리카락과 뼈밖에 없다"고 프로이트는 페렌치에게 전한 적이 있었다. 가족 전체가 이 사랑스럽고 영리한 아이를 받들어 모시듯 했다. 이 아이가 편도선을 제거했을 때 프로이트 역시 막 첫 번째 수술을 끝낸 후였는데, 아이는 "나는 벌써 빵 껍질도 먹을 수가 있어요. 할아버지도 그래요?"라고 묻기도 했었다. 열이 떨어지지 않아 혼수상태에 빠졌다가 또다시 깨어난 아이는 결국 두통에 시달리다 죽음을 맞았다. 프로이트는 화석이 된 것처럼 온몸이 굳었다. "그 아이처럼 사랑스러운 아이"는 없었다. 그는 통곡하며 "근본적으로 나에게는 모든 것이 무가치하다"라고 말했다. 일도 기계적으로만 했고 생전 처음 우울증에 빠져드는 느낌을 받았다. "항상 입 속이 아프고 문득문득 사랑하는 그 아이가 사무치게 그립다"고 한 프로이트는 정말 죽음이 임박한 사람처럼 굴었다. 그는 《기로에 선 의사*Arzt am Scheideweg*》에 대한 버나드 쇼의 냉소적인 서문을 읽고, 거기에 나온 12번째 계명을 기록했다. 영원히 살려고 애쓰지 말라. 성공하지 못할 것이다*Don't try to live for ever, you will not succeed*.

내가 식사할 때 구경꾼이 있다는 것을 참을 수가 없다
수술, 그리고 딸에 대한 정신분석

프로이트의 왕국을 지키는 그의 신뢰하는 친구들인 아브라함, 아이팅온, 페렌치, 랑크, 작스와 존스 이들 모두가 함께 프로이트가 요양하고 있는 돌로미텐으로 여행을 갔다. 아버지를 아주 잘 돌보고 있던 안나는 주치의 펠릭스 도이치도 함께 와달라는 부탁을 했다. 이 "비밀 위원회"는 도이치로부터 프로이트가 암에 걸렸다는 사실을 전해 듣고 충격을 받았다. 프로이트가 그 사실을 아는지? 아니오. 도이치는 프로이트의 병세를 암의 전단계인 '백반증'으로 진단했다. 새로 수술받는 일이 시급했다. 한데 프로이트는 며칠 후 안나와 함께 로마로 여행을 하려 했다. 도대체가 그것이 가능한지. 그래도 여행은 해야겠지. 그에게는 즐거운 일일 테니까. 그래도 역시 그들은 스승에게 사실을 고했어야 하지 않을까? 그러나 그들은 진실을 밝힐 수 없었다. 감히 아무도 용기를 낼 수 없었으니까. 나중에 프로이트가 왜 자신을 속였는지 물을지도 모른다. "무슨 권리로?" 하며. 그것은 펠릭스 도이치에게는 자신의 신뢰가 걸린 문제였다. 하지만 프로이트는 감시받는 일을 용서치 않을 것이다.

안나는 아마도 모든 상황이 더 좋지 않게 되리라는 것을 예감한 듯했다. "아버지는 계속 환부에서 통증을 느끼세요"라고 그녀는 루 안드레아스-살로메에게 편지를 썼다. 하지만 안나는 아버지와 함께 로마에 머물면서 비로소 로마의 힘을 믿게 됐다. 위원회의 지인들을 다시 한 번 식사에 초대한 마지막 밤, 안나도 그들과 함께였다. 식사에 이어 그녀는 펠릭스 도이치와 산책을 했다. 그들은 달빛 아래 아름다운 경관 속을 걸으며 라바로네 쪽으로 가는 언덕에 올랐다. 안나는 "반 농담조로" 만약 아버지처럼 로마가 자기 마음에도 든다면 혹 더 오래 머무를 수도 있지 않겠냐고 물었다. 3주보다도 오래요? 도이치는 당황하며 되물었다. 말도 안 되는 일입니다. 그는 단호했다. 그런 생각일랑 하지 않겠다고 약속하세요.

로마! 영원한 도시로의 일곱 번째이자 마지막 여행이었다. "이렇게 나는 다시 로마에 와 있고 그 사실이 나를 기쁘게 합니다." 프로이트는 사랑스런 루에게 자신의 심정을 전했다. 물론 베로나에서 로마로 향하는 기차여행은 프로이트에게는 끔찍한 일이었다. 그가 또다시 피를 토했기 때문이다. 그러나 이제는 모든 것이 편안해진 듯 보였다. 아버지와 딸은 '에덴' 호텔에 여장을 풀고 완벽한 프로그램을 구상했다. 코르소 거리, 포로 로마노, 핀치오 언덕, 팔라티누스 언덕, 판테온, 자니콜로 언덕, 바티칸, 나보나 광장, 캄포 데 피오리 광장. 캄포 데 피오리 광장에는 지오다노 브루노의 동상이 서 있었다. 동정녀 마리아의 수태를 의심했고, 코페르니쿠스처럼 영원한 세계와 함께 영원한 우주를 믿었던 수사 지오다노 브루노는 이단자로 몰려 여기 이 광장에서 산 채로 화형당했다.

프로이트와 안나가 모세상 앞에 오랫동안 앉아 있는 것은 당연한 일이었다. 그들은 이제는 웃으며 진실의 입 속에 손을 넣었고, 이끼 긴 괴물이 물을 뿜어대는 분수가 자리한 티볼리에도 갔다. 시스티나 성당에서는 아담을 만지고 있는 미켈란젤로의 하느님에 경탄했고, 산타 마리아 인 아라코엘리 성당으로 가는 가파른 계단을 오르며 즐거워하기도 했다. 그들은 스페인 광장의 계단에 앉아

프로이트는 로마여행 말미에 유명한 이 분수에 동전을 던졌다.
트레비 분수, 로마.

쉬기도 하고 동물원을 가로질러 다녔으며, 카피톨 박물관에서는 사랑의 신 에로스가 자신의 프시케에게 입맞춤하는 모습을 보았다. 파르네세 광장에서는 엽서도 썼다. 안나는 은목걸이를 하나 샀고 프로이트는 당연히 그의 수집품 목록에 들어갈 골동품을 샀다. 그런 다음 그들은 무거운 마음을 안고 북쪽으로 길을 떠났다. 안나는 루에게 다음과 같이 편지를 썼다. "나는 항상 우리가 영원으로부터 얻게 되는 것이 아무리 작을지라도, 그 사실은 어떤 문제도 되지 않을 거란 당신의 말에 위로를 받는답니다. 그리고 우리들이 얻은 것은 무척이나 컸어요." 프로이트는 여행을 마친 후 존스에게 "로마에서의 멋진 시간"에 대해 전하면서, 안나가 "정말로 껍질을 깨고 자신의 장점을 드러내 보여줬다"고 말했다.

이 여행은 프로이트 집안의 마지막 장기 휴가였다. 그는 다시는 이탈리아를 보지 못했다. 그리스도 마찬가지였다. 베네치아, 베로나, 나폴리, 팔레르모, 시라쿠스, 피렌체, 볼로냐, 라베나, 아테네, 코르푸, 파트라스 그리고 코린트에서의 아름다운 날들은 지나갔다. 무엇보다 로마에서 보낸 천국과도 같은 나날들 역시 지나갔다. 언젠가 프로이트가 쓴 적이 있듯 로마의 여자들은 못생겼을지라도, 그럼에도 불구하고 묘하게 아름다운 로마의 나날들 말이다. 프로이트는 1895년부터 계속 여행을 해오고 있었다. 해마다 손꼽아 기다린 휴가에서 프로이트는 항상 누군가와 함께 여행을 했다. 때로는 동생 알렉산더를, 혹은 처제 민나를 데리고 가기도 했고, 페렌치나 다른 친구들이 동행한 적도 있었으며 나중에는 딸 안나를 데리고 갔다.

아내 마르타는 어디 있었을까? 아내와의 여행은 베네치아, 달마티아에 각 한 번, 그리고 1900년 남부 티롤에 간 것이 전부였다. 어니스트 존스는 자신의 영웅을 변호하며 이렇게 말했다. "그의 아내는 항상 할 일이 많았고 먼 여행을 갈 만큼 충분히 활동적이지 못했다." 활동적이지 못했다고? 프로이트는 아내 마르타가 따가운 햇살 속에 코르셋과 긴 드레스의 완벽한 옷차림으로 산에 오르던 것에 놀라움을 금치 못했었는데? 언젠가 리바에서 가족 휴가를 보냈을 때, 아직 어리던 아이들이 별 생각 없이 돛단배를 타고 물에 나간 적이 있었다. 돌풍이 불어 배가 갑자기 파도 사이에서 춤을 추자 노를 저을 줄도 수영할 줄도 모르는 마르타 프로이트는 바로 옆에 있던 임대용 배를 이용해 아이들을 구해 냈다.

어찌됐든 장거리 여행길에서 프로이트는 아내나 아이들에게 거의 매일 엽서, 전보 혹은 편지를 썼고, 그 모든 아름다움에 감탄해마지않았다. "팔레르모는 이전의 어느 곳보다 즐거움을 주는 곳이오…… 이런 즐거움을 당신과 아이들에게 전해주지 못해 안타까울 따름이오. 그 모든 것을 7명이나 9명이 즐기려면 나는 정신과 의사가 아니라 화장지나 성냥, 구두단추 고리 같은 필수품을 만드는 공장의 주인이 됐어야 했을 테지." 그러나 다른 직업을 위해 무언가를 배우기에 자신은 너무 늦었고 그래서 "이기적으로, 그러나 원칙적으로는 아주 유감스러워하며 혼자서" 그것을 즐기고 있다고 편지에 썼다. 그는 왜 그리 어렵게 생각했을까? 왜 프로이트는 마르타와만 여행하지 않은 걸까? 에리히 프롬은 "프로이트가 그렇게 자기분석을 했음에도 불구하고 자신의 결혼생활 문제에 대해서는 얼마나 사리분별이 없었는지, 그리고 그가 자신도 모르게 얼마나 열심히 자신의 행동을 합리화했는지"라며 놀라워했다.

최후의 장기 로마여행이 끝난 후 이제 진실의 시간이 찾아왔다. 프로이트는 자신이 암에 걸렸다는 사실을 알게 됐지만 그 사실을 태연하게 받아들였고 수술할 준비도 돼 있었다. 1923년 10월 초, 이탈리아에서 돌아온 지 며칠 지나지 않아 프로이트는 최고의 턱 수술 전문의인 한스 피힐러 교수의 집도로 수술을 받았다. 부분마취 상태에서의 이 어려운 수술에는 꽤 여러 시간이 걸렸다. 프로이트가 잠을 자는 동안 오른쪽 턱 위쪽 대부분과 턱 일부분, 오른쪽 입천장 일부, 그리고 뺨과 혀 점막 일부가 잘려나갔다. 극적인 수술을 마친 후 프로이트의 맥박 수는 64회를 기록했다.

수술 후 이틀 동안 열이 심하게 올라 항생제 투여도, 정맥주사를 통한 영양 공급도 불가능했다. 안나는 계속 아버지 옆을 지키고 있었다. "내가 아버지 곁에 앉아 있는 동안 대개는 당신께 드릴 옷 같은 것을 뜨개질 한답니다"라고 그녀는 루 안드레아스-살로메에게 편지를 썼다. "사랑하는 루"는 안나에게 자신의 치수를 알려줘야 했다. 안나는 "아버지가 잠들면" 거의 뜨개질을 했다. 루 안드레아스-살로메는 감격에 겨워 "가슴둘레 103, 엉덩이 둘레 98, 허리는 신경 쓰지 말고 널찍하게 해요. 그리고 사랑하는 아버지께" 인사를 전해달라고 부탁했다.

피힐러 교수는 환부를 정확히 관찰하고는 문제되는 지점이 남아 있음을 우려했다. 실제로 어느 날 그 지점이 곪기 시작했고, 교수는 조직을 떼 검사를 하고는 그것을 제거하면 모두 괜찮을 것이라고 프로이트에게 말했다. 프로이트는 씩씩하게 동의했고 그날 오후 피힐러는 아래턱에서 그 부분을 제거했다.

의사가 수술에 성공하는 것은 일종의 진정한 예술작품을 완성하는 것이나 다름없는 일이다. 그러나 프로이트는 다르게 생각했다. 그는 좌절했고 여러 모로 불만스러웠다. 그는 자신을 진료하는 의사가 마법의 힘을 가진 마법사일 것이라 생각했었다. 그런데 지금은? "두 번째 수술로 인해 실망을 느꼈다." 그것은 주치의에 대해 희망에 찬 강한 느낌을 지녔었다는 말이기도 했다. 물론 수술한 의사는 실제로 마법사나 마찬가지였다. 이후로 13년간 암이 더 이상 퍼지지 않았고 백반증만 나타나 그것만 제거하면 됐기 때문이다.

그럼에도 불구하고 프로이트에게는 고통의 시간이 시작됐다. 그가 착용해야 하는 인공 보정장치는 압박이 심했다. 먹고 말하고 담배 피우는 것이 절망스러울 정도로 힘든데다 오른쪽 귀는 들리지도 않았다. "나는 아무것도 듣지 못한다…… 끊임없이 쇄쇄, 하는 소리 외에는." 그러나 말하는 것은 서서히 사람들이 알아들을 만한 정도가 되어갔다. "예전만은 못하지만 더 나아질 것이다. 물론 나는 씹고 삼키는 것도 가능하다. 하지만 내가 식사할 때 구경꾼이 있다는 것을 참을 수가 없다."

프로이트가 사망하기까지 16년 동안 그에게는 고통이 따르지 않는 시간이 없었다. 새롭게 암 제거 수술을 받고 나면 매번 새로운 보정장치를 꼭 맞게 고정시켜 콧소리가 나지 않도록 해야 했다. 게다가 그는 늘 다시 말하고 먹고 담배 피우는 법을 배워야 했다.

그러는 사이 이제 30세를 바라보게 된 안나는 프로이트에게는 없어선 안될 존재가 됐다. 프로이트를 그야말로 지극정성으로 돌본 사람은 마르타가 아닌 안나였다. 그녀는 매일 아버지가 보정장치를 풀고 씻고 다시 끼우는 것을 도왔는데, 때로 그 일은 30분 이상이 걸리기도 했다. 그녀의 아버지는 진료실 안 꽃무늬 쿠션이 묶여져 있는 스파르타식 환자의자에 높이 맞춰놓은 머리 지지대를 받치고 앉아 있었고, 안나는 법랑접시에 대고 보정장치를 닦았다. 프로이트는 불평이라곤 모르는 조용하고 모범적인 환자였다. 그는 단지 때때로 고통스러운 시선을 보낼 뿐이었다. 프로이트로서는 자신의 막내딸이 늙고 병든 부모의 간병인이라는 서글픈 역할을 하게 되기를 바란 것이 아니었지만, 이제 그는 안나 없이는 생활할 수 없었다. 프로이트는 "한창 때인 그 아이가 나에게는 매사에 버팀목이 된다"고 밝히면서도 안나가 결혼을 할 수 없을지도 모른다는 생각에 걱정이 됐다.

10년 전인 1914년 여름, 프로이트는 사실상 전혀 다른 쪽으로 막내딸을 걱정했었다. 당시 19세의 안나가 런던을 방문했을 때, 프로이트는 어니스트 존스가 그녀에게 눈길을 던진 것을 염려하지 않을 수 없었던 것이다. 그는 결코 존스가 안나와 무언가를 시작하는 것을 원치 않았다. 그의 안나와 말이다! 참모진으로 일하는 사람과의 이런 식의 사적인 관계는 어쩌면 그에겐 더 유리할 수도 있었지만 프로이트의 생각은 전혀 달랐다. "정통한 소식통으로부터 존스 박사가 너에게 진지하게 구애하려는 한다는 얘기를 들었단다." 프로이트가 딸에게 보내는 첫 편지에는 끊임없는 통제의 압박이 이어졌다. 자유로운 선택을 한 언니들처럼 당연히 네 마음에 드는 남자를 골라도 좋지만, 아버지의 동의 없이는 아무런 결정도 하지 말 것이며, 존스는 좋은 협력자이긴 하지만 "네가 무언가 더 많이 보고 배우고 경험해서 사람에 대해 알기 전까지" 결혼은 안 된다는 것이었다.

곧 속달로 두 번째 편지가 도착했다. 그녀의 예상과 달리 아버지의 말인즉 전적으로 선입견을 갖지 말 것이며 존스를 피하지 말라고 했다. 그리고는 "영국에서 잘 지내는" 그를, 우정의 태도로, 다른 사람과 동등하게 자연스럽게 만나라고 덧붙였다. 자, 이제 어떻게 한담? 존스에게도 이런 사실을 깨우쳐줄 필요가 있겠지? 그럼 그럼. 무엇보다 그를 자제시켜야만 해. 그리하여 진보적이고 매우 현대적인 프로이트는 전성기 빅토리아시대에나 어울릴 법한 내용의 편지를 그에게 보낸다. 그는 먼저 딸의 재능과 교양을 칭찬했다. 하지만 그 다음 무슨 말을 썼을까? "그 아이는 여자로서 대접받기를 원치 않으며 성적인 욕구와도 거리가 멀고, 아니 오히려 남자들을 거부한다네." 그 밖에도 프로이트는 안나가 2년이나 3년 후에 결혼하겠다는 내용의 계약을 자신과 맺었다는 이야기를 덧붙였다. "나는 그 아이가 계약을 파기할 것이라 생각하지 않네." 뭐라고? 그런 계약 따위는 애초에 없었다. 그러니 프로이트가, 성 이론에 있어 중요한 역할을 수행한 정신분석의 창조자인 그가, 이미 다 큰 처녀인 자신의 딸에게 성적인 감정이 없었다고 주장한 것은 매우 희극적이다. 이것이야말로 프로이트가 본인의 저작을 읽지 않았음을 보여주는 일이라고 전기작가 페터 가이는 쓰고 있다.

모두 불과 10년 전 일이었다. 그리고 안나는 아직 결혼하지 않았다. 그녀는 아버지를 사랑했고 아버지와 함께 여행하며 회의에서 길게 말하기 힘든 아버지의 연설을 대독했다. 딸을 자랑스러워하는 아버지는 안나를 자신의 안티고네라 불렀다. 오이디푸스 왕과 그의 어머니 이오카스테 사이에서 근친상간으로 태어난 딸 안티고네. 눈이 먼 오이디푸스가 테베에서 추방되자 딸은 아버지의 손을 이끌고 그의 고통스러운 방랑길을 함께한다. 프로이트도 마찬가지였다. 그의 옆을 지키는 사람은 아내가 아닌 딸이었다. 그리고 소포클레스의 안티고네처럼 안나 역시 결혼하지 않았다. 그녀는 이미 비밀스러운 아내였다. 아버지의 아내. 1926년 프로이트에게 다시 심장 통증이 발생했고 그는 몇 주 동안 요양원에 들어갔다. 누가 그 옆방에 기거했을까? 당연히 안나였다. 프로이트의 간호사이자 버팀목이요, 비서이자 신뢰하는 친구이며 보호자인 그녀. 안나는 프로이트가 아이팅온에게 편지를 쓴 바와 같이 "날이 흐를수록 아내와 딸 중에서 아마도 딸이 한결같이 남아 있을" 것임을 의심치 않게 하는 충실한 보호자였다.

한편 프로이트가 다음 이야기와 같은 의미심장한 꿈을 꿨던 것이 얼마 만인지? 그는 어떤 특정 식물에 대한 연구서를 쓰는 꿈을 꿨다. 책은 완성돼 그의 앞에 놓여 있었다. 프로이트는 책을 한 장 한 장 넘기면서 색상을 넣은 삽화가 들어 있는 곳마다, 식물의 마른 잎이 "마치 식물 표본처럼" 첨부돼 있는 것을 본다. 그리고 다음 날 오전 프로이트는 어느 서점의 쇼윈도 앞에서 책표지에 시클라멘 꽃이 그려져 있는 화첩을 목격한다. 그는 이 꿈을 다음과 같이 분석했다. "시클라멘은 아내가 가장 좋아하는 꽃이다. 나는 아내가 바라는 대로 그녀에게 꽃을 가져다줄 생각을 별로 하지 않는 나 자신에 대해 비난하고 있었다."

그러나 과거 활짝 피어난 꽃이었을 꿈속의 말라버린 꽃잎은 무엇이었을까? 어쩌면 그 꽃은 언젠가 한창이던 식어버린 사랑을 상징하는 것은 아닐지? 에로스는 프시케로 인해 질식당한 것은 아닐까? 사랑이 학문으로 인해 뒤로 밀려난 것은 아닌지? 그것은 아마도 앎의 문턱에 서서 기쁨과 공명심에 들떴던 프로이트가, 중세와 현대 사이의 몰록(소의 모습을 한 페니키아인의 화신火神으로 고대 중동 전역에서 어린아이를 제물로 받았다—옮긴이)이라 할 수 있는 빈이라는 도시에서, 아리아인의 벽에 부딪쳤던 결혼 초기의 어려운 시절이 낳은 결과일지도 모른다. 프로이트의 인간 내면 연구를 유대인의 눈속임으로 매도했던 평범한 관료들과 빅토리아시대의 의사들에 맞서야 했던 어려운 시절 말이다. 프로이트가 건강한 사람들의 병을 발견해내는 데 성공한 사실을 받아들이지 못했던 그들. 오랫동안 그에게 교수직 수여를 거부했던 그들. 이 모든 방해물을 뚫고 국제적인 정신분석학 조직을 구축하고 그 자신 유명해지기까지 얼마나 많은 힘을 쏟아 부었던가. 그러는 와중에 마르타 프로이트는 그저 아이들의 어머니가 되고 가정의 보호자가 됐다.

안나는 프로이트의 미래였다. 교사교육을 받은 안나가 이제 아버지처럼, 그녀의 친구 루 안드레아스-살로메처럼 정신분석학자가 되려 했기 때문이다. 프로이트는 그녀에게 용기를 북돋아줬다. 심리치료 전문의는 의학교육을 필요로 하지도 않았던 것이다. 프로이트는 반대로 대부분의 의사들은 "정신분석 실습을 받아들일 준비가 돼 있지 않다"고 냉소적인 태도를 취했다. 그들이 "이 치료 방식의 가치를 인정하는 것을 전적으로 거부했다"는 뜻이었다. 랑크나 작스, 루 안드레아스-살로메도 의사가 아니었다. 그러나 그들은 프로이트가 바라는, 제대로 된 정신분석가였다. 프로이트는 자신의 학문이 의사들에 의해 흡수되는 것을 원치 않았으며 "자유로운 인간의 시선"을 지닌 이들과 함께 그것을 발전시키고자 했다. 그리고 안나가 바로 그 적임자라고 프로이트는 생각했다.

정신분석가가 되기 위해서는 정신분석을 받아야만 한다. 안나는 아버지에게서 정신분석을 받았다. 프로이트는 자신의 딸을 카우치 위에 눕혔다. 그것은 프로이트 자신이 정해놓은 모든 규칙에 대한 위반이었다. 예전에는, 그랬다. 그때는 모든 것이 뒤죽박죽이었다. 융은 자신의 아내를 분석하는 시도를 했었고,

페렌치는 존스를 카우치 위에 눕혔고, 프로이트는 아이팅온과 페렌치를 분석했다. 그러나 그동안에 프로이트는 꼭 지켜야 할 규칙들을 정해놓았었다. 정신분석가는 절대적으로 중립적이어야 함에도 페렌치가 환자들을 동정하고 좋아하며 선물까지 한다는 사실에 얼마나 그를 비난했었는지. 존스가 젊은 여성 환자가 자신을 사랑하도록 그냥 두었을 때도 프로이트는 그에게 분노에 찬 편지를 많이 보냈다. 프로이트는 그런 식으로 "전이관계"를 모조리 차단해왔다. 그런데 이제 심란한 여성 환자가 그의 앞 카우치 위에 누워 있다. 프로이트는 자신의 무례한 동료에게 다시 편지를 썼다. "나는 자네가 그 아이와 성관계를 하지 않았다는 사실이 기쁘네. 자네가 은근히 암시를 내비치는 바람에 나는 자네가 성관계를 했으리라고 추측했었던 거야."

그런 프로이트는 어떤가? 그는 자신의 규칙을 어기고 딸을 분석했다. 물론 거기에는 그 나름의 이유가 있었다. 프로이트는 항상 자신의 사적인 일이 밖으로 드러나는 것을 꺼려했고, 안나를 동료나 낯선 이가 분석하는 것은 용납할 수 없었다. 그가 자신의 사생활을 숨기기 위해 얼마나 많은 개인적인 기록들을 없앴던가. 딸과 함께 하는 작업이 매우 난처한 사안이라는 사실을 프로이트도 잘 알고 있었지만, 결국 그녀가 자신에게 "좋은 충고를 했다"고 생각하기로 했다.

1924년 프로이트의 병으로 인해 환자수가 하루 여섯 명에 그칠 정도로 병원 일은 침체됐다. 프로이트는 안나에 대한 분석을 다시 시작했다. 그는 루에게 자신의 딸이 "늙은 아버지에게 지나치게 매달릴 정도로 비이성적"이라고 편지에 썼다. 프로이트는 그 사실이 정말 걱정스러웠는데 자신이 이 세상을 떠나 안나가 혼자 남게 됐을 때, 그 아이가 어떻게 살아갈지 의문스러웠기 때문이다. 그래서 프로이트는 그녀의 "리비도를 그것이 숨어드는 은신처에서부터" 몰아내기를 바랐다. 아, 그의 안나는 모든 이에 대해 질투를 했다. 프로이트의 친구들과 그의 환자들에 대해, 그리고 아무도 알아보지 못하게 베일을 쓴 채 베르크가세 19번지의 초인종을 울리고는 아버지의 카우치 위에 자리 잡는 우아한 숙녀들을 그 누구보다 질투했다. 프로이트는 루에게 안나는 "불행해지는 재능"을 지니고 있지만, 그 불행을 승리의 생산력으로 변환시키는 능력은 모자란다는 걱정을 털어놓았다. 프로이트에게는 모든 상황이 만족스럽지 않았다. 그러나 그가 무엇을 할 수 있었겠는가? 안나가 사라지고 없다면 마치 금연을 강요당하는 것처럼 끔찍할 것이라고 프로이트는 말했다. 그는 69세 생일이 지나고 얼마 지나지 않은 때에 "나는 그녀를 떼어놓지 못해요. 그 누구도 나를 돌보지는 못한답니다"라고 사랑하는 루에게 편지를 썼다.

안나는 친구로 지내는 루에게 프로이트의 69세 생일에 대해 보고했다. 그녀의 아버지는 난초, 카네이션, 수선화, 은방울꽃, 튤립, 장미와 "라일락 한 아름" 등 많은 꽃들을 받았으며, 그 사이에 "첫물 딸기, 파인애플, 편지, 전보들"이 있었고, 생후 9개월에서 90세까지의 친척들이 찾아왔다. 그 자리에는 아이팅온과 페렌치도 참석했는데 특히 안나는 페렌치와 굉장히 친했다. 단지 루가 페렌치에게 안나가 노래도 한다는 사실을 이야기한 것이 약간 곤혹스러웠을 뿐이다. 그렇다고 해서 안나에 대한 페렌치의 인상이 바뀌거나 하지는 않았다. 그러나 그녀는 다른 사람에게는 그 사실을 전하지 말아달라고 부탁했다. "그렇지 않으면 사람들이 나를 놀려댈 거예요."

안나는 루에게 보내는 편지에서 아버지의 보정장치 때문에 "이제는 우리들의 식사 시간에 손님은 없답니다"라고 토로했다. 프로이트는 누군가가 자신을 쳐다보면 전혀 먹지를 못했다. 그리고 편지 끝 부분에 안나가 아버지에게서 받은 정신분석에 대한 말이 나왔다. 그때 "무언가 이상한 일이 일어났다"는 것이다. 그녀는 그것을 루에게 이야기했을까? 편지로라도? 아니, 그녀는 그렇게 하지 못했다. 그녀는 친구인 플리스에게 아주 내밀한 이야기까지 털어놓곤 했던 아버지와는 달랐다. 안나는 자신의 막역한 친구에게 "당신의 잠옷 겸 아침 가운이 완성돼가고 있어요"라는 말 정도나 할 수 있었다. 안나는 다시 뜨개질에 몰두했다. 반면 그녀의 아버지는 자신이 이 복잡한 오이디푸스 콤플렉스의 갈등 속에, 자신의 가장 사랑하는 아이와의 문제 있는 관계 속에 어찌할 바를 모르고 휩쓸려 다니고 있음을 루에게 고백했다.

온 세상의 유대인들은 나를 아인슈타인과 비교한다
유명해진 프로이트

1924년 여름, 미국의 모든 신문들은 나탄 레오폴트와 리처드 롭의 살인사건 재판으로 떠들썩했다. 상류사회 출신의 부유층으로 18세와 19세인 이 두 젊은 청년은 권태로운 일상에 싫증이 나자 완전범죄를 계획하고 그들의 친구를 죽였다. 엄청난 '환각 상태'를 경험한 후에 이들은 체포됐다. 대중과 언론은 사형을 요구했고 탁월한 변호사는 무기형을 요구했다. 12시간의 변론 끝에 변호사는 "이 세상에서 원인 없이 일어나는 일은 아무것도 없다"며 "정신착란에 의한" 무죄를 주장했고, 20세기에 아직도 교수형을 부르짖는 이들이 있다니 참으로 부끄러운 일이 아닐 수 없다고 했다.

이 무렵 《시카고 트리뷴*Chicago Tribune*》지의 편집인은 멋진 생각을 했다. 그는 편집장에게 프로이트를 데려오자고 제안했다. 프로이트로 하여금 두 살인자의 정신분석을 하게 하자는 것이었다. 그렇다면 사례는 얼마나? 2만 5천 달러? 원한다면 더 줄 수도 있지. 그러나 그는 나이가 너무 많지 않은가. 거의 70세에 가까울 텐데? 그리고 아프기도 하다는데? 그렇다면 증기선을 세내서 데려옵시다. 유능한 신문발행인이 제안을 했다. 그렇지만 프로이트는 이를 거절했다. 다음 번 제안은 할리우드에서 왔다. 막강한 제작자 샘 골드윈은 프로이트에게 시나리오를 써달라는 요구를 했다. 주제는 당연히 사랑 이야기로, 비할 바 없이 재미있는 연애드라마이면서도 "국가의 심장부를 강타"하는 내용이어야 한다고 했다. 프로이트는 카우치 위에 누운 사람들로부터 확실히 엄청난 일들을 경험했을 테니 말이다. 골드윈은 십만 달러를 제시했고 이 액수에 프로이트는 이미 망설이고 있었다. 그는 아이들 부양과 자신의 나이를 생각했다. 그렇지만 프로이트는 결국 이를 거절했다. 그는 이 일에 대해 다음과 같이 적은 바 있다. "영국과 미국에서 이제는 내게 반갑지 않은 떠들썩한 호들갑이 벌어지고 있다."

프로이트와 그의 동료들은 런던의 돌팔이 의사나 대서양 건너편의 뉴욕 출신 엉터리들에 맞서느라 정말로 바빴다. 눈에 훤히 보이는 사기꾼들 같으니. 어떤 광고에는 이런 내용이 실리기도 했다. "정신분석가가 돼 1년에 천 파운드를 벌고 싶으세요? 그 방법을 가르쳐드립니다. 8개 강좌가 우편으로 배송되며 한 강좌당 4기니(영국의 옛 금화 명칭. 당시 1기니는 지금 우리 돈으로 약 2천원 정도의 화폐 가치를 지녔었다—옮긴이)! 기회를 잡으십시오!" 어니스트 존스는 신문이 온통 "성폭행당하고 협박당한 환자", 호색적인 사이비 분석가와 카우치 위에서 일어난 일련의 정사 사건들로 가득하다고 알려줬다. 프로이트는 자신의 시간을 빼앗았을 때부터 이해하지 못할 내용들만을 써놓은 기자들에 대해 화가 치밀었다.

하지만 누구나가 프로이트를 알게 됐고 그는 유명해졌다. 정돈된 턱수염에 영국산 고급 천으로 만든 양복과 조끼, 시곗줄, 담배와 꿰뚫는 듯한 시선은 이제 그의 아이콘이 됐다. "온 세상의 유대인들은 내 이름을 자랑하며 나를 아인슈타인과 비교한단다"라고 프로이트는 영국에 있는 조카 사무엘에게 편지를 썼다. 로맹 롤랑, 싱클레어 루이스, 토마스 만 그리고 아놀트 츠바이크와의 편지교환이 시작됐다. 츠바이크는 베를린에서 이 최고의 사상가를 만나고 싶었다. 그는 프로이트에게 "그러나 나는 당신이 고통스러워하고 있으며, 당신에게 필요한 고요와 당신 사이에 내가 끼어들기를 원치 않는다는 사실을 알았습니다"라고 편지를 보냈다. 또 부다페스트 출신의 위대한 풍자가 페렌스 몰나는 프로이트의 오이디푸스 콤플렉스에 대한 위트 넘치는 짧은 문구를 만들어냈다. "자신의 어머니와 행복한 결혼을 한 젊은 남자가 그녀가 자신의 어머니가 아니라는 사실을 알고 자살을 한다."

프로이트가 다시 빈 대학에서 강의를 할 때였다. 훗날, 위대한 작가들을 모두 패러디하며 비꼬는 것으로 유명해진 로베르트 노이만이 당시 빈에서 공부를 하고 있었다. 의학도인 그는 프로이트의 강의를 신청했고 프로이트 교수가 지정한 이 "너무나 작고 보잘것없는 강의실"에 그의 애인과 함께 앉아 있었다. 그리고 그들이 앉아 있는 자리 앞 교단에 스승이 위치했다. "프로이트의 앞 첫 번째 열에는 아시리아의 유대교 대제사장처럼 덥수룩한 수염을 늘어뜨린 신사들이 앉았다. 그들은 프로이트의 조교들이었다. 그들과 맨 뒷자리에 앉은 우리들 사이에는 꽤 젊은 숙녀들이 차례대로 앉아 있었다. 그들은 환자들, 환자였던 이들, 잠재적 환자들이었다." 노이만은 프로이트의 강의가 훌륭했다고 회고하며 첫 번째 강의를 정확히 기억해냈다. 노이만은 구석진 곳에 숨겨진 강의실을 찾지 못해 너무 늦게 도착했고, 프로이트는 사람들을 상대로 한창 이야기 중이

196

1920년대 이후로 지그문트 프로이트는 하나의 아이콘이 됐다.
프로이트 박물관의 어느 상점, 런던.

었다. "……누군가가 이 설명이 지나치게 인위적이라고 이의를 제기한다면 내 대답은 이렇습니다. 또한 이 설명은 아주 적절하기도 합니다."

"프로이트라는 이름이 거론되지 않는 대화는 없었다"고 엘리아스 카네티 (Elias Canetti, 1905~1994. 불가리아 출신의 영국 소설가이자 극작가. 사회와 대립하는 개인 및 군중심리를 탐구하는 내용의 작품을 썼고, 1981년 노벨문학상을 받았다―옮긴이)는 쓰고 있다. 당시 카네티는 프라터 거리의 어두운 방에서 빵과 요구르트로 연명하며 자연과학을 공부하고 있었다. 한밤중 학생들의 셋방에서 토론이 벌어질 때면, 출판된 지 20년이나 된 오토 바이닝거의 《성과 성격》, 카를 크라우스의 《인류 최후의 날 Die letzten Tage der Menschheit》, 슈니츨러의 연극 작품들은 그 주제에서 빠지는 법이 없었다. 그러나 이들 중 누구도 지그문트 프로이트를 따라가지는 못했다. '과오' 같은 단어들은 일반적인 어법에 편입됐고 이제 그것은 일종의 사회적 유희이기도 했다. "그 인기 있는 단어를 자주 사용하기 위해 '과오' 들이 쉬지 않고 창출됐다." 언제 어떤 대화에서건 상대방의 입에서 "이제 '과오' 가 일어난다"라는 말을 읽어낼 수 있는 순간이 있었으며, 그 과오가 입 밖으로 나오자마자 분석이 시작됐다. 그리고 마침내 오이디푸스 콤플렉스가 언급됐다! "사람들은 오이디푸스 콤플렉스를 두고 싸움을 했으며 누구나가 콤플렉스를 가지기를 원했다." 콤플렉스가 없는 사람에게는 가차없이 콤플렉스가 덧씌워졌다. 그리고 모든 토론의 마지막에는 "모든 참석자가 똑같이 죄지은 심정으로, 잠재적인 어머니의 애인이자 아버지의 살해자로서, 신화의 이름으로 인해 얼이 빠진 채, 테베의 비밀스런 왕들이 돼 앉아 있었다"고 카네티는 전했다.

나이가 많은 학우들 중 많은 이들은 여전히 전쟁의 상흔 속에 있었고 자신들이 한 일들을 인식했다. 하지만 그들은 명령에 따랐을 뿐이라며 스스로를 합리화했고, 이제 그것을 집단적인 억압이라고까지 강변했다. 그리고 "정신분석이 그들에게 제공한 살인의 성향에 대한 이론들을 광적으로 붙잡으려 했다." 카네티는 "자신의 오이디푸스를 분배받았던 자라면 누구나 악의 없는 사람이 됐다"는 사실이 정말 이상했다고 말한다.

이렇게 대학생들과 지식인들이 정신분석의 유희를 벌이는 유행 외에 빈을 강타한 현상이 또 하나 있었는데, 그것은 바로 이전 시장인 칼 루에거가 다시 영향력을 떨치고 있다는 사실이었다. 루에거는 도나우 왕국의 수도 빈에서 인종차별주의, 사회적 진화론, 반유대주의, 아리아족의 순수혈통주의, 그리고 사회민주주의에 적대적인 노래를 불쾌하지 않게 만든 장본인으로, 그 자신 "모든 시대를 통틀어 가장 위대한 지도자"로 여겼던 아돌프 히틀러가 빈으로 진군해 들어올 터전을 마련했다. 이런 위험한 소시민적 기류 속에 프로이트는 거침없는 색마 취급을 받았으며 그의 이론 역시 비방에 시달렸다. 반동적인 신문들은 강력하게 '부모들이여, 성에 홀린 정신분석가로부터 아이들을 보호하라!' 는 구호를 외치며 이러한 분위기에 동참했다.

프로이트의 가장 중요한 경제적 능력을 갖춘 환자들은 주로 영국이나 미국에서 왔다. 그들 중 하나가 스마일리 블랜턴이었는데, 그는 정신분석가가 되기 위해 프로이트에게서 시범교육을 위한 정신분석을 받고 싶어했다. 편지와 추천서가 오간 끝, 1929년 9월 1일 블랜턴은 그 유명한 프로이트를 만났다. "당신이 블랜턴 박사인가요?" 프로이트는 나지막하지만 높은 톤으로 물었다. 보정장치로 인해 불분명한 목소리였다. 71세의 노인은 약간 허리가 굽은데다 얼마나 연약해 보이는지 블랜턴은 프로이트의 왜소함에 적잖이 놀랐다. 그는 자신의 일기에 프로이트가 손님을 맞이할 때 "무언가 의심스러워하는 듯했다"고 회고했다.

프로이트는 이 미국인더러 카우치 위에 누우라고 하며 정신분석이 어떻게 진행되는지를 알고 있는가에 대해 물었다. 블랜턴은 눕지도 앉지도 않은 부자연스러운 자세에서, 그것은 환자가 대단히 긴장해 지금 막 자신이 어떤 느낌을 받고 있는지를 설명하는 것이라고 답했다. "그렇다면 왜 당신은 긴장하지 않나요?" 프로이트가 물었고, 모든 것은 이렇게 시작됐다. 블랜턴이 자신의 삶을 이야기하는 동안 프로이트는 그에 대해 미리 준비를 해왔느냐고 했다. 블랜턴이 그렇다고 하자 프로이트는 아무것도 준비해서는 안 되며 지금 막 생각나는 것만 이야기하라고 강조했다. "그것이 고전적인 방법입니다."

극작가 아르투어 슈니츨러만큼 그 고전적인 방법을 잘 이해한 사람은 없었다. 프로이트는 항상 인간의 마음과 영혼에 대해 "그가 가진 은밀한 지식"을 질투했다. 1920년대에 프로이트는 내면의 독백을 그린 뛰어난 작품, 슈니츨러의 《엘제 양*Fr ulein Else*》을 읽으며, 이른바 카우치 위에서의 자유로운 연상이 빈 사회를 훌륭히 분석하고 있는 것 같은 느낌을 받았다. 긴장되고 감각적이며 노출증 환자 같은, 낭만적이면서도 강압적인 느낌.

엘제는 상류시민계급 가정의 고집스런 딸로 휴양지에서 휴양을 하고 있다. 거기에 어머니의 편지가 도착한다. 아버지가 파산을 해 즉시 3만 굴덴을 구하지 못하면 자살할 지경이라거나 감옥에 갈 위기에 있다는 등의 내용이다. 그녀가 묵고 있는 호텔 옆방에는 부자인 폰 도르스다이가 살고 있다. 그녀는 그에게 돈을 부탁할 수밖에 없다. 해야만 한다. 그렇지 않으면 아버지를 잃고 마니까. 그리고는 엘제의 자유로운 연상, 즉 그녀의 독백이 시작된다. "나는 검은색 드레스를 입는다. 어제 그들 모두가 나를 주시했지. 코안경을 걸친 그 창백한 작은 신사도 그랬어. 나는 그리 예쁘지는 않지만 꽤 재미있는 편이니까. 아, 무대에 섰어야 했는데. 베르타는 애인이 벌써 세 명이나 된다는데…… 내겐 백 명의 애인이 생길 거야. 아니, 천 명. 그럼. 왜 안 되겠어? 결혼하려면 이 정도 드레스로는 불충분해. 더 깊이 파여 가슴이 많이 드러나도 괜찮은데 말야. 폰 도르스다이 씨, 당신을 만나길 잘했어. 난 지금 막 빈에서 온 편지를 받았는걸…… 어떤 경우에도 그 편지를 기억할 거야.”

엘제는 이렇듯 소설이 계속되는 내내 이야기를 한다. 도박꾼이자 예술가이며 바람둥이인 사랑하는 아버지 이야기, 자신에게는 위험한 인물이 될 수도 있는 로마식 헤어스타일의 사기꾼 이야기, 순결한 침대 이야기며 뵈르터 호숫가의 그 점잖지 못했던 꽃미남 이야기까지. 누군가와 함께 침대에 누워 있는 기분은 어떨까? “구역질 나는 일이야. 나는 내 남자와, 나의 수천의 애인과 같은 침실을 쓰지 않겠어.” 폰 도르스다이 씨는? “그라면 괜찮아. 그는 3만 굴덴을 지불할 테니까. 문제없어. 그는 막 렘브란트 그림을 팔았잖아.” 그러나 엘제는 그것을 위해 무언가를 해야만 한다. 폰 도르스다이는 그녀를 보고 싶어한다. 단지 보는 것만을 원한다. “미친 거 아냐? 좌우간 그가 나를 보는군. 아, 그가 그 생각을 하는 건가? 왜 나는 그의 얼굴을 한 방 갈기지 못하는 거지? 그 악당 같은 놈을! 내 얼굴이 빨개진 건가 아니면 창백해진 건가? 내가 벗은 걸 보려는 거야?” 폰 도르스다이는 그녀가 벗은 모습을 본다. 그러나 그 혼자만이 아니다. 엘제는 휴게실에서, 모든 사람이 보는 앞에서 모피를 벗어 던진다. 그리고 그녀 자신도 쓰러진다. “그들이 무슨 말을 할지. 뭐라고 쑥덕거릴까? 나는 불쌍한 아이가 아니야. 나는 행복해. 그 악당이 나의 벗은 몸을 보다니. 창피해. 내가 무슨 짓을 한 거지?” 그녀는 그날 밤 베로날 수면제를 삼킨다. 생사를 넘나드는

프로이트는 매일 죽음을 생각했다. 그는 그것이 좋은 연습이라고 했다.
유대인 묘지, 빈.

동안 그녀의 마지막 생각은 사랑하면서도 미워하는 아버지에게로 귀착된다. "아버지는 내게 무엇을 가져다줬나요? 3천 개의 인형…… 아버지, 손을 잡아주세요. 우리 함께 날아가요. 날 수만 있다면 세상이 얼마나 아름다울까. 내 손에 입맞춤하지 말아요. 나는 당신의 아이니까요, 아버지……."

프로이트는 이 텍스트에 아주 깊은 인상을 받았다. 그리고 그는 왜 자신이 슈니츨러를 만나기 꺼려하는지 정확히 알고 있었다. 그것은 바로 "자신의 분신에 대한 두려움" 때문이었다. 프로이트는 이 드라마작가가 자신이 사람들과 힘들게 작업해 발견한 것을 직관과 자기 인지를 통해 쉽게 이뤄낸다는 사실을 알고 있었다. "그래요, 나는 당신이야말로 존재의 근원에서부터 인간의 심리를 밝혀내는 깊이 있는 연구자라고 믿습니다. 지금껏 한 사람만이 그랬듯 진지하고 편견 없이, 그리고 놀라움 없이 말입니다"라고 프로이트는 슈니츨러에게 편지를 썼다.

이런 것이 바로 프로이트가 스마일리 블랜턴에게 가르치려 한 자유연상이었다. "어떤 주어진 좁은 길을 고수해야만 한다고 생각하지 마십시오. 정신분석가는 당신이 어디로 가고 있든 간에 당신을 따라가야만 합니다." 프로이트는 말했다. 그는 블랜턴에게 잠은 어떻게 자는지 물었다. 블랜턴은 두 시간마다 깨는 바람에 늘 잠을 설친다고 답했다. 그러면 꿈은? 자주 꾼다고 했다. 프로이트는 그렇다면 왜 꿈에 대해서는 이야기하지 않는지 물었다. 블랜턴은 자주 그 내용을 잊어버리기 때문이라고 했다. 그는 기록할 만한 꿈을 꿀 수 있을 때까지 계속 기다려보겠다고 했다. 그러자 프로이트는 "그렇게는 하지 마십시오. 꿈을 기록하면 저항이 너무 강해져서 더 이상 그 꿈을 분석할 수 없게 됩니다"라고 답했다.

한번은 프로이트가 분석을 중단하고 "유대인들이 흑인과 같은 등급에 분류되지는 않는가"를 물었다. 블랜턴은 그런 비교는 지금껏 들어보지 못했다고 했다. "그렇지만 나는 꽤 자주 들었는데요." 프로이트가 답했다. 또 다른 시간에 프로이트는 피상적인 분석에서 스스로를 보호해야 한다고 설명하면서 빌헬름 황제의 전기에 대한 이야기를 꺼냈다. 그 전기에는 황제의 성격 전체가 그의 열등감, 즉 황제의 발육이 정지된 팔에만 집중돼 있는데 그것은 너무나 단순한 분석이라는 것이었다. 더 재미있는 것은 빌헬름의 어머니가 그 팔 때문에 아들을 미워했다는 사실이라고 프로이트는 덧붙였다. 블랜턴은 그가 이 모두를 뛰어난 영어로 설명했다고 쓰고 있다. 프로이트는 이 젊은 박사가 언젠가 350달러를 선불하자 "내가 먼저 죽어버리면 내 가족에게 차액을 돌려달라고 말하세요. 약속하십시오"라는 이야기를 꺼냈다고 한다. 먼저 죽는다고? 그런 생각을 하는 특별한 이유라도 있나요? 블랜턴의 물음에 프로이트는 아니라고 했다. 그러나 그는 매일 죽음을 생각한다고 이어 말했다. "그것은 좋은 연습입니다."

그녀는 뛰어난, 남성적인 여성입니다
일 잘하는 가정부 파울라, 공주 마리 보나파르트, 의사 슈르 박사

1929년 여름 파울라 피히틀이 베르크가세 19번지 새로운 주인집의 초인종을 울렸다. 그녀는 이 집의 가정부라는 일자리에 그리 크게 끌리지는 않았다. 교수의 부인은 68세이고 교수는 70세가 넘었다. 그리고 27세의 이 여인은 노인네들이란 항상 성미가 까다롭고 완고하다는 것을 잘 알고 있었다. 이전에 그녀는 도로시 벌링엄-티파니의 집에서 보모로 일했었다. 미국 백만장자의 딸인 도로시는 강박 증세가 있는 우울한 남편과 이혼을 하고 1925년에 빈으로 이주했다. 그녀는 자신의 친구 안나처럼 아동정신분석가가 되려고 프로이트에게서 시범 교육을 위한 정신분석을 받았는데, 그런 인연으로 파울라를 프로이트에게 보내준 것이었다.

이렇게 해서 파울라 피히틀은 프로이트 가족과 인연을 맺게 됐다. 훗날 파울라는 교수님은 "나를 위에서 아래로 잠깐 훑어보더니 있어도 좋다고 했다"고 회고했다. 그녀가 보기에 교수님의 부인은 "아주 조용한 분이자 전형적인 가정주부로서 모든 면에서 매우 까다로우며", 33년 전부터 함께 살고 있는 단호한 "민나 이모"는 "강한 체질"을 지닌 둔한 여자였다. 파울라는 민나의 감옥 같은 방이 프로이트의 침실 바로 옆에 붙어 있어서, 처제가 계속 그 방을 지나다녀야 한다는 사실이 이상하다고 생각했다. 파울라는 프로이트가 죽은 뒤 저널리스트인 데틀레프 베르텔젠과의 긴 대화에서 이 모든 것을 털어놓았다.

　　마르타 프로이트는 새 가정부에게 할 일을 지시했는데, 그의 집에는 파울라 외에도 매일 찾아오는 요리사와 힘이 많이 드는 궂은일을 하는 가정부가 따로 있었다. 마르타는 파울라에게 고대 조각품의 먼지를 닦아낼 때는 대단히 주의해서 다뤄야 하며, 그것들을 항상 똑같은 자리에 둬야 한다고 설명했다. 또한 그녀는 카우치를 어떻게 다뤄야 하는지에 대해서도 세심히 일렀다. 짙은 붉은색의 벨벳 쿠션은 매일 먼지를 털어줘야 했고, 일반 베개와 목덜미에 놓는 원통 모양의 베개는 계속해서 깨끗한 리넨 덮개를 갈아줘야 했다. 프로이트가 국제적으로 유명한 사람이라는 사실은 파울라 피히틀에게는 썩 대단한 일이 아니었다. 그러나 하얀 수염의 조금씩 허리가 굽어지고 있는 노신사가 예의 그 아름답고 짙은 눈으로 그녀를 친절하면서도 꿰뚫는 듯 바라볼 때면, 그가 이미 "성경에 나오는 예언자 중의 한 사람"처럼 보이는 것을 부정할 수는 없었다. 또한 파울라는 프로이트가 전화기를 보기 싫어한다는 사실을 받아들였다. 전화는 그가 일하는 곳으로부터 멀리 떨어진 곳에 있어야만 했다. 프로이트의 아들 마르틴은 언젠가 집에 와서 그것을 이렇게 설명했다. "누군가를 응시할 때 자신의 힘을 의식했던 아버지는 죽은 송화기가 자신을 노려보면 그 힘을 잃은 느낌이 든다고 했다."

　　프로이트는 잠자리에서 일어나자마자 항상 목욕을 했기 때문에 파울라 피히틀은 매일 아침 6시 30분에 보일러를 켰다. 그 다음, 비누를 놓고 깨끗한 수건을 준비했다. "교수님은 그야말로 뽀송뽀송한 수건을 좋아했다." 그리고 그녀는 아침식사를 준비하고 전날 20개비의 하바나 시가 연기가 밴 양복을 열린 창가에 걸어 냄새를 없앴다. 매일 오전 8시 30분이면 파울라는 프로이트에게서 1실링을 받고 그의 수염을 정돈하고 머리를 빗겨줬다. "그때 교수님은 약간 우쭐해했다"고 그녀는 전했다.

그런 후에는 어김없이 환자들이 몰려왔다. 여자들, "아주 예쁘기까지 한 젊은 여자들"이 초인종을 울려대면 파울라는 빳빳한 흰 앞치마를 두르고 문을 열었다. 숙녀들 중 몇몇은 베일을 쓰고 있었다. 파울라는 사모님이 어째서 그들을 질투하지 않는지 놀라울 따름이었다. 사모님은 "그것은 교수님의 일이다"라고 말했지만 파울라 피히틀은 이를 옳다고 생각하지 않았다. 대부분의 환자들이 카우치 위에서의 상담 시간이 끝나면 너무나도 흥분된 상태로 진료실을 빠져나오기 때문이었다. 파울라는 그들 모두가 교수님을 사랑한다고 확신했다. 진료실로 들어설 때 이미 프로이트를 포옹하는 것만 봐도 분명 그랬다. 여성 환자들은 프로이트를 꼭 껴안았으므로 "때때로 아주 예쁜 여자가 그런 행동을 할 때면 교수님은 뺨이 완전히 붉어지기도 했다"고 파울라는 회고했다.

영리한 이 젊은 가정부는 독단적인 행동을 보이기도 했다. 프로이트의 상담이 항상 정확하게 끝나지는 않았으므로, 정신분석 환자들은 대기실에서 혹 있을 수 있는 고통스러운 만남을 피하고 싶어했다. 그럴 때면 파울라 피히틀은 그들을 부엌으로 데리고 가 먹을 것을 대접했다. 파울라는 그들이 카우치로 갈 때면 얼마나 신경이 날카로워지는지 알고 있었다. 언젠가 한 미국인이 치료비에 식사비가 포함돼 있다는 사실에 만족해하며 프로이트에게 감사를 표했다. 프로이트는 파울라가 낭비를 하고 있다고 문제를 제기했는데, 이 유능한 가정부는 식사 대접 또한 마음을 편하게 하는 전략이라며 자신을 변호했고, 프로이트는 머리를 흔들며 작업실로 되돌아갈 수밖에 없었다. 당시 프로이트는 차우차우 종種에 해당하는 개 한 마리를 항상 데리고 다녔는데, 그 개는 도로시 벌링엄에게 얻은 "매력적인 중국 개" 린 유크였다. 그러나 정신분석 시간에 조용히 카우치 발치에 앉아 있는 개인 요피야말로 프로이트의 떼려야 뗄 수 없는 파트너라 할 수 있었다.

점심식사는 항상 정각 오후 1시 마르타, 민나, 안나, 프로이트를 위해 마련됐다. 프로이트는 자신의 털북숭이 중국 개에게 항상 커다란 고깃덩어리 조각을, 그것도 양탄자 위에 직접 떨어뜨려줘 마르타를 화나게 했다. 프로이트 자신은 아주 조금밖에 먹지 않았다. 씹는 것이 너무나 고통스럽기 때문이었다. 하지만 파울라가 만든 채소수프와 역시 그녀가 직접 만든 아이스크림만은 남기지 않고 다 먹었다. 식사 후 프로이트는 자신의 카우치 위에서 잠깐 단잠을 잤고, 오후 3시 30분에는 커피를 마셨으며 그런 다음 저녁까지 일했다.

매주 토요일 오후 7시 30분에는 민나 베르나이스가 30년 전부터 의식처럼 이어져 온 타로 게임에 자리했다. 안나 역시 여기에 참여했으며 때때로 프로이트의 몇몇 오랜 친구들이 들르기도 했다. 그런 경우 파울라는 적포도주 병을 땄다. 저녁 무렵 시간이 나면 가족 전체가 거실에 둘러앉아 세 여인은 뜨개질을 하고 프로이트는 셜록 홈스가 등장하는 소설을 읽었다. "교수님은 항상 누가 살인자인지를 알아챘는데, 혹시 다른 사람이 범인일 경우 화를 냈다"고 파울라 피히틀은 말했다. 주인들이 잠자리에 들기 전 가정부는 침대 정돈을 하고 세 벌의 잠옷을 준비했으며, 갈색과 흰색 스트라이프 무늬가 있는 프로이트의 파자마를 "편히 입을 수 있도록" 펼쳐놓았다. 그리고 겨울이면 프로이트의 발끝에는 항상 뜨거운 보온 물주머니가 놓여 있었다.

프로이트는 예나 지금이나 안나 걱정에 여념이 없었다. "아버지가 없다면 그 아이는 어떻게 될까?" 그는 루 안드레아스-살로메에게 묻기도 했다. 무엇보다도 도로시 벌링엄에게서 내면의 동반자를 찾은 듯 보이는 딸의 감정상태가 프로이트를 혼돈스럽게 했다. 프로이트는 도로시를 정말 호감이 가지만 "불행한 여인"이라 불렀고, 안나는 그녀의 아이들에 대해 정신분석을 해줬다. 그렇다. 그의 딸은 정말로 훌륭하게 성공했지만 "성생활은 그렇지 못하다"라고 프로이트는 루에게 보내는 편지에서 밝힌 바 있다.

방종한 성생활을 하는 어느 여자는 매일 두 시간 동안 프로이트의 카우치 위에 누워 있었다. 그 여인은 바로 나폴레옹 황제의 증손 조카이자 덴마크 왕의 친척으로 그리스 콘스탄티누스 1세의 형제와 결혼해 파리의 생 클로드 성에 살고 있는 마리 보나파르트 공주였다. 그녀는 부호에다가 대단히 지적이었으며 재미있고 매력적이고 재능이 넘쳤다. 젊은 나이에 성관계, 얼굴과 몸의 성형 수술에 대해 제법 개방적이던 그녀는 남편의 사랑의 기술이 부족했던 탓에 욕구 불만을 느끼고 있었다. 마리 보나파르트는 한때는 프랑스 수상인 아리스티드 브리앙의 애인이기도 했으며, 대담히도 그녀의 첫 번째 정신분석가의 카우치 위에서 연애를 시작한 장본인이기도 했다. 그러나 해가 갈수록 그 모든 것이 그녀로부터 "상당히 뚜렷한 강박증"을 불러일으켰다.

마리 보나파르트는 지그문트 프로이트에게 올 이유가 충분했다. 그녀는 두 달 동안 빈에 머물면서 매일 두 시간씩 상담받기를 원했다. 가능할까요? 선생님께서 시간이 있으신지요? 외교적 전보가 오갔다. 프로이트는 자신의 불어 실력이 정신분석을 할 수 있을 정도라고는 믿지 않았기 때문에 언어 문제는 늘 영어나 독일어로 처리했다. 그는 왕족에 대한 특별대우는 없을 것이라는 점을 분명히 밝혔다. 환자는 환자일 뿐이다. 그런 다음 프로이트는 이 "힘이 넘치는 악마"를 받아들일 준비를 했다. 그는 얼마 안 가 공주를 힘이 넘치는 악마라는 애칭으로 불렀으며, 그녀가 "아주 걸출한 인물, 남성과 여성이 반씩 섞인 여성 이상의 인물"이라는 사실을 알게 됐다. 그랬기 때문에 그녀 스스로 정사를 통해 고쳐보려고 했던 불감증이 정신분석을 통해 치료되지는 않았다. 대신 그녀는 모든 주제와 시대에 대해 편지를 주고받게 된 프로이트라는 친구를 얻었다.

언젠가 프로이트는 마리 보나파르트에게 빈의 어느 봄날 아침, 매우 아름다운 드라이브를 했던 것에 대해 묘사를 했다. "사람들이 늙고 병들어서야 이런 발견을 하게 되는 것이 얼마나 안타까운지." 프로이트는 루트비히 울란트의 봄의 분위기를 기억 속에서 *끄집어냈다.*

세상은 날이 갈수록 아름다워지네.
어떤 변화가 일어날지 우리는 알 수 없어.
끝없이 꽃이 피네.
저 멀고 먼, 깊고 깊은 골짜기에서 꽃이 피네.
사랑하는 이여, 고통을 잊으라.
모든 것이, 이제 모든 것이 달라지네.

프로이트의 일생에서 빼놓을 수 없는 중요한 두 여성인 후원자 마리 보나파르트(사진 왼쪽)와
젊은 약혼녀 시절의 마르타 프로이트(사진 오른쪽).
프로이트 박물관, 런던.

종교 문제가 화제에 오르는 경우 프로이트는 여전히 불경하고 유쾌하며 무엇보다도 위트 넘치는 무신론자였다. 이 부분에서 그는 아무것도 변하지 않았다. 이미 40년 전에 그는 "신의 어두운 길을 위해 그 누구도 아직 등불을 발명하지 못했다"고 비꼰 적이 있다. '종교'라는 이름으로 "너무나 다양한 종류의 음료가 팔려나갑니다…… 알코올은 아주 적게 포함돼 있지요. 알코올이 없기도 해요. 그런데도 그들은 여전히 그것에 취합니다. 나이 든 술꾼들은 존경할 만한 세대입니다. 그렇지만 포메리트 같은 사과주를 마시고 취하는 것은 우스운 일이지요." 이렇듯 프로이트는 사랑스런 마리에게 편지를 썼다. 공주는 이 편지들을 사랑했고 아버지 같은 자신의 친구를 사랑했다. 그녀는 빈을 방문할 때면 프로이트에게 그의 수집품 목록에 넣으라며 비싼 고대 조각품들을 선물하곤 했다. 프로이트가 자신을 재미있게 해준다는 단순한 이유로 말이다. 그러면 프로이트는 그의 준보석 반지로 보답을 했고, 그녀는 다시 재정 위기에 빠진 정신분석 관련 서적 출판사를 위해 돈을 보냈으며, 프랑스에서도 즐겁고 유능한 기부자가 돼 이 새로운 학문을 위한 길을 터줬다. 그러던 어느 날 그녀는 자신의 오랜 친구에게 젊은 의사인 막스 슈르 박사를 추천한다.

프로이트는 별로 달갑지 않았다. 그가 말하길 자신에게 암을 숨겼던 펠릭스 도이치와의 결별 이후 자신은 주치의를 두고 있지 않을 뿐더러 이 사람 슈르는 너무 젊다는 것이었다. 32살도 아닌 40살이나 어리다니. 하지만 공주는 프로이트를 하고픈 대로 편히 내버려두지 않았다. 공주는 슈르는 자신에게도 많은 도움을 준 탁월한 의사이자 정신분석과 관련해 치료를 하는 내과 의사라며 적극적으로 나섰다. 슈르는 프로이트의 '정신분석 입문 강의'를 들었고, 3년 전에는 시범교육을 위한 정신분석도 받았으니 최소한 만나보기라도 하라는 것이 공주의 부탁이었다. 하는 수 없이 프로이트는 슈르가 다녀가는 것을 수락했다.

슈르는 이 첫 만남을 그의 프로이트 전기에 묘사하고 있다. 슈르는 곧바로 "내면의 성전", 즉 서재로 안내됐다. 거기서 그는 프로이트를 마주보고 책상에 앉았다. 그들의 시선 사이에서 그리스와 인도의 신들이 춤추고 명상하고 있었다. "그토록 풍부한 표정을 지닌 시선이 나를 살핀다는 사실을 나는 정말 지나칠 수 없었다"고 슈르는 쓰고 있다. 하지만 프로이트 역시 곧바로 슈르에게 매료돼 공주를 잘 치료한 사실을 칭찬했으며, 환자와 의사의 관계란 "서로의 존경과 신뢰"에 근거를 둬야 한다고 이야기했다. 이어 프로이트는 자신의 병과 고통을 설명하기 전에 두 가지 사실을 확실히 해야 한다고 말했다. 자신은 항상 진실을 들어야 하며 "그 이외의 것"은 듣지 않겠다는 것. 슈르는 굳게 약속했다. 그러자 프로이트는 그의 눈을 응시하며 조금도 동요하지 않고, 명확하고 단호한 어조로 말했다. "또한 더 이상 안 된다 싶을 때에는 나를 불필요하게 괴롭히지 않겠다고 약속해 주십시오." 슈르는 그 말을 이해했고 두 사람은 악수를 나눴다.

내 보정장치는 불어를 하지 않습니다
《문명 속의 불만》과 괴테상

프로이트는 자신의 안티고네인 안나와 함께 헤르만 슈뢰더 교수를 방문하기 위해 베를린으로 갔다. 슈뢰더 교수는 최고의 보정장치 제작자였고 프로이트는 급히 새로운 보정장치가 필요했다. 5번 보정장치가 너무 심하게 압박을 해 4번 보정장치를 재고정시켜야 했는데 그것이 제대로 맞지가 않아 혀를 쓸 수 없었다. 더 이상 말하는 것도 먹는 것도 불가능할지 몰랐다. 베를린의 슈뢰더 교수라면 "보정장치로 인한 비참함"을 덜어줄는지도. 프로이트는 방법이 없었다.

그는 안나와 함께 테겔 성 요양원에 기거하게 됐다. "이곳은 눈이 부시게 아름다우며 세상으로부터 완전히 차단돼 있습니다." 안나는 괴팅엔의 루 안드레아스–살로메에게 편지를 썼다. 만나러 가고 싶지만 "아버지를 혼자 있게 할 수가 없어요"라고 그녀에게 가지 못하는 이유를 함께 설명했다. 프로이트는 딸이 조금은 쉬기를 원했으므로 그녀더러 테겔 호수에서 배도 타고 수영도 하라고 권했다. 베를린에는 프로이트의 아들인 에른스트가 살고 있었고 페렌치와 도로시 벌링엄도 먼 거리를 찾아왔다. 오래된 좋은 친구인 루 역시 더없이 즐거운 시간을 만들어주리라는 다짐으로 깜짝 방문을 했다. 셋은 할 이야기가 많았지만 두 여자만이 접시가 깨질 듯 수다를 떨었고 프로이트는 말이 없었다. 한때 대단한 입담을 자랑하던 그는 루에게 보내는 어느 편지에서 "나는 청력이 나빠져 당신의 나지막한 목소리를 알아들을 수가 없었고, 그나마 내가 말할 수 있는 것조차도 당신이 이해하기 어려웠으리라는 사실을 확인할 수밖에 없었습니다"
라고 썼다. 그런 사실에 마음이 상해 "사람들은 다시 침묵하곤 한다"는 것이 그
의 얘기였다.

　　보정장치의 치수를 재고, 시험착용을 하고, 다시 고치기를 반복하는 데는
꽤 오랜 시간이 걸렸고, 그동안 프로이트와 안나—안티고네는 변함없이 테겔 호
숫가를 산책했다. 마침내 보정장치가 완성됐고 이전보다 훨씬 잘 맞았다. "아
버지는 정말로 만족해하시고 훨씬 편안해하세요." 안나는 루에게 전했다. 부녀
는 기쁜 마음에 베를린 상공을 한 바퀴 유람비행했다. 빈으로 다시 돌아온 프로
이트는 《문명 속의 불만 *Das Unbehagen in der Kultur*》을 끝내놓고, 결국 인간이란
뭔가를 해야만 하는 존재라고 루에게 편지를 썼다. "온종일 담배나 피고 카드
놀이만 할 수는 없지 않겠어요?" 한편 프로이트는 걷는 것이 점점 힘들어졌다.
읽는 것은 어땠을까? 대부분 흥미가 사라졌다. 그는 계속 글을 쓰긴 했지만, 책
을 쓴다는 핑계로 자신이 예전보다 종이와 잉크, 식자공의 시간을 더 낭비하고
있다고 믿었다. 왜? 그 자신이 사람들로부터 환상을 빼앗았기 때문이다. 그가
인간의 관계야말로 고통의 영원한 원천임을 솔직히 보여줬기 때문이다. 사람들
은 절망하기 전에 쾌락의 원칙을 우선하고 마약이나 술, 종교와 같은 대리만족
으로 기분을 전환하려 한다. 그럴 때면 세속적인 것들이 더 큰 기회를 차지한
다. 프로이트는 인간에게 적대적인 유머작가로 유명했던, 자신이 좋아하는 빌
헬름 부쉬의 《독실한 헬레네 *Die fromme Helene*》에서도 세속적인 부분을 읽어냈
다. 깡마른 참회자인 독실한 헬레네는 교리를 어기면서까지 술을 가까이한다.

　　남자친구 가까이에 있는 것은 위험하지.

오 레네, 레네! 고통스럽다, 고통스럽다!

결국 묵주는 내던져지고 술이 승리한다. 이유는 간단하다.

그것은 옛날부터 전해진 관습.
걱정이 있는 사람에겐 술이 있다.

예술과 문명이 이런 현실에 맞선다고 믿는 것은 환상이다. 프로이트 역시 술이나 마약 같은 흥분제는 "우리의 육체에 영향을 미쳐 육체의 화학작용을 변화시킬 뿐이다"라고 쓰고 있다. 이렇듯 새롭게 제기되는 삶의 의미에 대한 물음은 영원히 만족스러운 답을 얻지 못한다. 인간은 행복을 얻기 위해 노력하지만 결코 그것을 얻지는 못한다고 프로이트는 이야기했다. 행복은 "천지창조의 계획 속에는 포함돼 있지 않다." 그러나 불행은 그렇지 않다. 불행은 어디서건 흔하다. 그것은 세 곳의 방향에서 한꺼번에 찾아온다. 불안과 고통, 육체의 파괴, 자연의 파괴적인 힘들과 함께, "그리고 마지막으로 타인들과의 관계로부터." 그럼에도 불구하고 불쌍한 인간의 영혼은 늘 불행에 투쟁하며 새로운 치료법을 고안해내려 한다. 근시와 난시를 위한 안경, 인간보다 더 강력한 모터, 비행기, 배, 현미경, 축음기. 그리고 "전화의 도움으로 인간은 동화에서는 닿을 수 없는 것으로 그려진 먼 곳으로부터의 소리를 듣는다."

그렇다. 인간은 '보정장치의 신'이 됐으며 부지런하고 깨끗하고 질서정연하다. 인간은 "한 국가의 문명 수준"을 일직선으로 된 강들에서, 수량을 조절하는 운하들에서, 정확한 교통수단에서, 길들여진 가축에서, 아무 짝에도 쓸모없지만 싱싱하고 예쁜 화단에서 가늠한다. "어떤 종류의 것이든 더러움은 문명과는 양립할 수 없는 것으로 보인다"고 프로이트는 쓰고 있다. 더러움은 문명의 반대이며 "야만적"이다. "벨라 섬에서 나폴레옹이 아침 단장을 할 때 사용했던 콩알만 한 세숫대야"를 보는 사람은 몸을 떤다. "그렇다. 누군가가 단도직입적으로 비누의 소비량을 문명의 척도라 단정해도 우리는 놀라지 않는다"고 프로이트는 냉소적이고 혹독하게 전하는 것이다. 그리고 질서는 일종의 "반복 강박"이 됐다.

　아니다. 사실 인간은 사랑스럽고 자비심이 많고 선량한 것이 아니라 충동성과 공격성으로 가득하다. 인간은 타인들을 성적으로 악용하며 타인의 것을 훔치고 그들에게 굴욕을 주며 심지어 괴롭히고 죽이기까지 한다. 호모 호미니 루푸스Homo homini lupus. 인간은 인간에게 늑대다. 프로이트는 하인리히 하이네 같은 작가쯤이라면 "엄격하게 금기시된 심리학적 진실"을 농담 삼아 소원 목록표를 만들어도 괜찮다고 생각했는데, 하이네의 소원 목록표는 다음과 같았다. "좋은 잠자리, 좋은 음식이 있고 아주 신선한 우유와 버터를 먹을 수 있으며, 창문 앞에는 꽃이 피고 문 앞에는 아름다운 나무가 몇 그루 있다면 좋겠다. 그리고 신이 나를 완전히 행복하게 해주고자 하신다면, 그는 분명 예닐곱쯤 되는 나의 적들이 그 나무들에 매달려 있는 꼴을 관람할 즐거움을 내게 허락할 것이다."

　공격 본능은 에로스와 함께 세계의 지배권을 갖고 있는 죽음 본능의 후예다. 문명의 과제는 "에로스와 죽음, 삶의 본능과 파괴 본능 간의 싸움"을 보여주는 것이다. 그것은 거인들의 싸움으로, 종교로도 아이들 방의 "하늘의 자장가"로도 막을 수 없다. 그러기에 인간은 이미 오래 전 너무 멀리 와버렸다. 이미 오래 전부터 "서로 마지막 남은 한 사람까지 뿌리 뽑아버리는" 상황에 와 있다.

이렇듯 프로이트는 편한 길로 가는 출구를, 속세의 천국으로 가는 길을 제시하지 않는다. 오히려 그 반대다. 그는 "북풍과도 같이 혹독하고 날카롭게" 인간 속으로 파고들며 "감정의 황금빛 짙은 안개와 장밋빛 구름을 날려 보내버렸다"고 슈테판 츠바이크는 쓰고 있다. 츠바이크에게 프로이트는 "소상하게 허무와 공허를 환상의 저편으로 밀어내 보여줬고, 그럼으로써 세대 전체에 세계상을 심화시켜준" 극단적인 계몽주의자였다. 세계상을 미화시킨 것이 아니라 심화시킨 계몽주의자 말이다. "극단성은 결코 행복을 가져다주지 않으며 단지 결단만을 이끌어내기 때문이다."

프로이트가 원고를 인쇄소에 보내기 며칠 전인 1929년 10월 29일, 바로 그 '검은 화요일'에 뉴욕 증권시장이 완전히 붕괴했다. 그 주 목요일부터 프로이트는 전보 형식으로 일지를 쓰기 시작했다. 그는 이 일지를 "가장 짧은 연대기"라 명명했다. 월 스트리트의 증시 붕괴로 인해 유럽은 경제적으로 큰 압박을 받았고, 프로이트에게는 실망과 고통, 괴로운 마음이 생겨났다. 그 첫 기록은 "노벨상이 물 건너갔다"로 시작된다. 그랬다. 그 사실이 그를 힘들게 했다. 몇 년 전부터 프로이트는 슈테판 츠바이크 같은 친구들에 의해 계속 노벨상 추천을 받고 있었다. 어떤 부문에서? 의학 부문? 하지만 의학자들은 이미 몇 번이나 그것을 방해했었는데? 그렇다면 문학 부문에서? 상을 받을 만한 작가들은 이미 충분한데? 그의 문체가 아무리 화려하다 해도 정신분석학자를 이미 만원인 배에 태우고자 하겠는가? 분명한 것은 여러 가지로 논란이 되는 이런 상황에서 그가 상을 받게 된다면, 새로운 학문이 국제적으로 인정받을 수 있으리라는 사실이었다.

그의 다음 기록은 이러했다. "손가락이 곪아서 슈니츨러에게 다녀옴-반유대주의에 대한 불안-신경통-심장, 장 발작-심장상태가 나쁜 나날들-밤의 심장발작-금연." 새 보정장치가 벌써 느슨해져 압박하는 바람에 프로이트는 통증을 느꼈다. 오래 전부터 알고 지내던 파리의 위대한 샹송가수 이베트 길베르가 빈을 방문했고, 프로이트는 그녀를 만나러 그녀가 묵고 있는 호텔로 갔다. 대화하기 힘든 프로이트는 주로 그녀가 말하도록 했고 특유의 재치로 한 마디 덧붙였다. "내 보정장치는 불어를 하지 않습니다."

1930년 7월 말, 프로이트는 프랑크푸르트에서 자신이 괴테상을 수상하게 됐다는 전갈을 받았다. 수상의 근거는 프로이트가 정직하게 '메피스토펠레스와 같은 방식으로' 모든 베일을 벗겨냈고, 괴테의 파우스트처럼 '만족할 줄 모르는 정신과 경외심을 가지고' 무의식 속에 숨은 폭력적 힘들을 연구했다는 부분에서 절정을 이뤘다. 작가이자 수필가인 알퐁스 파케가 그를 추천했던 터였다. 시상위원회 내의 성직자들은 인간의 거룩한 영혼을 해부하는 일에 관여한 이 반反기독교인이 수상자로 내정될 때 극심한 반발을 했었다. 한데《베를린 알렉산더 광장 *Berlin Alexanderplatz*》을 막 펴낸 작가 알프레트 되블린이 파케를 열렬히 지지하고 나섰다. 당시 독일의 작가 아카데미를 대표했던 되블린은 자신이 누구를 위해 싸우는지 알고 있었다. 그 자신 역시 정신분석교육을 받은 심리학자였다. 그는 프로이트의 70세 생일 기념 연설에서 영혼에 대해 매우 아름다운 표현을 쓴 바 있다. "인간의 영혼은 이미 수백 년 전, 심리학자와 의사들에 의해 추방당해 긴 방랑길에 올라 있었다. 그것은 작가, 또는 목사들에게 날아갔다. 그들은 그야말로 영혼과 친하게 지냈다. 목사는 영혼을 기도서로 이끌었다. 작가는 영혼에게 팔을 내밀어 자연 속에서 함께 산책했다. 그러나 프로이트는 영혼을 그의 진료실로 안내해 뒤에서 문을 닫고는 '고백하세요, 부인. 예, 그렇지요. 자신을 벗겨 보여주세요'라고 했다. 나는 영혼이 오늘날까지도 이 부름에 놀라 문간에 그대로 머무르면서 모자 이외에는 아무것도 벗어놓지 않았다는 사실을 언급하고 싶다."

프로이트는 괴테상 수상을 통해 자신이 아주 존경받고 있다는 느낌을 받았다. 그는 이전의 세 수상자, 슈테판 게오르게, 알베르트 슈바이처, 그리고 문명철학자 레오폴트 치글러에 대해서도 만족스러웠다. 또한 1만 라이히스마르크라는 수입의 증가도 반가웠다. 그중 천 라이히스마르크는 경제 사정이 좋지 않은 루 안드레아스-살로메에게 보낼 생각이었다. 그러나 프로이트는 시상을 위해 프랑크푸르트로 갈 수 없었다. "그렇게 하기에는 내가 너무 몸이 좋지 않습니다." 프로이트는 파케에게 전하는 편지에 딸 안나를 대신 보내겠다고 했다. 그는 사람들이 자신보다는 안나를 더 편안히 볼 수 있을 것이며, 그녀가 자신보다 다른 이들의 말을 더 잘 알아들을 수 있을 것이라고 했다.

그런 다음 프로이트는 안나가 대독하게 될 감사의 연설을 썼다. "나는 괴테가, 많은 우리 동시대인들이 지적하듯 유쾌하지 않은 정신분석학을 거부하지는 않았을 것이라 생각합니다. 그는 많은 작품에서 정신분석학 자체에 다가갔고, 독자적인 시각으로 우리들이 지금까지 확인할 수 있었던 많은 것을 인식하고 있었습니다. 괴테는 분명 우리에게 비판과 조롱을 가져다준 견해들에 대항하는 것입니다.” 이것은 언젠가 프로이트가 자신을 경멸하는 자에게 보낸 편지의 내용이다. 프로이트는 괴테가 항상 사랑을 높이 평가했으며, 괴테 자신도 말년에 젊은 여성과 사랑에 빠졌고 그 사랑이 무엇을 의미하는지까지 명백히 알고 있었노라 했다. 괴테가 “아, 너는 전생에 나의 누이였거나 나의 아내였으리라”고 읊었듯.

괴테는 정신분석가에 아주 가까웠다. 그는 꿈의 작가이자 꿈의 해석자였으며 정신분석가처럼 질문하는 사람이었다. 언젠가 괴테는 폰 슈타인 부인에게 자신이 헤르더 부인으로부터 ‘심리학적 예술작품’을 끌어내는 데 성공했다는 내용의 편지를 썼다. 헤르더 부인이 괴테가 칼스바트에 체류하는 것에 대해 화를 냈고, 그와 함께 있는 동거인에 대해 불평했으며 모든 것에 대해 불만이었다는 것이다. 그래서 괴테는 그녀에게 아주 분명히 “이제 그런 것들을 모두 떨쳐내 차라리 바다 깊은 곳에 던지라”고 말했다. 헤르더 부인은 웃었고 치유됐다.

이렇듯 프로이트는 자신의 연설에서 괴테를 정신분석의 영혼으로, 빛나는 천재 중의 한 사람으로 묘사했다. 그런데 프로이트는 우리는 결국 괴테 자신에 대해서는 원하는 만큼 알지 못한다고 덧붙였다. 괴테는 속마음을 터놓고 고백하는 위대한 인물이었던 동시에 또한 “주도면밀히 은폐하는 사람”이기도 했던 것이다. 메피스토펠레스가 “네가 알 수 있는 최고의 것을/ 너는 그 녀석에게 말해서는 안 돼”라고 했듯 말이다. 이 점에서 괴테는 자신의 문제에 있어서는 늘 철저히 은폐하는 프로이트와 닮은꼴이었다.

프로이트가 몸이 너무 좋지 않아 시상식에 참여할 수 없다고 알려오자 온갖 억측들이 난무했다. 많은 신문에는 프로이트가 위독해 사람들이 안타까워하고 있다는 기사가 났다. 그가 위독하다고? 그는 이제 아무런 가망이 없다는 것이었다. 그의 잠재적 환자들이 이에 대해 어떻게 생각할는지. 그들이 빈사상태인 자에게 자신의 영혼을 들여다보도록 허락할까? 프로이트는 이전의 적들이 부추긴 결과임이 분명한 이 선정적인 신문들에 대해 몹시 화가 났다. 물론 실제로도 그의 상황은 그리 좋지 않았다. 힘든 수술을 시작한 지 8년이 지났고, 다시 고통스러운 새 수술이 필요했다. 이로 인해 그는 "무기력하고 싸울 힘이 없으며, 말하는 것에 심리적 압박을 받는다"고 느꼈다. 프로이트는 75세 생일 전날에야 겨우 병원에서 빠져나올 수 있었다. 그리고 1931년 5월 6일에는 그에게 우편물과 꽃이 물밀듯 전달됐다. 모든 것이 "홍수가 밀어닥치듯" 했다고 프로이트는 루에게 쓰고 있다. 이는 유럽 전역과 미국에서 온 편지와 전보들이었다. "자아의 묻혀 있는 영역을 발견한 용감한 연구자를 위한 칭송의 온갖 말들"이 거기 적혀 있었다. 팬클럽은 "우리 민족의 위대한 아들에게 인사를 했다." 멀리 뉴욕의 리츠칼튼 호텔에서는 프로이트에게 경의를 표하기 위한 기념식이 거행됐다. 그리고 알베르트 아인슈타인은 자신이 매주 화요일마다 친분 있는 숙녀와 함께 프로이트의 책을 읽는다고 편지를 보내왔다. 그는 프로이트의 미려하고도 명확한 문체에 새삼 감탄하고 있으며, 쇼펜하우어를 제외하고는 "그렇게 글을 쓸 수 있고 또 쓸 수 있었던" 사람은 알지 못한다고 강조했다.

프로이트는 이 모든 것을 태연하게 받아들였다. 그는 낭만주의자도 감상주의자도 아니었다. 빈의 의사협회가 프로이트를 명예 회원으로 임명하려 하자 그는 아이팅온에게 그것은 "성공한 모습에 대한 비겁한 굴복으로서 너무나 역겹고 혐오스럽다"고 편지를 썼다. 프로이트는 결코 잊지 않았다. 그들이 의도

적으로 자신을 방해하던 때를, 그들이 오랫동안 자신에게 교수직을 주는 것을
거부했던 때를. 그는 냉담히 감사의 말을 보냈을 뿐이다. 그것으로 모든 문제가
완벽히 마무리되기를 바라며.

당신은 나를 사랑하는 일을 헛수고로 생각합니다
힐다 둘리틀과 정신분석 기법의 결함

활기찬 푸른 눈을 가진 미국의 여류시인 힐다 둘리틀이 프로이트의 카우치 위에 누워 있었다. 그녀의 몸은 카우치보다 훨씬 길었고, 두 발은 카우치 밖으로 삐져나와 "기분 좋은 불꽃을 뿜어내는" 타일이 붙은 벽난로 쪽으로 늘어져 있었다. H. D.와 불꽃 속의 두 발. 자신의 이니셜만을 밝히고 글을 썼던 46세의 그녀는 약 백 시간에 걸쳐 정신분석을 받았다. 힐다는 백 번이나 카우치 위에 누워, 얌전히 개켜진 양모담요를 발끝에서부터 몸 전체에 이르기까지 편평하게 펼쳐놓았다가, 돌아갈 때에는 그것을 다시 접어두었다. 그녀가 손목시계를 쳐다볼 때면 프로이트는 약간 언짢은 듯 말했다. "나는 눈 속에도 시계가 있습니다. 상담이 끝나거든 바로 알려드리지요. 급히 가야 하는 사람처럼 그렇게 계속해서 시계를 볼 필요는 없어요."

덕분에 힐다는 이야기를 계속할 수 있었다. 그녀는 할 말이 많았다. 지배욕이 강한 아버지에 대해서였다. 가부장적인 성향의 천문학 교수인 아버지는 힐다를 수학자로 만들려 했다. 그러나 그녀는 말을 듣지 않고 미술을 공부했으며, 그림을 통해 달콤한 아편 향기를 풍기며 "우리는 아서 왕의 원탁의 기사 출신이다/ 우리는 사람들이 죽은 줄로 믿고 있는 영웅들처럼 나타난다"고 말하는 라파엘 전파前派(19세기 중엽 영국에서 일어난 예술 운동. 헌트, 로세티 등이 1848년 그룹을 결성, 라파엘로 이전 르네상스 예술의 사실적이고 소박한 화풍을 지향했다─옮긴이)의 화가들을 자신과

여인의 팔에 안기듯 프로이트는 자신의 가죽 안락의자에 몸을 맡기고 책상 앞에 앉았다.
프로이트 박물관, 런던.

동일시했다. 힐다는 자신의 학우였고 언젠가 비평가들이 '정신병자'라 부르기도 한 시인 에즈라 파운드에 대해서도 이야기했다. 에즈라 파운드가 힐다에게 구혼했을 때, 제우스처럼 막강한 그녀의 아버지는 어느새 달려와 그 구혼자에게 "뭐라고? 자네는 유랑민에 지나지 않잖아"라고 했고 그로써 두 사람 관계는 끝나버렸다.

힐다는 25세 때 유럽으로 여름여행을 떠났다가 미국으로 돌아가지 않았던 이야기도 했다. 그녀는 런던에서 제임스 조이스와 D. H. 로렌스 주변의 사람들과 어울리며 지냈다. 파운드 역시 그 그룹에 있었다. 유명세를 탄 힐다는 1913년, 제1차 세계대전이 끝난 후 《서부전선 이상 없다 *Im Westen nichts Neues*》와 비슷한 소설인 《어느 영웅의 죽음 *The Death of Hero*》을 쓴 8세 연하의 리처드 앨딩턴과 결혼했다. 그 외에도 힐다는 자신이 받은 유산, 산산조각 난 결혼생활, 전쟁터에서의 오빠의 죽음, 아버지의 죽음, 새로운 임신, 같은 시기에 걸린 스페인 독감에 대해서 이야기했다. 그때 의사는 그녀와 아이 둘 중 하나가 죽을 것이라 했지만 두 사람 다 살아남았다란 말도 덧붙였다. 또한 힐다는 환각과 경미한 정신분열, 글쓰기 장애, 그리고 새로운 전쟁에 대한 가공할 만한 불안을 겪었다는 이야기도 했다. 1933년의 일이었다.

H. D.는 자신의 꿈에 관해서도 털어놓았다. 그녀가 런던의 집에 가려 하는데 두 명의 거친 사내가 길을 막고 그녀를 위협했다는 내용이었다. "나는 최근 나치의 만행 소식을 듣고서 내 자신에게도 이런 경악할 일이 벌어질 것 같다고 생각했던 것을 교수님에게 이야기할 수 없었다"라고 힐다는 일기에 썼다. 때때로 프로이트와 힐다는 유령, 요괴, 중국인 모습의 난쟁이에 대해서도 이야기했다. 그녀는 철도에 관한 꿈을 반복해서 꾸기도 했다. 제복을 입은 직원이

객실로 온다. 그는 그녀의 코냑 병을 찾아낸다. 좌석 밑에 있는 두 번째 병도 찾아내고 세 번째, 네 번째, 그리고 숨겨놓은 모든 것을 다 찾아낸다. 그는 병들을 모아 큰 가방에 집어넣고 그녀에게 자기를 따라오라고 명령한다. 그녀는 혹 그 직원이 프로이트일 수도 있지 않을까 자문해보았다.

힐다에게는 과거 구혼을 청해온 젊은 애인도 있었다. "겨우 2년 전 일이라구요?" 그녀의 나이에 별로 걸맞지 않다는 말이라도 할 듯 프로이트가 물었다. 프로이트는 힐다가 19세에 처음으로 연애를 했다는 사실에도 놀라움을 금치 못했다. 그것이 바로 에즈라 파운드와의 연애였다. "19세? 더 이른 나이가 아니고?" 그녀는 아니라고 했다. 힐다와 에즈라는 봄의 한가운데로 달려 들어가듯 오래도록 즐겁게 산책을 했고 노루귀와 아네모네 꽃을 땄다. 그녀는 이야기를 하는 도중 또 한 가지 꿈을 기억해냈다. 초록색 야회복을 입고 그것이 잘 맞는지 거울 앞에 서서 살펴보다가, 책상 위 고대 유물들처럼 자신이 아테네 여신의 그리스식 샌들을 신고 있는 것을 발견한다는 내용이었다. 프로이트는 "당신은 정말 이야기를 잘하는군요" 하고는 작은 초인종을 눌러 가정부 파울라에게 둘리틀 부인이 가시려 한다고 알렸다. 힐다는 "그는 나를 놓아준다는 의미에서 새가 날갯짓하듯 팔꿈치를 들썩거렸다"고 이 순간을 표현했다.

어느 날 보기 드문 특별한 일이 일어났다. H. D.는 자신의 어떤 발언 때문에 그런 엄청난 사건이 일어났는지 알지 못했지만 여하튼 안락의자에서 총알같이 튀어나와서는 "누워 있어야 하는 규정을 어기고 꼿꼿하게 앉아 발을 바닥에 대고 있었다." 프로이트는 손바닥으로 고풍스런 말총 안락의자의 머리 부분을 내리쳤다. 최고의 인기를 구가하고 있는 로마-가톨릭교 고해신부의 고해소보다도 더 많은 비밀이 난무했던 그 안락의자를 말이다. 프로이트가 말했다. "좋지 않은 것은, 나는 늙은이이고, 당신은 나를 사랑하는 일을 헛수고로 여긴다는 겁니다."

파괴적인 말이었다. 이제 무슨 소리를 해야 하나? 그는 내 대답을 기대하고 있는 걸까? 이 모두가 내게 충격을 주기 위한 술수인 건가? 그녀는 자문했다. 아니면 분석의 자료를 끌어내 작업을 가속화하려는 걸까? 내 저항을 깨려고? 이것은 아마도 힐다의 아버지, 다른 남자를 위해 딸을 해방시키기 원하지 않았던 그 초인적 인간과 관계 있는 것이 틀림없었다. 그리고 이미 힐다는 아버지에게 벌을 내렸었다. 그에게 딸로서의 사랑을 베풀지 않은 채 오로지 유럽에만 머물렀다. 낯선 사람들을 무는 경우가 있으므로 개를 쓰다듬지 말라고 한 프로이트의 충고에도 힐다는 아랑곳하지 않았다. 그녀는 웃을 수밖에 없었다. 낯선 사람이라고? 내가? 힐다는 프로이트가 가장 사랑하는 동물의 여기저기를 애무했다. 프로이트는 놀이에서 밀려나 그 자리에 그대로 서 있었다.

힐다는 왜 자신이 여기 빈에 있는지 자문해보았다. 어머니가 밀월여행 때 이곳에 있었기 때문에? 제멜 빵 같은 빈의 빵이 너무 맛있어서? 아님 커피? 힐다는 처음에 프로이트에게 어머니를 찾기 위해 이곳으로 왔다고 말했었다. 그리고 이제 그녀는 놀라움에 몸이 굳은 채 세상에서 가장 유명한 그 안락의자에 앉아 있다. 그러나 정신분석의 창시자이자 평소 거리를 두고 행동하던 한 늙은이가 마치 "숟가락을 식탁에 대고 두드리는 아이처럼" 행동했던 것이다.

잠시 후 마치 아무 일도 없었다는 듯 고요가 찾아왔다. H. D.는 담요를 바닥에서 끌어올려 다시 덮고는 주름을 반반하게 펴며 시계를 들여다보았다. 교수는 아무런 말도 하지 않았다. 힐다는 "그가 내 감정을 대놓고 단언한 것에 대해 내가 당황해 어쩔 줄 몰라하기를 기대했다면, 그건 명백히 그의 착각이다"

라고 생각했다.

프로이트가 동료들에게 재차 강조했던 것이 무엇인가? 분석자의 냉정함과 환자와의 거리, 어떤 감정도 지니지 말 것. 물론 프로이트는 상담의 시작과 과정에 필요한 도그마적 규칙을 정립하지는 않았다. 그 부분에 있어서는 누구나 자유로웠다. 그것은 체스놀이와 같다고 프로이트는 말했다. 시작하는 방식은 무한히 많다. 분명한 것은 환자가 누워 있다는 사실이다. 환자는 긴장을 풀어야 한다. 또 분명한 것은 터부가 없어야 한다는 사실을 환자가 알아야 한다는 것이다. 분석의 적은 위선, 부끄러움, 그리고 시치미떼기이다. 또한 분석자는 상담을 하는 동안 그 어느 것도 받아써서는 안 된다고 했다. 분석자가 기록을 하면 주의력을 잃는다. 그러므로 상담내용은 기억력에 의존해 나중에 기록해야 한다. 또한 분석자는 당연히 환자가 이야기하는 모든 것을 믿어서는 안 된다. 환자들은 종종 실제 있었던 이야기가 아닌 꾸며낸 이야기를 한다. 또한 환자가 카우치로부터 이탈하면 분석자는 그것을 편안하고 침착하며 감정 없는 태도로 받아들여야 한다. 프로이트는 그러한 이탈을 '도라'의 사례에서만 체험한 것이 아니었다.

그런데 지금은 어떠한가? 프로이트는 자신의 규칙을 깼다. 그는 말로 자신의 감정을 분출했을 뿐만 아니라 카우치를 마구 치기까지 했다. 일 년 전 프로이트는 분석 기법을 위배했다는 이유로 환상적인 동반자 페렌치를 얼마나 질책했던가? 페렌치는 분석자가 감정을 품으면, 중립상태에서 카우치 위에 누워 있는 제물에게 그 감정을 팔아넘겨야 한다는 사실을 이해하려 들지 않았다. 페렌치에게 그것은 위선이었다. 그는 프로이트에게 항상 이 사실을 밝혔으며 결코 숨기지도 않았다. 그리고 환자들은 자신들을 기교적으로 대하는 태도에 대해 불쾌하게 생각한다고 프로이트에게 일러줬다. 정신분석을 받는 사람들의 대부분은 심각한 정신적 상처를 가지고 있고, 어릴 적에 사랑을 받지 못했으며, 욕구를 충족시키지도 못했는데 왜 분석자가 그들을 보듬어서는 안 된다는 것인지. 오히려 위로의 뜻으로 인형이라도 선물할 수 있지 않을까? 혹은 실컷 울 수 있도록 무릎이라도 빌려주는 것은 어떨지? 왜 치유에 도움이 될 법도 한 입맞춤을 부정하는 거지? 이런 것들이 페렌치의 생각이었다.

그러나 프로이트에게 있어 어디까지나 그것은 전통적인 기법의 파괴였다. "당신은 환자에게 입맞춤하거나 그들이 입맞춤하게 내버려두는 것을 비밀로 하지 않았습니다"라고 그는 페렌치에게 답했다. 그리고 프로이트 자신은 내숭을 떠느라, 혹은 시민적인 관습을 고려한답시고 "그렇게 조그만 성적 만족을 비난할" 사람은 분명 아니라고 했다. 그러나 그러한 행위들이 사람들 사이에 어떻게 받아들여질지 한번 생각해보라고 했다. 무엇보다 동료들에게 말이다. 남들보다 한 걸음 더 혁신적이고자 하는 사람들은 늘 존재한다. 그리고 그들은 "왜 입맞춤을 할 때 그대로 있어야 하는가?" 하고 물을 것이다. 왜 애무는 안 되는가? 그 정도로는 아이도 생기지 않는데. 하지만 그 다음에는 더 대담한 행동이 나올 것이며 머지않아 진료는 엄청난 페팅 파티가 되고 우리 학문은 광적인 대성황을 이루게 될 것이다. 이처럼 "대부 페렌치"가 에로스라는 황금송아지를 숭배하는 상황을 상상해본다면 "자상한 어머니처럼 접근하는 분석 기법일지라도, 입맞춤을 하기 전에 몸을 멈춰야 하겠군"이라고 말할 수 있을 것이었다. 물론 이러한 것들은 모두 프로이트의 환상이지 페렌치의 생각이 아니었다. 프로이트는 페렌치가 성공적이고 인기 있는 분석가로서 도를 넘지 않을 것임을 알고 있었지만, 그의 비정통적인 방법을 다른 사람들이 악용하진 않을까 염려가 됐다.

　　그런데 이 모든 문제들은 더 나쁜 일이 발생한 까닭에 뒷전으로 물러나게 됐다. 프로이트는 일련의 사건들을 자신의 연대기에 간결하게 기록하고 있다. "히틀러 제국수상-베를린 국회 방화-베를린에서의 분서" 프로이트는 개인적으로 심하게 공격당했다. 1933년 5월 10일 오페라 광장에는 흔들거리며 타오르는 불꽃 속에 욕망으로 일그러진 모습의 대학생들이 훔볼트 형제의 기념비를 등에 메고 어두운 표정으로 서 있었다. 그들은 다음과 같은 독일의 정신들을 불꽃 속에 던져버렸다. 하인리히 하이네와 카를 마르크스, 하인리히 만과 에리히 케스트너, 테오도르 볼프와 에리히 마리아 레마르크, 알프레트 케르와 프란츠 카프카, 쿠르트 투홀스키와 카를 폰 오시에츠키. 야만적인 아홉 주동자 중 네 번째 사람이 나치돌격대와 나치친위대 군악대의 조국 행진곡에 맞춰 소리를 질렀다. "본능의 과대평가에 반대한다! 인간 정신의 고귀함을 위해! 나는 지그문트 프로이트의 책들을 불꽃 속에 던진다!"

　　분서 사건 후 프로이트는 고통스러워하며 이 시대는 미쳤다고 루에게 편지를 썼다. 프로이트의 아이들과 많은 친구들은 전 세계로 흩어졌다. 아들 올리버는 가족과 함께 프랑스로 이민을 갔고, 에른스트는 슈테판 츠바이크와 마찬가지로 영국으로, 한스 작스는 보스턴으로, 아르놀트 츠바이크는 팔레스타인으로 갔다. 프로이트보다 30살이나 어린 아르놀트 츠바이크는 1933년 12월 15일 '마리에타 파샤' 기내에서 사랑하는 아버지 같은 프로이트에게 유럽에서의 마지막 글을 보냈다. 프로이트의 유대인 동료들 중 유일한 재산가였던 막스 아이팅온마저 조국을 떠났다. 그는 프로이트에게 충실했고 프로이트가 원할 때마다 정신분석 관련 출판을 지원했었다. 그러나 이제 그 역시 팔레스타인으로 이주했다. 프로이트는 어떻게 할 것인가? 그는 글쓰기 장애를 극복하고, 다시 런던에 거주하던 힐다 둘리틀에게 자신은 이 자리에서 꿈쩍도 하지 않을 것이라는 편지를 썼다. 프로이트는 빈에 남았다. 그와 얘기하는 사람들 모두가, 상황이 계속 이럴지는 모르겠지만 오스트리아에서만큼은 파시즘이 온건함을 발휘할 것이라고 말했기 때문이다. 프로이트는 생명에 위협을 받을 경우에만 도피하겠다고 결심했다. 그러나 프로이트가 하이파에 있는 아르놀트 츠바이크에게 보낸 편지에는 그의 주치의 슈르 박사가 독일에서 일어난 사건들에 너무나 격분해 더 이상 독일어로 처방전을 써주지 않는다고 나와 있었다.

우리의 목이 점점 더 조여져 옵니다
토마스 만의 축사, 그리고 모세와 자신을 동일시하는 프로이트

1936년 7월 14일 일요일, 토마스 만(Thomas Mann, 1875~1955. 독일의 소설가. 《부덴브로크 가의 사람들*Die Buddenbrook*》《마의 산*Der Zauberberg*》 등 초기 소설로 1929년 노벨문학상을 받았다—옮긴이)이 그린칭에 있는 프로이트의 여름 별장에 방문하겠다고 알려왔다. 그는 프로이트의 80세 생일 5주 후 개인낭독회 형식으로 정신분석의 창시자에 대한 강연을 함으로써 프로이트에게 축하 인사를 전하고 싶어했다. 토마스 만은 슈테판 츠바이크와 함께 기념식의 주인공을 위해 감사문을 작성했고, 거기에 로맹 롤랑, 줄 로맹, H. G. 웰스, 버지니아 울프 등 191명의 작가와 예술가들이 서명을 했다.

알베르트 아인슈타인은 프린스턴에서 축하를 보내왔으며, 알베르트 슈바이처는 랑바레네에서, 힐다 둘리틀은 런던에서 흰색 치자꽃을 보내 프로이트를 기쁘게 했다. 프로이트는 그녀에게 "친애하는 H. D., 당신이 내게 준 것은 칭찬이 아니라 호감이었습니다. 나는 나의 만족감을 부끄러워할 필요가 없겠지요. 내 나이의 삶은 쉽지는 않지만 봄은 아름답고 사랑도 마찬가지입니다"라는 편지를 썼다. 이어서 아르놀트 츠바이크의 편지도 도착했는데, 그는 프로이트에게 그의 전기를 쓰고 싶다고 "위협"해 그를 안절부절못하게 만들었다. 프로이트는 아르놀트에게 당신은 더 중요한 일을 해야 할 사람이니 전기를 쓰는 일 같은 것은 하지 말아달라고 부탁했다. "전기작가란 거짓말과 은폐, 꾸며대기, 미화를 약속하며 스스로 자신의 몰이해를 숨길 수밖에 없습니다. 전기적인 진실이란 있을 수도 없거니와 만약 그 진실을 손에 쥔다 해도 그것은 별로 필요치 않은 것입니다.”

드디어 토마스 만이 움직였다. 그는 8시 30분에 빈의 ‘임페리얼’ 호텔에서 일어나 출판업자 베어만을 만났고, 베어만, 카를 추크마이어(Carl Zuckmayer, 1896~1977. 독일의 극작가. 표현주의를 극복한 신즉물주의新卽物主義 경향의 드라마를 발표해 성공을 거뒀다—옮긴이)와 함께 점심식사를 한 뒤 잠깐 토막잠을 잤다. 잠시 후 베어만이 토마스 만과 카티아 만을 태우고 청명한 날씨에 프로이트가 있는 그린칭으로 갔다. 토마스 만은 일기에 “노인네와의 재회. 테라스에서 차를 마시고 아이스크림을 먹다”라고 기록했다. 그리고 접대를 하는 파울라 피히틀은 책상에만 너무 앉아 있는 바람에 늘 무릎 나온 바지를 입고 있는 프로이트와는 달리, 토마스 만은 반질반질하게 잘 닦인 구두에 칼 주름이 잡힌 바지를 입고 있었다고 정확히 기억했다. 파울라는 그 자리에서 사람들이 담배 피우는 것을 말릴 수가 없었다. 물론 토마스 만은 그녀의 교수님처럼 시가를 피우지는 않았다. 그 외에 토마스 만은 파울라가 만든 케이크를 거절했고, 그녀가 커피에 넣을 설탕을 건네자 짧게 “아뇨, 됐습니다” 하며 그녀에게 눈길 한 번 주지 않았다.

차를 마시고 개와 담배에 대해 즐겁게 대화를 나눈 후 모두가 프로이트의 작업실로 올라갔다. 카티아 만, 마르타와 안나 프로이트, 민나 베르나이스, 도로시 벌링엄도 함께였다. 그들은 준비된 의자에 앉아 토마스 만이 이미 몇 차례 독일 밖에서도 했던 강연을 들었다. 그러나 이 자리에서 그것은 강연이 아니었다. 노벨상 수상자는 찬찬히 내용을 읽으며 문학적 덮개를 쓴 프로이트의 인식을 온화하게, 동작과 경탄으로써 강조했다. “사람들이 ‘범汎섹슈얼리즘’이라 잘

못 이름붙인 그의 리비도 이론은 짧게 말해 신화의 옷을 벗고 자연과학이 된 낭만주의다. 그것이야말로 그를 심오한 심리학자로, 무의식의 탐구자로 만들었으며, 그가 병을 통해 인생을 인식하게 했다." 그래서 정신분석을 섭렵해가는 길에는 "중단도, 후퇴도, '좋았던 옛 시절'의 복구도 없다." 정신분석이 가리키는 목표는 "새롭고 마땅하며 의식을 통해 보장받는, 자유와 진실에 근거한 삶의 질서"다. 얼마 되지 않는 청중들은 깊이 감동하며 경청했다. 이어서 두 대가는 토마스 만이 막 저술한 요셉 4부작과 프로이트가 작업하고 있는 모세에 대해 이야기를 나눴다.

그로부터 2주 후 이 기념식의 주인공은 그의 삶에 있어 가장 가치 있는 영예를 얻게 된다. 프로이트가 로열소사이어티(영국 런던에 있는 왕립자연과학학회. 1660년에 창립되어 오늘날 영국 과학의 중심 기관으로 성장했다―옮긴이)의 회원이 된 것이다. 로열소사이어티는 배타적인 성격의 영국 클럽으로서, 정신의 연구자인 프로이트는 빛의 연구자인 아이작 뉴턴, 종의 연구자인 찰스 다윈과 함께 그 안에 나란히 서게 됐다. 그랬다. 그것은 대단한 행복이자 그린칭의 아름다운 봄날 같았다. 프로이트는 담요를 두르고 나무 아래 놓인 의자에 비스듬히 누워 휴식을 취했다. 그의 차우차우 개 세 마리가 한가로이 졸고 있었다.

그러나 1936년 7월 프로이트의 암이 재발했다. 이미 13년이라는 고통스러운 시간을 참아낸 후였다. 막스 슈르는 약속을 지켰고 프로이트는 진실을 침착하게 받아들였다. 4일 동안 2개의 수술이 진행됐다. 첫 번째 수술도 고통스러웠지만 두 번째는 더했다. 피힐러 교수는 "극심한 고통을 호소함"이라는, 프로이트에 관한 기록을 남겼다. "우리에게는 별로 좋은 한 주가 아니었어요." 안나 프로이트는 어니스트 존스에게 편지를 썼다. "두 번째 수술은 너무나 힘이 들어서 그 여파가 여느 때와는 달랐답니다." 프로이트는 눈에 붕대를 감았다. 사물이 이중으로 보이는 후유증이 사라질 때까지 계속 그 상태여야만 했다. 모든 것이 그를 지치고 고통스럽게 했다. 프로이트는 자신이 늙어버린 데 대한 초라함과 무기력함에 좀처럼 친숙해질 수 없었다. 죽음으로의 이행과정을 일종의 막연한 동경심을 지닌 채 바라보고만 있을 뿐이었다.

이런 상황에서도 프로이트는 《인간 모세와 유일신교 *Der Mann Moses und die monotheistische Religion*》에 대한 집필을 멈추지 않았다. 그는 유대인이 어떤 과정에서 생겨났으며 그들이 왜 그토록 미움받는 존재가 됐는지 끊임없이 자문했다. 이어 곧 그 공식을 발견했노라고 아르놀트 츠바이크에게 편지를 썼다. 즉 모세라는 인물이 유대인을 만들었다는 것. 프로이트는 모세가 유대인이 아닌 이집트인이었다는 이론을 발전시켰다. 모세라는 이름은 이미 이집트의 언어 사전에 나오고 있으므로 그는 이 이론은 전혀 새로운 것이 아니며, 일련의 전설들이 모세를 유대인으로 만든 것이라 주장했다. 모세는 귀족 가문 출신이고, 어느 갈대 숲, 갈대 바구니 속에 버려졌을 가능성이 있다는 것이었다.

왜 하필 왕의 아이들에게 발견돼 궁정에서 자란 이 세련되고 지적인 사내가 거친 무리를 약속의 땅으로 이끌게 됐을까? 그것은 바로 모세 자신이 파라오 이크나톤의 후예였기 때문이다. 이크나톤은 자신의 나라를 크고 작은 신들, 즉 국가의 신 아문과 이집트의 아프로디테인 아름다운 하토르, 그리고 죽음의 신인 아누비스 등으로부터 해방시켰다. 때문에 이크나톤과 왕비 네프레티티 치하의 이집트에는 유일신교가 도입됐다. 이때부터 태양신인 아톤이 모든 삶을 가능하게 하는 장시사가 됐다. 그는 자신의 빛을 땅에 보내 그 빛이 파라오를 비추도록 했다. 아톤은 태양과 인간의 중개자였으며 모세는 그 점이 마음에 들었다.

〈미켈란젤로의 모세상〉 중에서, 1914년

이크나톤이 죽자 사람들은 다시 옛 신들을 숭배했고, 모세는 이주와 기회
주의 중에서 하나를 선택해야만 했다. 그는 이주를 택했다. 그러나 조용히, 비
밀스럽게가 아니라 강력한 나팔 소리를 울리며 길을 떠났다. 조직자이자 총사
령관이었던 그는 함께 도주할 수 있는 백성을 찾다 압박받는 유대인을 택함으
로써 그들을 이집트인들로부터 해방시켰고, 신이 아닌 모세 자신이 선택한 바
로 그 백성에게 일신교를 주지시켰다.

그런데 오랜 방랑 끝에 반란을 기도하던 유대인들이 자신들이 지명한 이
종교적 창시자에 대항해 폭동을 일으키고 그를 죽였다. 모두에게 양심의 가책
이 일었다. 재앙의 징조처럼 유대인들 사이를 계속 떠돌 것이 분명한 이 모세를
죽인 행위에 대해 어떻게 속죄할 수 있을지? 메시아를 통해? 지상에 이 세상의
죄를 용서할 구세주가 오심으로써? 기독교는 바로 이렇게 탄생했다. 체념, 충
동의 포기, 그리고 금욕, 십계명과 함께 말이다. "모세를 죽인 일에 대한 후회
가, 백성들로 하여금 구세주가 재림해, 구원과 세계에 대한 약속된 지배권을 주
리라는 희망적 환상을 가지게 했다는 것은 상당히 매력적인 추측이다. 모세가
그 첫 구세주였다면 예수는 그의 대리인이다."

로톤다 광장을 지나 모세상이 있는 곳으로 가는 먼 길의 중간에서.
판테온의 기둥들, 로마.

만약 모세가 이집트인이었다면……. 프로이트는 스스로에게 어려운 수수께끼를 던졌다.
산 피에트로 인 빈콜리 성당의 미켈란젤로 모세상, 로마.

모세의 종교는 몰락하지 않았다. 그리고 유대인들은 자신들만의 특별한 지위를 계속 유지했다. 그들은 기독교인이 된 게 아니었다. 그들은 자신들을 이끌었고 강하게 만들었으며, 끈질기게 자기신뢰와 역사의식을 심어준 모세를 뇌리에 새긴 것이다. 사막을 지나는 행군이란 얼마나 대단한 모험이었는지! 약속의 땅을 찾아 모래와 태양, 달, 별 사이에서 몇 날, 몇 주, 몇 달, 몇 년을 헤맸던가! 유대인들이 왜 그렇게 코가 긴지 아는가? 40년 동안이나 모세에게 이끌려 사막을 돌아다녔기 때문이다! 그렇다. 그들은 스스로에 대해 비웃기도 했을 테지만, 분명 사랑하고 살아가고 이야기하고 계산할 시간도 있었을 것이다. 그들은 역사를 이야기했고 자신들의 이성을 훈련시켰으며 정신을 연마했다. 그들은 해방됐고 함께 땀 흘렸으며 인정받았고, 그리고 내처졌다. 그것으로써 유대인들은 이상적인 속죄양이 됐고 반유대주의가 꽃을 피우는 계기가 형성됐다.

모세의 역사는 당연히 프로이트의 역사이기도 했다. 프로이트는 자신을 모세와 동일시했다. 모세가 불타는 가시덤불 속에서 신을 바라보며, 히브리 민족을 파라오의 손아귀에서 빼내 창시자가 되라는 명령을 받았듯, 프로이트는 스스로에게 부여한 명령, 즉 괴로운 영혼들을 병의 손아귀에서 해방시키고 정신분석의 창시자가 되라는 명령을 이행했다. 영혼의 괴로움이란 이집트인들에게 고통이 닥친 것과 마찬가지였다. 사람들에게 공포와 강박증, 공황상태, 신경증이 생기는 것처럼 이집트에는 우박이 쏟아지고 메뚜기 떼가 나타났으며 페스트가 만연했다. 그리고 현실과 이상의 불화는 얼마나 고통스러운가. 모세가 황금송아지 숭배자들에게 조롱을 당한 것처럼 프로이트는 그를 싫어하는 의사들에게 부시당했다. 그렇지만 두 사람은 소명을 받은 자였고, 독립적이고 고집스러울 정도로 강했으며, 양보도 타협도 몰랐다. 한 사람은 십계명판을 박살내버렸고 다른 한 사람은 자신의 노선에서 이탈한 자들을 가혹하게 내쳤다. 그들의 요구는 '모 아니면 도'였다.

프로이트는 이 이야기를 결코 출판할 수 없다고 생각했다. 그의 아이들 외에는 아무도 읽지 않을 이야기였다. "이 모세는 결코 공공의 빛을 보지 못할 것입니다"라고 그는 슈테판 츠바이크에게 편지를 썼다. 아르놀트 츠바이크가 방문하겠다는 소식에는 다음과 같은 내용의 편지로 답했다. "우리는 모든 고난과 비판을 잊고 모세에 대해 생각할 겁니다."

빈에서의 마지막 2년 동안 이처럼 많은 일들이 있었다. 엥겔베르트 돌푸스 수상은 좌파의 봉기를 진압한 후 사회민주주의와 공산주의를 금지했고, 그 지도자들을 감금하거나 사형시켰다. 프로이트는 어쩌면 사회민주주의자나 공산주의자들이 더 괜찮은 오스트리아인일 거라 생각했으나 그의 동정심은 정도를 넘지는 않았다. 그들의 성공은 잠깐일 것이다. 프로이트는 "그들은 공산주의자이며 나는 공산주의에서 어떤 구원도 기대하지 않는다"고 힐다 둘리틀에게 전했다. 돌푸스의 강경한 입장은 아무런 성과가 없었다. 그는 나치에 의해 살해당했고, 히틀러가 오스트리아의 문턱에 발을 들여놓았다.

프로이트는 빈의 편협한 기독교인들과 온통 비열하고 위선적인 부르주아들에 둘러싸인 이 시기만큼 자신이 유대인임을 뼈저리게 느낀 적이 없었다. 그어느 때보다도 지금 이 순간, 그의 옛 영웅, 그리고 새로운 영웅들이 그의 뇌리에 떠올랐다. 한니발, 요셉, 모세, 영원히 유랑할 유대인 아하스 페르츠(형장으로 가는 그리스도를 자신의 집 앞에서 쉬지 못하게 하고 욕설까지 한 죄과로, 그리스도의 재림 때까지 지상을 유랑해야 한다는 유대인 구두장이 ─옮긴이). 희망의 시대는 지나갔다. 동성애주의자인 에른스트 룀과 그의 추종자들이 동료인 히틀러에 의해 총살당한 후, 프로이트는 쾌재를 불렀고 나치가 서로를 잡아먹을 것이라 생각했었다. 그것은 믿음 깊은 소망이었다. 그리고 연방 수상인 쿠르트 폰 슈슈니크가 "이곳에서 유대인은 두려워할 필요가 없다"라고 말한 것도 희망적 관측을 불러일으켰다. 그러나 실은 유대인들은 두려워할 그 무엇이 있었다. 프로이트도 이를 잘 알고 있었다. 그는 아르놀트 츠바이크에게 "우리의 목이 점점 더 조여져 옵니다. 비록 그로 인해 죽진 않는다 해도 말이지요"라고 안부를 전했다.

암울한 시대에 당신들을 보기 위해, 그리고 자유 속에서 죽기 위해
나치의 침입

1936년 12월 31일 마리 보나파르트 공주가 프로이트에게 편지를 보냈다. 내용인즉 미술상인 슈탈 씨가 자신을 찾아 베를린에서 파리로 왔다는 것이다. 슈탈 씨는 이전에 프로이트가 친구 빌헬름 플리스에게 썼던 편지 전체와 그 시기의 많은 원고들을 플리스의 미망인에게서 구입해 마리 보나파르트에게 내놓았다. 미국에서도 분명 제의들은 있었지만 슈탈 씨는 가치 있는 자료들이 유럽에 남아 있기를 바랐고, 그것을 위해 가격을 낮추었다. 마리 보나파르트가 진위 여부를 정밀히 따져본 결과 250여 개의 그 편지들은 진짜였다. 그녀는 프로이트의 필적을 알고 있었다. 개인적으로 좋은 인상을 남긴 슈탈 씨는 1만 2천 프랑에 편지 전체를 넘기며 자신이 이 일을 하는 것에 기뻐했다고 마리 공주는 전했다.

프로이트는 어이가 없었다. 플리스가 죽은 지 8년이나 지났는데, 그 미망인이, 그 "마녀"가 자신의 편지들을, 절친한 플리스에게 써보낸 정말 허물없는 편지들을 몽땅 팔아버리다니! 프로이트는 그렇게 주고받은 사연들이 지금은 적어도 안전한 곳에 있다는 사실에 감사했다. "만약 그 편지들이 모르는 사람들 손에 들어갔더라면 너무나도 고통스러웠을 것입니다." 그는 마리에게 답장을 했다. 프로이트는 그녀가 지출한 금액이 마음에 걸려 반 정도는 부담하고 싶다고 했고, 어떤 경우에도 이 편지들을 소위 후세들이 읽게 해서는 안 된다는 말을 덧붙였다.

공주는 프로이트의 말에 응하지 않았다. 그녀는 프로이트에게 그 자료들을 다시 넘기지 않겠다는 전제로 그것들을 구입할 수 있었다. 그 편지들은 정신분석학의 역사에는 너무나 중요한 자료이나, 프로이트 자신은 그 편지들을 폐기해버리려는 생각을 하고 있을 게 뻔했다. 마리 보나파르트는, 괴테와 에커만의 대화가 남아 있지 않았더라면 어땠을까? 누군가가 소크라테스와 플라톤의 대화편을 망쳐놓아 "소크라테스가 《파이드로스 *Phaidros*》나 《알키비아데스 *Alkibiades*》로 동성애에 기여했다"는 사실이 전해지지 않았더라면 어땠을까? 당신도 분명 이런 상상들을 한 적이 있을 것이라고 프로이트에게 자신의 의견을 전달했다. 그런 손실은 생각할 수도 없다! "그리고 당신의 편지에는 그런 종류의 것은 아무것도 없다구요! 사람들이 당신이 어떤 사람인지 알기만 한다면, 당신을 깎아내릴 구실은 전혀 만들 수 없을 거예요." 마리 보나파르트는 그에게 답장을 보내며, 프로이트가 플라톤이나 괴테 못지않은 자신의 엄청난 위대함을 잘 보지 못하고 있노라 덧붙였다.

그녀는 이 편지들을 어떻게 관리할 것인지 미리 생각해두었다. 마리는 프로이트에게 전쟁의 위험이나 혁명에 덜 노출돼 있는 제네바의 국립도서관에 그 편지들을 기증할 것이며, 대신 프로이트 사후 80년 혹은 백 년 후에나 출판이 가능하도록 단서를 달겠다고 했다. 거기에 한 가지 더, 자신은 그 편지들을 절대로 읽지 않을 테니 믿어도 좋다고 했다.

프로이트는 편지가 소각되기만을 여전히 바랐지만, 80년이나 백 년 후에는 그 편지에 대한 관심이 "근본적으로 지금보다 훨씬 못할" 것이라고 답할 수밖에 없었다. 그는 정신분석이 움트던 시기인 1887년에서 1904년 사이에 자신

만년의 프로이트가 처음으로 쓴 안경이 놓여 있는 책상.
프로이트 박물관, 런던.

이 했던 예측과 오류들을 사람들이 읽을 생각을 하니 정말로 소름이 끼쳤다. 하
지만 그는 결코 마리의 생각을 바꿀 수 없었다. 그 후 편지 꾸러미는 스위스가
아닌 빈의 로트쉴트 은행 금고에 안착하게 된다.

그러는 사이 오스트리아에도 국가사회주의가 침투했다. 프로이트는 아르
놀트 츠바이크에게 "모든 사람들의 운명이 그 불량배들에게 달려 있습니다. 나
는 점점 아쉬운 마음조차 없어짐을 느낍니다. 나는 내 인생의 막이 어서 내려가
기만을 기다리고 있습니다"라고 전했다. 프로이트는 그간 목도해온 많은 죽음
들을 떠올렸다. 산도르 페렌치는 중병에 걸려 망상에 시달리다가 바덴바덴의
어느 요양원에서 1933년 숨을 거뒀다. 페렌치는 자신의 마지막 여행이 "침대에
서 침대로 옮겨다니는 여행"이었다는 사실을 프로이트에게 전했다. 차우차우
개 요피가 심장병으로 죽었을 때 프로이트는 대단히 슬퍼하며, 어떻게 이 슬픔
에서 벗어나야 할지 모르겠다고 아르놀트 츠바이크에게 하소연했다. 7년이 넘
도록 친밀히 쌓아온 정을 쉽게 떼버리기란 몹시 힘들었던 것이다. 또한 루 안드
레아스-살로메는 76세의 나이로 괴팅엔의 자택에서 숨을 거두었다. 프로이트

는 그 사실도 신문을 보고서야 알았다. 그는 추도사를 통해 "같은 일을 하며 함께 싸우는 우리들의 대열에 그녀가 들어섰을 때, 모두가 그것을 영광으로 생각했다는 사실을 고백하며 나는 더 이상 긴 말을 하지 않으렵니다"라고 애도했다. 프로이트는 "나는 그녀를 무척 좋아했습니다. 성적性的으로 끌리는 구석이라고는 전혀 없는 이상한 방식으로 말이지요" 하고 아르놀트 츠바이크에게 말을 전하기도 했다. 예전의 적이었던 알프레트 아들러 역시 죽음을 맞았다. 프로이트는 여전히 빈정대는 어투로 역시 츠바이크에게 편지를 썼다. "스코틀랜드 에버딘에서의 죽음이란 빈 근교 출신의 유대인에게는 전례 없던 성공이지요. 그가 얼마나 크게 성공했었는지를 보여주는 증거로군요."

1938년 3월 11일 화창한 봄날, 해가 질 무렵 프로이트는 라디오 옆에 앉아 연방 수상 슈슈니크의 하야 연설을 듣고 있었다. 슈슈니크는 3월 13일 일요일에 오스트리아 독립을 위한 국민투표를 실시하려 했다. 그러나 국민투표는 무산되고 히틀러가 그를 압박했다. 슈슈니크는 저녁 8시에 마지막 통고를 했다. 그는 군부에게 독일의 지도자가 오스트리아에 진군해 들어오더라도 개입하지 말 것을 요구했다. 불필요한 피는 흘릴 필요가 없다는 것이었다. 십자 모양의 갈고리 휘장을 두르고 자신을 체포한 나치들에 둘러싸인 슈슈니크는 "나는 무력 충돌을 피하고자 합니다. 오스트리아에 신의 가호가 있기를!" 하고 외쳤다.

프로이트는 그 어느 때보다 라디오에 귀를 기울이며 처음부터 끝까지 연설을 들었다. 이어서 "유대인 말살!" 그리고 "한 민족, 한 국가, 한 지도자!"라는 전투구호를 외치며 빈 거리를 행군하는 나치의 환호가 들렸다. 다음 날 프로이트는 자신의 연대기에 "오스트리아는 끝났다"라고 써넣었다. 파울라 피히틀이 "제국 수상 히틀러의 선언, 역사적인 날"이라는 머리기사를 실은 《노이엔 프라이엔 프레세》 신문의 저녁판을 가져다주자, 늘 자제력이 뛰어나던 프로이트는 그것을 구석에 내던지고 방을 나가버렸다. 그 주 일요일, 독일제국과의 합병이 선포됐다. 월요일에는 히틀러가 우레와도 같은 갈채 속에 빈에 입성했다. 이니처 추기경은 전보로써 환영의 인사를 하며, 히틀러가 입성할 때 빈에 있는 모든 종을 울리겠다는 약속을 전했다. 심지어 그는 슈테판 성당에 나치의 깃발을 게양할 정도의 배려를 보였다. 이윽고 화요일, 히틀러는 영웅광장에 꼿꼿이 서서 "독일 민족의 총통이자 수상으로서 나는 내 고향이 독일제국에 편입됨을 역사 앞에 알린다"고 선포했다.

카를 추크마이어는 그의 회상에서 이날 일어난 일들을 지옥이 시작됐다는 표현으로 비유한 적이 있다. "지옥이 그 문을 열었고, 가장 천하고 혐오스러우며 순수하지 못한 영혼들이 방출됐다. 도시는 히에로니무스 보슈(Hieronymus Bosch, 1450~1516. 네덜란드의 화가. 상상 속의 풍경을 담은 작품들로 유명하다―옮긴이)의 악몽의 그림처럼 변했다." 역겨운 얼굴을 한 사람들이 날카로운 소리로 노래하며 횃불과 깃발을 든 채 말을 타고 도시를 활보했으며, 유대인들은 무릎을 꿇도록 강요당하고 맨손과 칫솔로 거리를 닦아야만 했다. 폭도는 "나사우(독일의 역사적 지명. 현재 라인란트팔츠 주에 속하는 도시―옮긴이) 사람들에게 일을!"이라 외쳤고, 늙은 유대인은 수염을 잡힌 채 도시를 끌려다녔다. 추크마이어는 이미 모든 것을 겪어봤다. 제1차 세계대전에서의 전투, 쏟아지는 포화와 독가스 공격, 정치집회에서의 난동과 뮌헨에서의 '뮌헨 반란(1923년 11월 8일 아돌프 히틀러가 바이마르 공화국에 대항해, 600명의 나차돌격대원을 이끌고 뮌헨의 한 맥주홀을 습격한 사건―옮긴이)'. 그런데 여기 빈에서 족쇄가 풀린 것은 "질투의 반란, 시기심, 불쾌감, 맹목적이고 악의적인 복수욕의 반란"이었다.

유대인 상점과 교회들은 약탈당했고, 갈색 셔츠를 입은 말을 탄 폭도들이 명단을 들고 유대인 구역을 점령했다. 그들은 마구 벨을 울려 집으로 침입해서는 사람들을 때리고 골동품을 부수는가 하면, 걸려 있는 그림들을 훔치는 등 가져갈 수 있는 모든 것들을 약탈했다. "지크 하일(조국 만세—옮긴이)!", "하일 히틀러(히틀러 만세—옮긴이)!" 충성을 다짐하는 구호가 도처에서 들려왔고 돈을 인출하는 유대인들은 고발 없이도 체포됐다. 극장, 출판사, 신문, 카페 등의 모든 곳에서 유대인은 사라지고 아리아인들이 그 자리를 대신했다. 슈테판 츠바이크는 영국으로 망명하며 프로이트에게 다음과 같이 편지를 썼다. "우리가 본래적으로 써야만 하는 책은 유대인의 비극을 다룬 것인데, 현실이 우리가 가진 최고로 무모한 환상보다 더 비극적일까봐 몹시 두렵습니다."

추크마이어는 스위스로 망명했다. 하지만 그의 친구인 60세의 미술사가이자 수필가 겸 카바레(독일어권 공연예술의 한 장르로 교훈과 오락 기능을 동시에 담당하는 일상의 문화 현장. 일반적으로 작은 무대에서 이뤄지는 쉽고 가벼운 오락극 형태로서 정치적, 사회적 상황을 노래와 패러디, 풍자를 통해 비꼬고 비판하는 공연 양식을 뜻한다—옮긴이) 전속작가인 에곤 프리델은 자신이 살던 도시에서 떠나려 하지 않았다. "내가 다른 나라에서 무엇을 할 수 있겠는가? 나는 거기서 부랑자이고 우스꽝스러운 인물일 뿐이다." 그는 빈이 점령당한 열흘 뒤, 3개의 방이 딸린 아늑한 집에서 나치돌격대원들이 자동차에서 뛰어나오는 광경을 보며, 그리고 그들이 계단을 뛰어오르는 소리를 들으며 창밖으로 몸을 던졌다. 그해 봄 5백여 명의 유대계 오스트리아인이 절망의 종착역으로서 자살을 택했다.

이 혼란한 시기에 자살을 생각하는 것은 베르크가세에서도 예외가 아니었다. 현관문 위에는 나치의 휘장이 걸렸다. 생명이 위험할지 몰라 프로이트는 나치가 입성한 뒤로는 좀처럼 집 밖으로 나가지도 않았다. 어느 날, 갈색 셔츠 패거리가 그의 1층 서재로 몰려와 마르틴 프로이트에게 협조하지 않으면 총으로 쏴버리겠다고 위협했다. 마르틴은 경비 한 명을 매수해 프로이트의 유언 등 부담스러운 자료들을 겨우 없앨 수 있었다. 나치가 그것을 보면 외국에도 프로이트의 돈이 있다는 사실을 알게 될지 모를 일이었다. 가족들은 어떻게 이 저주받은 빈에서 탈출할 것인가? 안나는 아버지에게 차라리 모두가 함께 죽어버리는 것이 낫지 않겠느냐고 했다. 그러자 프로이트는 신랄하게 "왜? 우리가 그렇게 하기를 그들이 바라든?" 하고 대꾸했다. 그 자신 얼마나 자주 죽음이 오기를 고대했던가. 그러나 이런 식은 아니었다. 이런 죽음은 나치 놈들에게 즐거운 축제가 될 뿐이다. 노인 프로이트는 의기양양하고 고집스러웠다. 차라리 제대로 살면서 한니발처럼, 그리고 모세처럼 싸우자. 프로이트의 생각은 변함없었다. 3월 16일, 그를 반유대주의의 지옥에서 탈출시키기 위해 런던에서 찾아온 어니스트 존스에게 프로이트는 다음과 같이 말했다. "나는 여기 내 자리에 머물러야만 합니다."

사실 그 하루 전날인 3월 15일에도, 갈색 셔츠 패거리가 프로이트의 아들 마르틴을 위협했고, 집에서도 나치돌격대의 약탈 행각이 있었다. 파울라 피히틀이 문을 열자마자 다섯 명의 나치대원이 그녀를 밀어젖히고 복도로 들어섰다. 잠깐만요! 마르타 프로이트는 식당 문을 닫으며 그들을 막았다. "대기실로 앉으시지요. 무기는 내려놓구요." 마르타는 냉정하고 차분한 어조로 복도에 있는 우산꽂이를 가리켰다. 침입자들은 당황했다. 조금 후 이 여주인은 침입자들을 거실로 안내했다. 그녀는 지갑을 열어 보이며 그 안에 든 돈을 탁자 위에 쏟고는 마치 식사 준비라도 해놓은 듯 이야기했다. "신사분들, 마음껏 드시지요."

그때 소파 위에서 잠이 들었던 프로이트가 시끄러운 소리에 눈을 떠 거실로 향했다. 백발에 흰 수염을 기른 82세의 위대한 노인이 모세처럼 분노에 찬 눈빛을 하고 거실 문턱에 멈춰 서 있었다. 그는 나치 패거리가 돈을 주머니에 쑤셔넣고는 여러 원고들을 헤집기 시작하는 모습을 주시했다. 안나는 어디에 있지? 나치돌격대 중 둘이 그녀를 끌고 옆방으로 가 금고 속의 6천 실링을 챙기고 여권들까지 압수하고 있었다. 그들이 이제 무슨 짓을 할까 잠시 생각하는 동안 프로이트는 문 옆에 서 있었고, 존스의 표현대로라면 "구약의 예언자라도 질투할 것 같은" 그의 이글거리는 눈빛에 불안해진 침입자들은 "다시 오지요!"라는 말을 남긴 채 달아나버렸다. 6천 실링의 손해를 입었다는 이야기에 프로이트는 환자 한 명 진료비보다 조금 많군, 이라고 대꾸했다.

이때야말로 프로이트가 망명을 위해 움직일 수 있는 최적의 시기였다. 이 사건을 함께 지켜본 존스는 프로이트에게 그들이 집을 급습하는 일이 결코 마지막이 아닐 것임을 납득시키려 했고, 두 사람은 저녁 내내 모여앉아 사태를 의논했다. 프로이트는 자신은 이제 너무 늙고 약골이라 계단조차 오를 수가 없는데 어떻게 그 높은 기차 객실 칸에 올라탈 수 있겠느냐고 말했다. 더구나 프로이트에게는 외과 의사 피힐러도 필요했다. 다행히도 그는 유대인이 아니었던 터라 베르크가세에서 프로이트를 아주 잘 치료해주고 있었다. 그러나 이제 누가 뼛속 깊이 유대인인 프로이트를 받아주려 할 것인가. 프로이트는 여기서 그리 간단히 도주할 수가 없었다. 프로이트는 그것은 "군인이 자신의 위치를 떠나는 것과 같다"고 표현했다.

그러자 존스는 '타이타닉호' 사고 당시, 가라앉던 여객선이 폭발할 때 바다에 내동댕이쳐졌다가 떠다니는 판자를 붙들고 구조됐던 실제의 수석 선원 이야기를 들려줬다. 이후 실시된 조사에서 언제 배를 떠났느냐는 질문을 받았을 때 그 선원은 다음처럼 말했다고 했다. "나는 배를 떠나지 않았습니다. 배가 나를 떠났지요." 존스는 그것이 프로이트나 오스트리아에 있어서도 마찬가지라고 했다. 당신이 나라를 떠나는 것이 아니라 나라가 당신을 떠나는 것입니다. 이 말에 설득당한 프로이트는 마침내 망명에 동의했다.

그 사이 프로이트를 보호하기 위해 보나파르트 공주가 파리에서 도착했고, 존스 역시 체류 허가서를 받기 위해 런던으로 출발했다. 며칠 후 베르크가세에 다시 한 번 나치돌격대원들이 초인종을 울려댔다. 파울라 피히틀은 현관문의 구멍을 통해 챙이 넓은 모자를 쓰고 가죽 외투를 입은 사람 둘과 세 명의 경찰을 보았다. 그녀는 문을 열지 않으려 현관문에 몸을 댄 채 버티고 있었다. 그때 쿵쿵거리며 문을 두드리는 소리에 놀란 프로이트가 복도로 나와 "파울라, 그냥 들어오게 두세요"라고 말했다. 문이 열린 그곳에는 나치를 두렵게 했던 예의 그 번뜩이는 눈빛이 서 있었다. 어쨌든 그들은 모자를 벗었다. 그런 다음 다시 예의범절을 잊고 책과 자료들을 헤집으며 돈을 요구하고는, 세탁물이 든 장롱 깊숙이까지 돈이 있는지 찾아대는가 하면, 막 주름을 펴놓은 식탁보와 침대보 더미를 바닥에 던져버리는 짓도 서슴지 않았다. 마르타 프로이트는 약탈자들 앞에 남자처럼 버티고 서서, 질서를 좀 지킬 수 없겠느냐고 소리 지르며 빨래 더미를 다시 깨끗하게 정리했다. 당황한 나치들은 옆방으로 사라졌고, 거기서 계속 여기저기를 뒤지다가 갑자기 안나 프로이트를 게슈타포 심문에 소환하겠다고 했다.

충격이었다. 대체 왜? 이미 모든 것을 조사했으면서! 무엇을 너 알고 싶다는 거지? 명령만이 있을 뿐 그들은 아무 대답도 하지 않았다. 그 자리에 있던

나는 때때로 나 자신을, 고령의 나이에 아이들을 이집
트로 데리고 간 늙은 야곱과 비교하곤 한단다…… 바라
건대 그 옛날처럼 그 후 이집트에서 빠져나올 일이 일
어나지 않았으면 좋겠다. 영원한 유랑인은 이제 어디에
선가 안식을 취할 시간인 모양이다.
〈에른스트 프로이트에게 보내는 편지〉 중에서, 1938년 5월 12일

마리 보나파르트가 자신도 함께 소환해줄 것을 정식으로 요청했다. 그녀는 여
기요! 하며 자신의 여권을 내보였다. 공주? 보나파르트? 그 부르주아 녀석들은
주춤했다. 외교적 분쟁이 생길지도 모르겠군. 그들은 프로이트 양만을 데려갈
것이니 준비하라고 일렀다. 안나는, 마찬가지로 체포를 염려하던 마르틴과 함
께 그 즉시 프로이트의 주치의인 막스 슈르의 집으로 달려갔다. 그 또한 이미
가족들과 함께 망명하리라는 암시를 줬던 터였다. 막스 슈르는 떨고 있는 안나
와 마르틴에게 고문을 받거나 강제수용소로 이송될 경우를 위해 치사량의 베로
날을 줬다. 당시 수천의 유대인들이 이렇게 흔적도 없이 사라졌다. 슈르 박사는
자신의 환자에게로 달려갔다. 프로이트는 흡사 마비된 것처럼 보였다. 안나가,
자신의 안티고네가 히틀러의 최고로 가혹한 군대인 게슈타포에 체포되게 생겼
다니! 훗날 슈르는 오랜 시간을 프로이트 옆에 있었지만 그가 그토록 깊이 걱
정하는 모습은 본 적이 없었노라 밝혔다.

프로이트는 방 안에서 이리저리 왔다갔다하며 줄담배를 피워댔고, 조그만
소리라도 날라치면 귀를 기울이고 말 한마디 하지 않았다. 그는 안절부절못했

고, 모두는 그를 안심시킬 만한 어떤 평계도 찾을 수 없었다. 대신 존스는 런던에서, 보나파르트 공주는 빈에서 항의를 했고, 이탈리아의 어느 정신분석가는 로마의 무솔리니를 방문해 빈에 있는 이탈리아대사에게 프로이트의 딸이 석방되도록 힘써달라는 지시를 부탁하기도 했다. 또한 도로시 벌링엄도 매우 흥분해 미국대사에게 경고를 했으며, 미국대사는 이에 외무장관을 개입시키기에 이르렀다.

그 시각, 안나 프로이트의 상황은 어땠을까? 그녀는 쏟아지는 긴장에 이제 나저제나 하며 게슈타포의 복도에 대기하고 있었다. 시간이 지나고 그녀는 은밀한 전화에 관한 이야기를 듣게 됐다. 내용으로 보아 자신을 석방시키려 하는 게 분명했다. 다행히 마르틴 프로이트는 체포되지 않았다. 저녁 7시, 잃어버린 줄로만 알았던 딸이 마침내 현관의 초인종을 울리자 프로이트는 격한 감정에 북받쳤다. 슈르가 전한 바에 따르면 자신의 기분을 좀처럼 드러내지 않던 그가 이날 저녁만큼은 "상당히 노골적인" 감정을 드러내고 있었다고 한다.

다음 날 아침 프로이트의 집 앞 계단에는 마리 보나파르트가, 바로 그리스와 덴마크의 공주인 그녀가 앉아 있었다. 그녀는 감색 밍크코트에 모자를 쓰고 무릎 위에 악어 백을 올려둔 채 나치가 또 들이닥칠 것을 대비해 입구를 지키고 있었다. 물론 프로이트는 이런 시위들에 대해서는 전혀 알지 못했다. 공주를 대단히 존경했던 파울라는 그녀에게 매시간 차나 초콜릿을 제공하기 위해 현관 밖 추운 계단으로 나왔다. 며칠 동안 그렇게 공주는 프로이트 교수님의 보초를 섰다.

프로이트는, 늙은 나이에도 불구하고 아이들을 이집트로 네리고 간 늙은 야곱에 자신을 비유하며 결단을 내리기에 이르렀다. "아하스 페르츠가 어디에

선가 안식을 찾을 때가 왔군요. 이 암울한 시기에는 두 가지의 가능성이 있겠네요. 당신들 모두를 함께 보는 것과 자유롭게 죽음을 맞는 것 말입니다." 프로이트는 82세 생일이 지난 일주일 후 어니스트 존스에게 이와 같은 내용의 편지를 보냈다.

나는 누구에게나 게슈타포가 최고라고 추천할 수 있습니다

빈에서의 마지막 날

프로이트의 망명 열흘 전인 어느 비 오던 5월의 아침, 31세의 유대인 사진작가 에드문트 엥겔만이 롤라이플렉스(1928년 독일 프랑케운트하이데케사에서 개발한 사진기—옮긴이)와 라이카 카메라(1913년 독일 라이카사에서 개발한 35mm 카메라의 효시 기종—옮긴이), 대물렌즈, 노출계, 삼각대, 그리고 가능한 많은 필름 릴들을 손가방에 챙겨 넣고 베르크가세 19번지를 향해 길을 나섰다. 프로이트의 타로 게임 파트너이자 오랜 동료였던 친구 하나가, 프로이트가 영국으로 떠나기 전, 40년 동안 그가 살아온 집을 사진으로 영원히 남겨달라고 엥겔만에게 부탁했던 것이다. 그는 방들은 물론이고 집 안 구석구석, 예술작품들, 그림들 그리고 그 세계적으로 유명한 카우치까지 사진으로 남기기 위해 플래시나 탐조등을 사용하지 않는 등 대단한 주의를 기울여야 했다. 나치돌격대가 프로이트의 집을 감시했기 때문에 자칫하면 작가 자신은 물론이고 프로이트마저 위험해질 수 있는 상황이었다.

이렇게 엥겔만은 "흥분되고 불안한 상태로" 이른 새벽의 인적 없는 거리를 걸어갔다. 비는 그쳤고 비에 젖은 도로포장석이 반짝거리고 있었으며 그의 마음은 들떠 있었다. 엥겔만은 19번지에 들어서며 불빛이 너무 없다는 생각을 했다. 문의 아치 위에는 나치의 상징인 갈고리 십자가 걸려 있었고, 지붕 위의 나치 깃발이 아래쪽으로 늘어져 있었다. 이것이 그가 마지막으로 찍게 될 광경이었다. 엥겔만은 초인종을 눌렀다. 가족들은 이 일에 대해 사전에 알고 있었으므로 바로 작업을 시작할 수 있었다. 그는 집 전체의 공간 모두를 각각 사진으로 남겼다. 격자로 된 현관문, 스핑크스와 함께 있는 오이디푸스, 고대 유물들이 들어선 장식장, 외따로 있는 전화기, 프로이트의 흡연 도구와 그 위에 자리한 중국 현자상像, 편지지를 모아둔 서류철, 여러 신들의 모습이 담긴 그림, 책들 모두와 벽에 걸린 루 안드레아스-살로메의 웃는 모습, 파라오 조각상 위에 걸린 액자 속 보나파르트 공주의 사진, 괴상한 형태로 시든 화병 속의 튤립, 우울한 느낌을 주는 정물화, 사람들이 떠난 방들과 한가운데 덩그러니 놓인 빈 카우치, 그 발치에 개켜져 있는 담요, 그리고 힐다 둘리틀이 발을 가까이 들이대곤 했던 벽난로까지 모두 사진 속에 담겼다.

프로이트가 문에 기대 서 있는 모습에 엥겔만은 대단히 당황했다. 그러나 그는 재치 있는 사람이었다. 게슈타포가 그들의 여권을 모두 압수했다는 사실이 기억난 엥겔만은 출국허가서 작성에 필요한 프로이트 본인이나 부인, 딸의 사진을 찍어줘도 괜찮겠는지를 물었다. 프로이트는 진심으로 고맙게 생각했다. 그러나 프로이트가 엥겔만을 위해 지은 미소는 사진 속에 영원한 슬픔으로 남았다.

새로운 정착지로 출발하기까지의 비참한 나날들. 82세의 프로이트는 자신과 함께 가려 하는, 또 가야만 하는 사람들의 명단을 작성했다. 77세의 마르타 프로이트, 73세의 민나 베르나이스, 42세의 딸 안나, 48세의 아들 마르틴 박사, 마르틴의 아내, 그들의 아들과 딸, 죽은 딸 조피의 아들인 손자 에른스트, 50세의 딸 마틸데, 그녀의 남편, 9년 반 전부터 주치의로 지내오고 있는 41세의 막스 슈르 박사, 그의 부인과 두 어린 아이들, 오랜 기간 가정부로 일해온 36세의 파울라 피히틀. 그렇다. 파울라조차 영국으로 함께 떠나길 원했다. 그녀는 나치를 두려워했으며 상당 부분 프로이트 가족에게 의존하고 있는 처지였다. 낯선 언어는 어떻게든 배울 참이었다. 파울라는 교수님을 위해 런던 시내지도를 사고 청소를 했으며, 짐을 싸고 요리를 하고, 프로이트가 버렸던 타로를 쓰레기에서 다시 찾아내 챙겨두기까지 했다. 파울라는 런던에서도 그 타로가 필요할 것이라 믿었다.

이 기간 동안 프로이트는 많은 것을 버렸다. 원고더미를 버리고 또 버렸다. 하지만 그동안 빈과 파리를 오갔던 안나 프로이트와 보나파르트 공주가 대부분을 휴지통에서 다시 가져다 챙겨뒀다. 마리 보나파르트는 중요한 기록을 치마와 블라우스가 담긴 가방 밑에 숨겨 프랑스대사관으로 보냈고 그것들은 외교관 수화물로 파리에 보내졌다. 그러나 불안과 공황상태는 여전했다. 프로이트는 유대인이었으므로 "제국을 떠나는 비싼 대가"를 지불해야만 했다. 무엇으로? 나치는 프로이트의 현금을 갈취했고 그의 저작물들을 몰수했으며 은행계좌의 거래를 정지시킨데다, 거의 3만 2천 라이히스마르크에 달하는 세금을 부과하기까지 했다. 다시 마리 보나파르트가 나섰다. 프로이트는 그녀에게 파리에 도착하는 대로 외국에 있는 자신의 계좌로 돈을 인출해 그녀에게 되돌려주겠다 고집했다.

서서히 필요한 모든 것들이 한데 모였다. 독일제국의 문장인 독수리와 갈고리 십자 표시가 박힌 허가서, 여권들이 손에 들어오기 시작했고 여자들은 짐을 꾸렸다. 수집한 골동품들도 함께였다. 그 시각 프로이트는 무엇을 하고 있었을까? 그는 어느 봄날, 자동차를 타고 다시 한 번 빈의 거리를 도는 중이있다. 뒷좌석에 앉아 담요를 다리에 감고 마지막으로 자신이 사랑하기도 미워하기도 했던 도시를 지켜봤다. 대학교와 시청, 부르크 극장, 시립 오페라 극장, 그가 결코 좋아할 수 없었던 지독히 극적인 탑이 놓인 슈테판 성당을 지났고, 멀리 프라터 공원의 대관람차도 보였다. 어느 시인이 그 옛날 프로이트에게 영광스런 장관 자리에 오를 것이라 예언했던 바로 그곳 프라터 공원 말이다.

집에서는 관료들의 광기가 계속되고 있었다. 그들은 납세증명을 요구했다. 안나 프로이트는 이 관청, 저 관청으로 뛰어다니며 애쓰느라, 지치고 탈진할 정도였지만, 겉으로 내색하지는 않았다. 프로이트는 다행히 대부분의 가족들과 미리 떠날 수 있었던 처제 민나에게 "중요한 일이든 아니든 모든 것을 안나가 혼자서 신경 쓸 수밖에 없다"고 편지를 썼다. 마침내 안나는 6월 4일에 출발하는 기차표를 구입해 침대칸을 예약하고 환전을 했다.

그런데 또다시 놀랄 만한 일이 발생했다. 나치친위대원들이 초인종을 울려대며 프로이트 교수의 서명을 요구하고 나선 것이다. 프로이트와 가족들이 결코 만행을 당하지 않았음을 확인해달라는 내용이었다. 프로이트는 시키는 대로 했다. 그리고 확인서 끝에 문장 하나를 덧붙였다. "나는 누구에게나 게슈타포가 최고라고 추천할 수 있습니다." 마지막 순간까지 자신의 빈정거리는 솜씨를 과시할 정도로 그는 제정신이 아니었던 건지. 나치친위대원들이 서명에만 주의를 기울인 것이 행운이라면 행운이었을까? 아니면 그들이 그 말을 진심으로 받아들인 것인지도. 혹 그의 글을 읽지 못했던 것은 아닐까? 여하튼 친위대원들은 물러갔고 다시 오지 않았다. 우여곡절 끝, 드디어 1938년 6월 4일의 아침이 밝았다.

그날은 토요일이었고 파울라 피히틀은 마지막 아침식사를 준비했다. 프로이트 교수님을 위해 그녀는 으레 그러하듯 달걀반숙에 타타르식 비프스테이크

런던으로 망명하는 도중, 프로이트는 파리에서 12시간을 머문다.
말라케 선박장, 파리.

를 마련했다. 다른 가족들은 토스트에 잼을 발라 먹었다. 정오에 프로이트 부부, 딸 안나, 파울라 피히틀, 차우차우 개 륀과 소아과 의사 요제피네 슈트로스가 탈 택시 두 대가 도착했다. 며칠 전 막스 슈르가 맹장염으로 수술을 받는 바람에 요제피네가 여행길의 프로이트를 대신 돌보기로 한 것이다. 막스 슈르는 낙담했지만 가능한 빨리 그의 가족들과 함께 프로이트의 뒤를 따르기로 했다. 프로이트 일행은 이렇게 슈르를 두고 15시 25분 이스탄불-파리 간 오리엔트 특급열차가 기다리고 있는 빈 서부역으로 갔다.

기차가 독일제국을 지나는 동안 일행은 아주 끔찍한 시간을 보내야 했다. 모든 역을 지날 때마다 불안감에 몸을 떨어야 했기 때문이다. 슈트로스 박사는 자주 왕진가방을 들고 프로이트의 객실 칸으로 이동했다. 프로이트는 런던에서 이때의 이야기를 아이팅온에게 써보냈다. "슈트로스 박사는 나를 아주 잘 보호해줬답니다. 힘든 여행으로 심장이 좋지 않아 니트로글리세린과 스트리키닌을 충분히 섭취해야 했거든요." 마침내 기차가 쾰 근교에서 라인 강을 건너자 프로이트는 "이제 우리는 해방이다"라고 외쳤다.

6월 5일 오전 10시 파리 동부역. 여기저기서 터지는 플래시와 환호들, 기자들, 파리 주재 미국대사 윌리엄 벌릿, 프로이트의 막내아들 에른스트 등이 그 커다란 역을 몽땅 차지하고 있었다. 역 앞에는 두 명의 운전사가 벤틀리와 롤스로이스를 대기시켜 놓고 있었다. 프로이트 일행은 12시간 동안 파리의 마리 보나파르트 궁전에 손님으로 머물렀다. 정원에는 프로이트 교수를 위한 쿠션을 기댄 긴 의자와 담요, 가족들과 슈트로스 박사, 파울라, 친구들이 앉을 만한 의자 등 모든 것이 준비돼 있었다. 기쁨이 역력한 모두의 표정은 이날 한 장의 사진에 담겼다.

다음으로 깜짝 선물이 공개됐다. 보나파르트 공주는 자신이 프로이트의 재산 중 일부를 건졌다고 이야기했다. 인플레이션에 안전한 자본인 금화를 빈에서 몰래 보관하고 있다가, 외교 수하물로 그리스대사관으로부터 파리로 가져오게 했다는 것이었다. 보나파르트 공주는 프로이트가 가장 좋아하는 아테네 청동여신상 역시 밀반출했다. 가슴 위로 메두사 머리를 한 이 여신은 높이 올린 왼손의 창을 잃어버린 상태였다. 공주는 거기서 카드를 한 장 꺼내들었다.

아테네 여신이
엄청난 지옥에서 빠져나온 이들에게
인사를 하네!
안식이여! 이성이여!

프로이트는 어찌할 바를 몰랐다. 그는 런던에 도착한 후 자신을 구해준 이 여자친구에게 다음과 같은 편지를 썼다. "……파리의 당신 집에서 머문 하루가 우리에게 품위와 정서를 되찾아줬습니다. 12시간 동안 사랑의 배려를 받은 우리는 아테네 여신의 보호 아래 자랑스럽고 부자가 된 마음으로 길을 떠날 수 있었어요."

프로이트 일행은 칼레에서 달빛에 젖은 도버 해협을 편안히 건넌 후 성공적으로 런던에 도착했다. 어니스트 존스는 런던 빅토리아 역에 스승과 그 가족들을 마중하러 나왔고, 거기서 프로이트 일행은 다시 플래시와 꽃 세례 등의 열광적인 환영을 받았다. 그들은 존스의 차와 두 대의 택시를 타고 임시 거처로 가는 길목의 버킹엄 궁전, 피카딜리 서커스, 리전트 공원을 지나 마침내 엘스워시 길로 접어들었다. 그곳에 바로 에른스트 프로이트가 3개월 동안 세들어 살던 집이 있었다. 베란다와 정원, 꽃과 나무가 있는 집이었다. 3층에는 심한 폐렴을 앓고 겨우 회복 중이던 민나 베르나이스가 누워 있었다. 프로이트는 계단을 오를 수가 없어 도착한 지 며칠 후에야 그녀에게 인사를 할 수 있었다. 프로이트는 "우리로서는 수평적인 구조 대신 수직적인 구조에 사는 것이 힘들다"고 했다. 침실이 2층에 있었으므로 안나와 에른스트, 그리고 파울라는 아침저녁으로 프로이트를 의자에 앉힌 채 아래위로 날라야 했다. 그리고 당시 그의 심장상태는 썩 좋지 않았다.

그러나 프로이트는 자신이 좋아하는 나라에서의 이 모든 환호를 즐겼다. 그의 집은 편지와 꽃다발로 넘쳐흘렀다. 어떤 사람들은 친필 서명을 원했고 한 여류화가는 그에게 초상화를 그려주겠다고 했으며, 미국 오하이오 주의 클리블랜드에서는 자기네 쪽으로 이주하는 것을 어떻게 생각하는지 문의를 해왔다. "유감스럽게도 이미 이삿짐을 풀었다는 답변을 드릴 수밖에 없겠습니다." 영국 학술원의 비서관 3명이 프로이트의 집을 방문한 일도 있었다. 그들은 '명예의 책'을 지니고 있었으며, 드디어 프로이트는 아이작 뉴턴이나 찰스 다윈의 서명과 함께 자신의 이름을 나란히 올릴 수 있게 됐다. 그는 자랑스럽고 만족스러웠다. 프로이트는 아르놀트 츠바이크에게 보낸 편지에 다음과 같은 표현을 사용했다. "좋은 세상!"

지그문트 프로이트. 영국에서 그를 모르는 사람이 누가 있겠는가? 프로이트는 아이팅온에게 "우리는 런던에서 순식간에 유명해져버렸습니다" 하고 말했다. 어느 은행장은 그에게 "우리는 당신에 대한 모든 것을 알고 있습니다"라고 했으며, 안나 프로이트가 택시기사에게 주소를 건네자 그 기사가 "오, 프로이트 박사의 집이네요"라고 한 일도 있었다는 것이다. 편지 공세 역시 좀처럼 수그러들지 않았다. 프로이트는 알렉산더에게 보내는 편지에서 자신이 받은 편지들 중 일부가, 반박문과 복음서를 보내 영혼을 구제하고 그리스도의 길을 보여줌으로써 이스라엘의 미래를 깨닫게 하려는 바보들, 미치광이들, 신앙심 깊은 사람들에게서 온 것이라 밝혔다. "한마디로 나는 만년에야 비로소 유명하다는 게 무언지 알게 됐다네."

그러나 무엇보다 좋은 점은 프로이트가 글을 쓰는 일을 다시 시작할 수 있게 돼 《인간 모세와 유일신교》의 마지막 부분을 편안하고 안정되게 마칠 수 있었다는 사실이다. 프로이트는 런던에 도착하고 2주 후, 다시 모세 3편을 쓰기 시작했다고 그의 연대기에 기록했다.

그런데 이는 그다지 오래가지 못했다. 전 세계 곳곳에서 이렇게 유대인 박해로 어려운 시기에 프로이트가 《인간 모세와 유일신교》를 출판해도 괜찮을지 걱정이 담긴 문의가 쇄도했다. 정말이지 원고를 그냥 서랍 속에 내버려두는 것이 낫지 않았을까? 모세는 유대인이 아니다, 유대인들은 아직도 모세를 죽이고 있다, 유대인들은 기독교인이 되려는 것이 아니며 선택된 민족이고자 할 뿐이다, 이것은 오히려 유대인에게 달갑지 않은 도움이자 반유대주의자에게만 횡재인 일이 아닌가 등의 숱한 논쟁들. 그러나 프로이트는 이 모든 논쟁들에 신경 쓰지 않았다. 그는 스스로 일생을 학문적 진실이라 여기는 것을 지켜왔다. 프로이트는 자신의 삶을 "후회하는 행위"로 끝마치고 싶지 않았다. 그의 사전에 비겁함이란 없었다. 《인간 모세와 유일신교》는 미국에서 출판될 예정이었다. 단지 프로이트는 존스의 번역 작업에 진전이 없자, 그렇게 일이 지체되는 것이 "꼭 존스가 책을 놓고 태업하는 것처럼" 보인다는 생각을 했을 뿐이다.

그동안에 프로이트의 아들들은 햄스테드 메어스필드 가든스에서 가족이 살 집을 찾아 그것을 6천5백 파운드에 구입했다. 프로이트는 만족스러운 기분으로 파리 정신분석학자 학회에 참석한 안나—안티고네에게 다음과 같이 편지를 썼다. "나의 궁전에 아직 가보지는 않았단다. 내 이발사는 벌써 내가 집을 샀다는 기사를 신문에서 읽었다는구나."

프로이트의 명망은 오래 지속됐다. 방문객들도 끊이지 않았다. 슈테판 츠바이크는 7월 19일, 살바도르 달리(Salvador Dali, 1904~1989. 스페인 출신의 화가이자 초현실주의자—옮긴이)와 그의 아내 갈라, 작가이자 백만장자인 에드워드 제임스를 데리고 그의 집에 쳐들어왔다. 제임스는 초현실주의자인 달리의 그림 〈나르시스의 변모La metamorfsis de Narciso〉를 소장하고 있었고, 달리는 그것을 프로이트에게 직접 보여주며 설명하고 싶어했다. 아, 사실 그간 달리는 프로이트를 만나 이야기를 나누기 위해 얼마나 많은 시도들을 했었던가? 달리는 그의 자서전을 통해 빈을 총 세 번 방문했는데, 그 여행들은 마치 "물방울들을 반짝거리게 만드는 빛의 반사라곤 전혀 못 받은 그저 단조롭기만 한 세 개의 물방울 같았다"고 쓰고 있다. 매일 똑같은 일의 반복이었다. 잠에서 깨면 베르메르(Jan Vermeer, 1632~1675. 네덜란드의 화가. 뛰어난 색조, 맑고 부드러운 빛과 색깔의 조화로 조용한 정

의 〈레이스를 뜨는 소녀 The Lacemaker〉만 보러
갔다. 프로이트는 도무지 만날 수가 없었다. 달리는 프로이트의 상황이 좋지 않
다거나 그가 시골에 머문다는 말을 듣고 마냥 기다릴 수밖에 없었다. 그는 골동
품 가게들을 돌아다니고 초콜릿 케이크로 배를 채웠으며, 저녁 무렵에는 프로
이트와 오랜 시간 지치도록 대화를 나누는 상상을 했다. 한번은 프로이트가
'자허' 호텔 달리의 방에서 밤새도록 머무는 상상을 하기까지 했다. 그러나 진
짜 프로이트는 붙잡을 길이 없었다. 그래서 달리는 대신 〈나르시스의 변모〉를
그렸다. 그는 그림 속의 변모를, 투명히 비치는 물속에서의 죽음과 석화石化로
표현했다. 물에 빠진 소년의 돌로 변한 손가락은 죽음의 세계에서 달걀을 수선
화로 피어나게 했다.

그러던 어느 날, 달리는 프랑스에서 달팽이요리를 먹다가 옆의 누군가가
신문을 읽고 있는 모습을 보았다. 놀랍게도 프로이트의 사진이 바로 1면에 실
려 있었다. '프로이트, 막 파리에 도착하다. 망명 중인 프로이트'라는 제목과 함
께였다. 그는 사진을 뚫어지게 쳐다보다가 그야말로 커다란 비명을 내질렀다.
"이 순간 나는 프로이트의 변신의 비밀을 발견했다. 프로이트의 두개골은 달팽
이다!" 이 깨달음은 달리로 하여금 프로이트의 초상화를 그리고 말겠다는 생각
을 하게 했고, 이제 런던에서 프로이트는 이 스페인 화가의 모델로 앉아 있다.

두 사람은 별다른 대화는 나누지 않았지만 서로를 빤히 쳐다보고 있었다.
달리는 프로이트가 열정적으로 '승화'라는 단어를 두세 번 언급했던 것을 기억
했다. 변신, 응축 같은 말도 그랬다. 프로이트는 "모세는 승화된 육신이다"라고
자신의 의견을 피력했다. 초현실주의 예술과 작품 〈나르시스의 변모〉에 대한
이야기를 나누며, 달리는 노학자로부터 수업도 함께 받았다. 프로이트는 "나는

런던의 고급 지역 햄스테드에 자리한 프로이트의 마지막 거주지.
메어스필드 가든스, 런던.

고전시대의 그림들에서 무의식을 찾고 초현실주의 그림에서는 의식을 찾습니다"라고 했다. 달리에게 있어서는 이 말이 이론, 분파, 그리고 '주의'로서의 초현실주의에 대한 사형선고나 다름없었지만, 프로이트로서는 '정신적 상태'로서의 초현실주의의 전통적 실재를 달리에게 입증해준 셈이었다.

한편 34세의 이 꿈의 화가는 꿈의 해석자인 프로이트 앞에서, 입술 아래로 수염을 기르고 이글거리는 눈 위로 머리카락에 기름칠을 해, 멋을 잔뜩 낸 것을 뽐내고 싶었다. 달리는 어리둥절해하는 프로이트 앞에서 '세계 주지주의主知主義의 멋쟁이 신사'답게 굴었다. 달리는 나중에야 깨닫게 됐지만, 프로이트에게 있어 그런 행동은 아무런 인상도 남기지 못했다. 오히려 다음 날 프로이트는 열광적인 눈빛을 지닌 젊은 스페인 화가의 부정할 수 없는 프로 정신이야말로 대단히 인상 깊었다고 슈테판 츠바이크에게 편지를 써보냈다.

친애하는 슈르,
당신은 나를 방치하지 않겠다고 약속했었지요
죽음

안나 프로이트와 막스 슈르는 빈에 있는 한스 피힐러에게 전화를 해 급히 런던으로 와달라고 부탁했다. 그들은 이미 데번셔 광장의 한 병원에서 수술 일정을 잡아놓은 상태였다. 피힐러는 1938년 9월 7일 공항에 도착했고, 그 다음 날 프로이트는 수술대에 올랐다. 이제는 더 이상 환부에 간단히 접근할 수가 없어 입술을 가르고 코 옆 부위를 따라 수술하는 수밖에 없었다. 단단한 조직에서 큰 덩어리들이 제거돼 바로 현미경 검사가 실시됐고, 조직을 떼어낸 구멍 난 환부에 보정장치가 삽입됐다. 다행히 프로이트는 깨어났을 때 놀랍게도 상태가 좋았으며 오후에는 벌써 책을 읽을 수 있는 정도가 됐다. 수술 후 기력이 많이 쇠하기는 했지만 프로이트는 잘 이겨냈고, 피힐러 박사는 다음 날 아침 작별을 고하고 11시 비행기로 빈에 돌아갈 수 있었다. 피힐러 박사는 공항에서 영국의 거의 모든 신문에 최고로 인기 있는 망명자 프로이트의 수술에 관한 기사가 실려 있는 것을 보았다. 이 마지막 수술의 계산은 안나 프로이트의 몫이었다. 그녀는 수술비 3백 파운드에 출장비 25파운드를 지불했다.

그러는 사이 메어스필드 가든스의 집은 멋지게 단장됐다. 아들 에른스트가 승강기를 설치하고 "방 두 개를 하나로 만들거나 아니면 그 반대로 만들어 그야말로 주먹구구식이던 집 구조를 건축학적 구조로 바꿔놓았다"고 프로이트는 감탄했다. 곧 빈에서 그가 모아둔 골동품들과 함께 이삿짐이 도착했다. 오래도록, 프로이트가 수집한 조각신상의 먼지를 닦았던 파울라 피히틀이 이제 다시 그것들을 책상 위에 예전처럼 정돈해놓았다. 파울라는 페르시아 양탄자를 깔고 마르타 프로이트와 함께 그림들을 걸었으며 커튼 천을 사들였다. 정원에는 꽃이 만발했고 민나 베르나이스도 요양원에서 돌아왔다. 그러나 "슬프게도 여전히 심장 때문에 고통이 심해…… 간호사 두 명이 나를 돌보는 중인데 그 두 사람이 거실과 욕실을 다 차지하는 바람에 아내가 불편해한다"고 프로이트는 전했다.

프로이트는 더딘 회복을 보였다. 그는 말하는 것이나 담배 피우는 것이 어려웠고, 가족들이 모여 있는 곳에서는 식사하고 싶어하지 않았다. 파울라 피히틀이 그의 작업실로 달걀, 타타르식 비프스테이크 혹은 부드러운 소등심살을 가져다줬다. 프로이트는 독서를 많이 했고 일주일에 4번은 다시 환자도 받았으며 방문객도 맞았다. 마침 H. G. 웰스가 방문해 모세에 대한 프로이트의 논리가 꽤나 그럴싸하다고 전해줬다. 보나파르트 공주는 훌륭한 청동 비너스상을 가지고 와서 친구에게 깜짝 선물을 했다. 아름다운 비너스는 허리에 천 하나만을 휘감고 매혹적인 모습으로 손거울을 들여다보고 있었다. 토마스 만을 포함, 망명작가들의 작품을 출판한 욕심 많은 출판업자 블랑쉬 크노프는 뉴욕에서 달려왔다. 그녀는 프로이트의 책《인간 모세와 유일신교》에서 드러난 몇 가지 교정사항을 의논하려 했고, 아주 조금만 고쳐보자는 제안을 했던 것 같다. 그러나 프로이트는 묵묵부답이었다. 결국 고쳐진 것은 없고 모든 것이 원래 자리로 돌아갔다. 오히려 프로이트는 계약을 철회하려 했으나 완강한 블랑쉬는 이를 거부했다.

이렇게 해서 《인간 모세와 유일신교》가 미국에서 출판됐는데 이 책은 그의 삶 마지막에 독자들을 양극으로 대립시키는 결과를 낳았다. 독자들은 프로이트가, 기독교인들이 믿음을 통해 신비주의와 환상 그리고 미혹에 빠져 있다고 주장함으로써 기독교인들을 모욕하고 있다고 흥분했다. 한편에서는 프로이트가 유대인들이 환상과 신비주의를 외면한 것으로, 즉 유대인들을 영혼을 믿는 자들로 만듦으로써 그들의 삶을 어렵게 만들었다고 했다. 그러자 프로이트는 이후 그 책에 '반유대주의'에 대한 짧은 글을 덧붙여 실었다. 이 글에는 위기의 시대에 기독교인들에게서 기독교적인 것들이 모두 사라졌으며, 경건함의 가면 아래에 질투와 시기심이 불타고 있다는 쓰라린 인식이 담겨 있다.

1939년 1월, 버지니아(Virginia Woolf, 1882~1941. 영국의 작가. 소설 형식의 다양화에 독창적인 공헌을 했다―옮긴이)와 레너드 울프 부부가 차를 마시러 왔다. 1924년 부터 줄곧 그들의 출판사인 호가스 프레스에서 프로이트의 모든 저작들이 출판되고 있었다. 즉 발행인들이 저자를 방문한 셈이었고, 프로이트는 위대한 작가인 버지니아에게 정원에서 딴 꽃 한 송이를 건넸다. 레너드 울프는 실로 많은 유명 인들과 알고 지냈는데 프로이트라는 인물에게는 압도될 정도로 반했다. 그에게 프로이트는 그냥 "천재일 뿐 아니라 특히 많은 천재들에게 친절하며 명성이 아닌 위대함의 아우라를 지닌 사람"이었다. 그리고 그는 마치 "사화산死火山처럼" 자신의 의자에 꼿꼿이 앉아 있었다고 레너드는 전했다.

버지니아는 차를 마시며 신문에서 런던의 어느 서점에서 책을 훔친 사람에 대한 기사를 읽었다고 했다. 훔친 책들 중에는 지그문트 프로이트의 것도 있었는데, 그 도둑에게 벌금형을 부과한 판사가 다음과 같은 말을 했단다. "차라리 그에게 프로이트 전집을 읽으라는 판결을 내릴 걸 그랬다." 프로이트는 자신이 책을 통해 유명해지기보다는 단순히 악명만 더 높아진 것 같다고 웃으며 이야기했다. 버지니아 울프는 남편보다는 프로이트에 대한 존경심이 덜한 편이었다. 둥근 안경 너머로 날카로운 눈초리를 지닌 늙은 프로이트는, 그녀에게는 원숭이의 밝은 눈을 가진 과묵하고 쭈글쭈글한 노인일 따름이었다. 버지니아는 프로이트의 《인간 모세와 유일신교》를 통해 "자신의 정신적 지평"이 확장되기를 간절히 바랐지만 오히려 정반대의 현상이 일어났다. 그녀는 압박받는 느낌이 들었고 프로이트에게 화가 났다. 버지니아는 프로이트에게 "우리 존재가 본능과 무의식으로만 이뤄진다면" 문명과 자유는 어떤 의미일지를 묻기도 했다. 여하튼 그녀는 프로이트가 신에 대해 멀찍이 거리를 두고 있는 점은 아주 귀엽다고 생각했다.

차를 마시다가 버지니아는 히틀러와 기만적인 뮌헨 협약에 대해 이야기했다. 그 협약에는 영국 수상 체임벌린도 관여했는데, 그는 표면상의 평화를 위해 히틀러가 체코슬로바키아를 삼키는 데 동의했고, 버지니아는 그 사실을 수치스럽게 생각했다. 그녀는 제1차 세계대전 후에 역시 영국이 관여했던 베르사유 조약을 둘러싼 이권다툼이 히틀러를 권좌에 오르게 한 건 아닐지 프로이트의 의견을 듣고자 했다. 그녀는 그 부분에서도 영국이 어떤 식으로든 공동의 책임을 지녀야 한다고 느꼈다. 우리가 당시 전쟁에서 패했더라면 히틀러나 나치가 없을 수도 있지 않았겠느냐며 버지니아는 물었다. 그러나 프로이트는 그렇지 않을 것이라고 답했다. 나치는 어떻게 해서든 등장했을 것이며 실제로 이미 등장해버렸다는 뜻이었다. 그리고 "독일이 전쟁에서 이겼더라면 상황은 더 나빠졌을 것"이라고 덧붙였다. 1930년 에리히 케스트너는 어느 시를 통해 프로이트와 같은 생각을 밝혔다.

우리가 전쟁에서 승리했더라면

우주 전체가 민족주의로 뒤덮였겠지.

사제는 어깨에 견장을 달 터이며

신은 아마도 독일 장군일 것이다.

이성은 사슬에 묶여

시시각각 법정에나 서겠지.

그리고 오페레타 공연이 이루어지듯 전쟁이 일어날 것이다.

만약 우리가 전쟁에서 승리했더라면.

다행히도 우리는 승리하지 못했군!

이후로 프로이트의 상태는 계속 좋지 않았다. 연대기에는 나쁜 건강상태에 대한 기록들이 늘 반복됐다. 마비-뼈의 통증-방사선 사진-라듐. 프로이트는 새로운 방식으로 방사선 사진을 찍었다. 1939년 5월 프로이트는 옛 동료인 한스 작스에게 편지를 썼는데 "긴 이야기를 한마디로 하자면" 이제 외부에서는 방사선으로, 내부에서는 라듐으로 치료하는데, 그것이 "또 다른 방법인 머리를 절단하는 것보다 더 해가 적다"고 했다. 그리고 그것은 다른 긍정적 상상이 가능하다 할지라도, 명백히 인생의 최후로 가는 피할 수 없는 길이라는 말도 덧붙였다. 프로이트는 유언을 썼다. 그는 안나에게는 골동품과 정신분석에 관한 책을 모두 물려줄 것이고, 마르타 프로이트의 생활은 펀드를 통해 보장될 것이며, 집은 아들들에게, 모든 저서의 저작권은 손자들에게 귀속될 것이며, 민나 베르나이스에게는 매년 3백 파운드의 연금이 지급되도록 할 것이라고 했다.

프로이트는 젊은 시절 코카인을 복용한 것 외에는 일생동안 약을 복용한 적이 없었다. 그런데 16년간의 암 투병 끝에 이제 그는 어쩔 수 없이 강력한 진통제 한 알을 넘기고 있었다. 그런데 곧 그것도 통증을 없애기에 충분치 않게 됐다. 턱이 완전히 망가지고 통증에 더욱 예민해지면서 프로이트는 "보온 물주머니와 더 큰 용량의 아스피린 없이는 일과를 지내고 밤을 견디는 일이 불가능하게 됐다." 그는 마리 보나파르트에게 쓴 편지에 다시 죽음이 오기만을 고대한다고 밝혔다. "끔찍한 과정을 단축시킬 만한 돌발증세가 나타난다면 정말 좋겠습니다."

어느 화창한 여름날 프로이트의 옛 환자인 힐다 둘리틀이 그를 찾아왔다. 정원으로 나 있는 유리문들은 모두 열려 있었다. 프로이트는 정원 의자에 편히, 깊은 생각에 잠긴 채 앉아 있었다. 둘리틀은 〈프로이트를 기리며 Huldigung an Freud〉란 글을 통해 "나는 감히 갑자기 들이닥쳐 거리를 둔 채 떨어져 있는 그를 방해할 수 없었으며, 그의 삶을 지탱해주는 듯 보였던 그 어떤 힘을 밀쳐내버릴 수 없었다"고 전했다. 그리고 그 자리에는 그녀만이 있는 것이 아니었다. 말 없는 가장의 주위에는 책상 위 신들의 입상처럼 그의 가족들 모두가 친근한 모습으로 둘러앉아 있었다. 그들은 "손님을 접대하기 위해 애썼지만 속은 타들어가는 듯했을 것이다"고 둘리틀은 글을 이었다. 가족들은 호의적이었고 서로를 신뢰했으며, 정중하고도 조심스럽게 대화를 나눴다. 그리고 힐다 둘리틀에게만큼은 적어도 겉으로는 안정되고 편안한 감정을 보여줬다. 프로이트는 보낸 사람의 이름 없이 조그만 카드와 함께 자신에게 도착한 훌륭한 치자꽃에 대해 둘리틀에게 감사를 표했다. 그 꽃을 그녀가 보낸 것이 확실한지? 그랬다. 그 꽃은 그녀가 보냈다. 그녀는 웨스트엔드의 어느 꽃집에서 그 꽃을 발견하고는 카드에 "신들의 귀환에 인사드립니다"라고 적어 프로이트에게 보냈었다.

프로이트는 너무나 말라 있었다. 그는 더 이상 식욕이 없었고 음식을 먹으려 하지 않았다. 또한 씹는 것은 그에게 고통이었다. 방사선 촬영으로 인해 수염의 일부가 빠져버렸고 뺨은 창백했으며, 골괴저(만성적인 염증으로 뼈가 썩어서 파괴되는 질환—옮긴이) 증세로 인해 피부에는 구멍이 생겼다. 썩어가는 살에서 풍기는 악취를 막을 방법도 없었고, 심지어 구강세척수도 없었다. 프로이트는 더 이상 환자를 받을 수 없게 됐다. 의사 노릇 53년 만의 일이었다.

이제 프로이트는 하루의 대부분을 편안히 휴식을 취하며 지냈다. 아들들이 침대를 작업실로 옮겨줘, 거기서 그는 정원과 그곳에 핀 꽃들을 볼 수 있었다. 날씨가 따뜻할 때면 바깥에 누워 햇볕을 지붕 삼아 책을 읽었다. 그는 자신의 마지막 책과 오노레 드 발자크의 《마법의 가죽 *La Peau de chagrin*》을 읽었다. 그 책은 도박장에서 자신에게 남은 유일한 금화를 룰렛 판에 던진 라파엘 드 발랑탱 후작의 이야기다. 마지막 금화는 검은색 위로 굴러가 그대로 멈춘다! 이로써 그의 운명은 결정됐다. 후작은 돈을 잃었고, 낙담한 채 어둠 속으로 뛰쳐나가 센 강에 몸을 던지려 했다. 강으로 가는 도중 그는 한 골동품 가게 앞에 이른다. 깊은 몽상에 빠져들 듯 갑자기 원뿔 모양의 빛 속에서 나이 많은 상인이 나타나, 그에게 벽에 걸린 가죽 조각 하나를 가리켰다. 노인은 후작을 유인해 그 가죽 조각은 어떤 소원이든 이루어주지만, 그러기 위해선 그 가죽을 가진 자의 생명을 자신에게 내놓아야 한다고 했다. 소원을 이룰 때마다 그 가죽의 크기는 줄어들며 가죽을 지닌 자의 생명 역시 단축된다는 말도 함께 덧붙였다. 생명? 그 생명을 막 버리려던 참인 그였다. 파우스트가 메피스토펠레스와 그랬던 것처럼 후작도 노인과 계약을 맺었다. 생전 못 가져봤던 것을 잠시 정도야 왜 즐기지 못하겠는가? 그 좋은 여인과 술과 사치를. 가죽은 점차 작아졌다. 후작은 나중에서야 가죽에 새겨져 있던 속담을 이해하게 됐다. "욕망은 우리를 태워버리고 능력은 우리를 파괴시키며, 지혜만이 우리의 약한 삶에 지속적인 고요의 상태를 보장한다." 그러나 모든 것이 너무 늦었다. 마지막에 후작은, 그를 진정으로 사랑했지만 스스로 받아들이지 않았던 소녀의 품에서 죽음을 맞는다.

　　프로이트는 "이 책이야말로 나에게 딱 맞는 책"이라고 막스 슈르에게 말했다. "줄어들고 굶어죽는 것을 그리고 있군요." 전쟁이 임박했고, 당시 프로이트의 주치의는 아내와 아이들을 시골로 보내고 프로이트에게 와 있었다. 그는 프로이트의 최후까지 함께 있고자 했으며, 자신이 했던 약속을 결코 잊지 않고 있었다. 8월 25일 프로이트가 연대기에 마지막으로 기록한 말은 "전쟁의 공황상태"였다. 9월 1일 전쟁이 발발했다. 히틀러는 폴란드를 침공했고 영국의 최후통첩에 반응하지 않았다. 9월 3일 영국은 독일에 선전포고를 했다. 곧 메어스필드 가든스에도 전쟁의 여파가 닥쳤다. 공습경보가 난 후 프로이트의 침대는 집안의 가장 안전한 장소로 옮겨졌다. 그러나 중환자인 프로이트는 이미 슈르의 표현대로 "먼 곳에 가" 있었다. 그에게는 가끔씩만 예전의 기지가 번득일 뿐이었다. 그들이 라디오에서 이 전쟁이 모든 전쟁의 마지막이 될 것이라는 말을 함께 들었을 때, 슈르는 당신도 그렇게 믿느냐고 프로이트에게 물었다. 쉽사리 동

프로이트는 죽기 전까지 담쟁이덩굴로 뒤덮인 정원을 바라보는 것을 좋아했다.
메어스필드 가든스, 런던.

요하지 않는 이 노인네는 "내가 겪는 마지막 전쟁"이라고 답했다.

프로이트의 마지막은 고통스러웠다. 구강에서 나는 냄새가 너무 지독해서, 침대 주변에 모기장을 쳐 파리가 그를 괴롭히지 않게 해야 했다. 환자가 그토록 애착을 보였던 차우차우 개는 더 이상 프로이트에게 오지 않았다. 개는 늘 반대쪽으로 기어갔다.

죽기 하루 전 프로이트는 일생을 해왔던 대로 다시 한 번 탁상시계의 태엽을 감았다. 막스 슈르가 침대 위에 와 앉았다. 프로이트는 주치의의 손을 잡고 말했다. "친애하는 슈르, 당신은 우리가 나눈 첫 대화를 기억하나요. 그때 당신은 때가 되면 나를 방치하지 않겠노라 약속했었지요. 이제 고통만이 있을 뿐입니다. 더 이상은 아무런 의미가 없어요." 슈르는 깊이 감흥하며 당신만큼 친절하고 절도 있는 환자는 본 적도 없고, 약속 또한 잊지 않았다고 말했다. 그러자 프로이트는 슈르의 손을 꽉 잡은 채 편안히 그리고 그 어떤 자기 연민도 없이 "당신에게 감사드립니다"라고 답했다. 그는 잠깐 머뭇거리더니 "안나에게도 전해주세요"라는 말을 덧붙였다.

슈르는 가족에게 이 사실을 알린 후, 죽어가는 환자에게 0.2그램의 모르핀을 주사했다. 프로이트의 몸은 몹시 쇠약해져 있었지만 강한 약에는 길들여져 있지 않았으므로 통증은 금세 완화됐다. 고통은 잠잠해졌고 프로이트는 편안하고 평화롭게 잠들었다. 12시간쯤 후 슈르는 두 번째 주사를 놓았다. 프로이트는 기력이 쇠진해 더 이상 깨어나지 못했다. 1939년 9월 23일 토요일 새벽 3시경, 그는 영원히 세상을 떠났다. 그 주 금요일, 마르타 프로이트는 자신의 삶이 모든 의미와 내용을 상실했다고 읊조리며, 결혼 후 53년 만에 처음으로 다시 안식일 양초에 불을 댕겼다.

● 프로이트 연보

1856년(0세)   5월 6일 오스트리아-헝가리 연합 제국의 프라이베르크에서 출생.

1860년(4세)   가족들 빈으로 이주, 정착.

1865년(9세)   김나지움(중등학교) 입학.

1873년(17세)   빈 대학 의학부 입학.

1876년(20세)   1882년까지 빈 생리학 연구소에서 브뤼케의 지도 아래 연구 활동.

1881년(25세)   의학박사 과정 졸업.

1882년(26세)   1885년까지 빈 종합병원에서 초급 수련의로 근무하며 두뇌해부학 집
              중 연구. 다수의 논문 출판.

1885년(29세)   신경병리학 강사 자격 획득. 파리 살페트리에르 병원(신경질환 전문병원)에
              서 신경증 의학자 장 마르탱 샤르코의 지도 아래 연구 활동.

1886년(30세)   마르타 베르나이스와 결혼. 오스트리아 빈으로 돌아와 개인병원 개업.

1888년(32세)   브로이어를 따라 히스테리 치료에 카타르시스요법을 통한 최면술 적
              용. 최면술 대신 점차 자유연상법 시도.

1895년(39세)   브로이어와의 공동 저작《히스테리 연구》출판.

1896년(40세)   '정신분석'이란 용어를 처음 소개.

1900년(44세)   가장 중요한 저작《꿈의 해석》출판.

1901년(45세)   《일상생활의 정신병리학》출판.

1905년(49세)   〈성욕에 관한 세 편의 에세이〉발표. 이 논문에서 유아기로부터 성인기
              에 이르는 성적 본능의 발전 과정을 분석.

1908년(52세)   국제정신분석학회 창립.

1912년(56세)   1913년까지 《토템과 터부》 집필, 출판. 이 책에서 오이디푸스 왕 이야기로 구성된 문명기원론을 다룸.

1920년(64세)   '반복 강박' 과 '죽음 본능' 이라는 후기 이론을 소개한 《쾌락 원칙을 넘어서》 출판.

1921년(65세)   《집단 심리학과 자아분석》 출판.

1923년(67세)   마음의 구조와 기능을 이드, 자아, 초자아로 설명한 《자아와 이드》 출판. 암 진단받음.

1930년(74세)   '죽음 본능' 에 대한 본격 연구서 《문명 속의 불만》 출판. 괴테상 수상.

1933년(77세)   히틀러 독일 내 권력 장악. 프로이트의 저서들 베를린에서 소각당함.

1934년(78세)   1938년까지 생전의 마지막 저작인 《인간 모세와 유일신교》 집필.

1938년(82세)   나치의 오스트리아 침공으로 빈을 떠나 런던으로 이주. 미완의 마지막 저작인 《정신분석학 개요》 집필 시작.

1939년(83세)   9월 23일 런던에서 사망.

● 참고문헌

Balzac, Honoré De(1957) *Die tödlichen Wünsche oder das Chagrinleder*, München.

Behling, Katja(2002) *Martha Freud. Die Frau des Genies.*, Berlin.

Berthelsen, Detlef(1987) *Alltag bei Familie Freud. Die Erinnerungen der Paula Fichtl.*, Hamburg.

Binswanger, Ludwig(1956) *Erinnerungen an Sigmund Freud*, Bern.

Blaton, Smiley(1975) *Tagebuch meiner Analyse bei Sigmund Freud*, Frankfurt am Main, Berlin, Wien.

Breuer, Josef/ Freud, Sigmund(1991) *Studien über Hysterie*, Frankfurt am Main.

Canetti, Elias(1980) *Die Fackel im Ohr. Lebensgeschichte 1921-1931.*, München, Wien.

Dali, Salvador(1984) *Das geheime Leben des Salvador Dalí*, München.

Doolittle, Hilda(1975) *Huldigung an Freud. Rückblick auf eine Analyse.*, Frankfurt am Main, Berlin, Wien.

Engelmann, Edmund(1977) *Sigmund Freud Wien IX. Berggasse 19.*, Stuttgart, Zürich.

Freud, Anna(2001) *Briefwechsel mit Lou Andreas-Salomé 1919-1937*, München.

Freud, Ernst und Lucie, Ilse Grubrich-Simitis(1976) *Sigmund Freud. Sein Leben in Bildern und Texten.*, Frankfurt am Main.

Freud, Sigmund(1971) *Brautbriefe*, Frankfurt am Main.

_______________ (1972) *Studienausgabe in 10 Bänden*, Frankfurt am Main.

_______________ (1984) *Briefwechsel mit Arnold Zweig*, Frankfurt am Main.

_______________ (1986) *Briefe an Wilhelm Fließ*, Frankfurt am Main.

_______________ (1989) *Jugendbriefe an Eduard Silberstein 1871-1881*, Frankfurt am Main.

__________________ (1996) *Tagebuch 1929-1939. Kürzeste Chronik. Herausgegeben von Michael Molnar.*, Frankfurt am Main.

__________________ (1999) *Gesammelte Werke in 16 Bänden*, Frankfurt am Main.

Fromm, Erich(1981) *Sigmund Freud. Seine Persönlichkeit und seine Wirkung.*, Frankfurt am Main, Berlin, Wien.

Gardiner, Muriel(HG.)(1974) *Der Wolfsmann vom Wolfsmann*, Zürich.

Gay, Peter(1986) *Freud. Juden und andere Deutsche.*, Hamburg.

__________ (2001) *Freud. Eine Biographie Für unsere Zeit.*, Frankfurt am Main.

Haffner, Sebastian(2000) *Geschichte eines Duetschen. Die Erinnerungen von 1914-1933.*, Stuttgart, München.

Jones, Ernest(1984) *Sigmund Freud. Leben und Werk in 3 Bänden.*, München.

Koepcke, Cordula(1986) *Lou Andreas-Salomé. Eine Biographie.*, Frankfurt am Main.

Kraus, Karl(1957) *Auswahl aus dem Werk*, München.

__________ (1964) *Die letzten Tage der Menschheit*, München.

Landmann, Salcia(1963) *Jüdische Witze*, München.

Lee, Hermione(1999) *Virginia Woolf. Ein Leben.*, Frankfurt am Main.

Mann, Thomas(1968) *Schriften und Reden zur Literatur*, Frankfurt am Main.

Mannomi, Octave(1975) *Sigmund Freud in Selbstzeugnissen*, Reinbek bei Hamburg.

Marcuse, Ludwig(1972) *Sigmund Freud. Sein Bild vom Menschen.*, Zürich.

Masson, Jeffrey M. (1984) *»Was hat man dir, du armes Kind, getan?« Sigmund Freuds Unterdrückung der Ver-Führungstheorie*, Reinbek bei Hamburg.

Neumann, Robert(1975) *Ein leichtes Leben*, Berlin und Weimar.

Obholzer, Karin(1980) *Gespräche mit dem Wolfsmann*, Reinbek bei Hamburg.

Schneider, Peter(2003) *Sigmund Freud. Potrait.*, München.

Schnitzler, Arthur(1985) *Jungend in Wien. Eine Autobiographie.*, Berlin und Weimar.

__________________ (2002) *Fräulein Else*, Stuttgart.

Schnitzler, Heinrich, Christian Brandstätter und Reinhard Urbach(1981) *Arthur Schnitzler. Sein Leben. Sein Werk. Seine Zeit.*, Frankfurt am Main.

Schur, Max(1973) *Sigmund Freud. Leben und Sterben.*, Frankfurt am Main.

Schweighofer, Fritz(1987) *Das Privattheater der Anna O.*, München, Basel.

Sophokles(o. J.) *Tragödien. Wiesbaden.*, Berlin.

Sperber, Manès(1983) *Alfred Adler*, Berlin, Wien.

Tögel, Christfried(1996) *Freuds Wien*, Wien.

________________ (2005) *Freud für Eilige*, Berlin.

________________ (HG.)(2001) *Sigmund Freud. Stationen seines Lebens. Katalog zur Ausstellung. Uchtspringe.*, London.

Wagner/ Tomkowitz(1968) *Ein Volk. Ein Reich. Ein Führer. Der Anschluß Österreichs 1938.*, München.

Wehr, Gerhard(1975) *C. G. Jung*, Reinbek bei Hamburg.

Zuckmayer, Carl(1966) *Als Wär's ein Stück von mir*, Frankfurt am Main.

Zweig, Stefan(1987) *Briefwechsel mit Sigmund Freud*, Frankfurt am Main.

_____________(1990) *Die Welt von Gestern. Erinnerungen eines Europäers.*, Berlin und Weimar.

_____________(2003) *Die Heilung durch den Geist*, Frankfurt am Main.

나는 내 어머니의 여인이다

프로이트, 그 삶의 수수께끼

초판 인쇄 2007년 10월 1일 | 초판 발행 2007년 10월 5일
지은이 비르기트 라한 | 사진 우테 말러 | 옮긴이 천미수
기획위원 채희석 | 편집진행 정다혜 | 디자인 이해림 | 마케팅 양정수 · 김명희 · 홍성우
펴낸이 홍석 | 펴낸곳 도서출판 풀빛 | 등록 1979년 3월 6일 제8-24호
주소 120-818 서울특별시 서대문구 북아현3동 177-5
전화 02-363-5995(영업) 02-362-8900(편집) | 팩스 02-393-3858
홈페이지 www.pulbit.co.kr | 전자우편 editor@pulbit.co.kr

한국어판 ⓒ 도서출판 풀빛, 2007

ISBN 978-89-7474-363-5 03850

이 책의 국립중앙도서관 출판시도서목록(CIP)은 e · CIP 홈페이지(http://www.nl.go.kr/cip.php)에서
이용하실 수 있습니다(CIP제어번호: CIP2007002843).

책값은 뒤표지에 있습니다.